U0045501

大陸期刊文學獎
獲獎作品選集

目次

—輯一— 詩

—輯二— 散文

輯三　小說

輯四　期刊暨獎項介紹

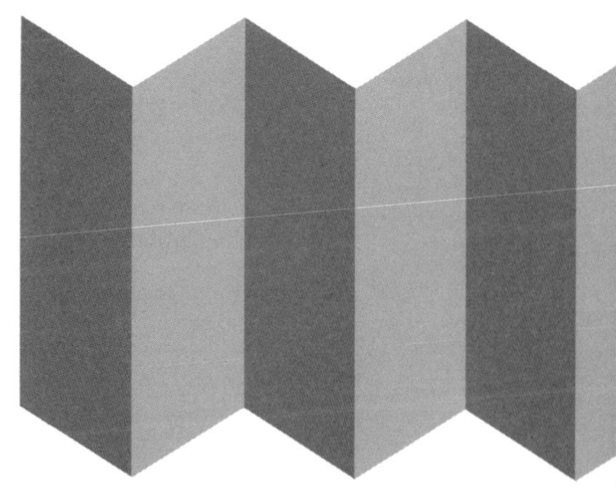

大陸期刊文學獎

◎輯一◎

詩

二〇一四年

鄞州·人民文學詩歌新人獎

紙上建築

—高鵬程—

高鵬程，一九七四年生於寧夏，現居浙江象山半島。詩文見於《人民文學》、《詩刊》、《天涯》等刊物，曾獲浙江青年文學之星、二〇一四年鄞州·人民文學詩歌新人獎、第四屆紅高粱詩歌獎、兩屆浙江省優秀文學作品獎等。著有詩集《海邊書》、《風暴眼》、《退潮》等。

—看見—

我看見過漁船進洋時桅檣如林的壯觀
看見漁獲出艙時的閃亮
但我看不見在遙遠的海面上，漁船是怎樣像一片樹葉顛簸
看不見一個十四歲的少年第一次出海時嘔出的膽汁

我看見過經歷漫長的海上作業後
漁船疲憊的帆影
看見過返港後空蕩蕩的船艙和漁老大越來越沉的臉色
但我看不見海水下面
一尾筷子長的帶魚如何帶著她的兒女和巨大的漁網賽跑

後來，我看見海灘中的倖存者，帶回同伴的屍體
或者，僅僅是他留在船上的幾件遺物
我看見七月半的港灣裡漂滿了祭奠死者的水燈

但我看不見燈下，一個新婚漁嫂憂戚的面容

我看見過海邊，媽祖廟裡的香火和灰燼
看見他們面對大海的悲戚和惡狠狠的咒罵
但我看不見他們朝大海吐出腹內的酸楚
我看不見一代又一代漁民關節裡的水鏽和血脈裡的潮汐

再後來，我看見過一盞漁燈怎樣照著岑寂的海岬
看見漁家女朝向海面時空蕩蕩的眼神
但我看不見後半夜出洋的漁船駛離碼頭時的吃水聲
一聲汽笛怎樣像沉重的嘆息壓住了海面

——波浪——

在我居住的小鎮，推開窗就能見到海

見到波浪，一波一波地上湧

有時候我會刻意走到窗口
更多的時候，我厭倦了這單調的嘩嘩聲
關緊窗，試圖讓
那些波浪，凝固成書桌上
靜止的木紋

有時候，我會莫名地悲哀
因為遠處的風聲
那些書桌上的木紋開始搖晃
它倒映著的一張臉，更加模糊、破碎
最終，在劇烈的晃動後
歸於死寂

但窗外的潮音依舊在嘩嘩作響
那些波浪依舊在

一波一波地上湧
——告訴我
它在哪裡，這馬達一樣
永不疲倦的熱愛？這不死之心

—我為什麼還會寫到波浪—

寫到這塞壬裙襬上的蕾絲花邊？寫到它隨風
翻動時露出的深淵和峰頂，瞬間的轉化
寫到她深夜
覆蓋於礁石之上捲曲的長髮
它編織的夢幻而它
同時也是繩索、鞭笞和抽打
她的歌唱裡同樣有海市蜃樓，泡沫般的故鄉

據說它也是液態的火。看見火光的人都不可避免地
被它吸引、灼傷。多麼羞愧，這麼多年我依舊
沒有學會隔岸觀火，一隻飛蛾一次又一次
撲向它誘惑的唇舌。它的灼熱。灰燼
據說它也可能是冷的
它的冷裡面還藏著一把刀子比絕望更冷比無情
更鋒利
是的，有那麼一次有那麼
一個夜晚
借助紛亂的月光我分明看見了
它隱含的鋒芒，但依舊固執地用自身測試了它

—潮水—

像恨，咬牙切齒

的恨，啃噬、撕咬……
這些泡沫的牙齒，這些
液體的刀子，日夜不停地雕琢、鐫刻……
直至讓我成為一塊礁石，粗糲、雄渾、稜角突出——

有時候，又像一場愛
像柔軟的舌頭，親吻，舔舐，像伸進夢囈的雙手
一遍遍撫摸，直到我變得光滑、慵懶
像無人光顧的沙灘

更多的時候，像不愛、不恨
毫無意義的循環、重複
抵消著時間，和自身的流逝

在希望
和絕望之間……

—寄居蟹—

天生的無產者。滿世界漂泊的流浪漢
當一隻蝸牛背著祖傳的遺產
悠然爬行
它們，依舊在為尋找一隻廢棄的螺殼顛沛流離

身分不明。戶籍不明。種族不明。生存的地域
不明。也許
有一天同樣將
下落不明

悲傷無名。因為大海不相信眼淚。因為
海水比它更鹹
埋怨自己沒有一個好父親更加於事無補
柔軟的身軀隨時都有可能成為章魚

或者同類的美餐。當務之急，必須在盡快的時間內
找到棲身的螺殼，並且用體內的倒鈎
牢牢鈎住彎曲的內部，直到和它
融為一體

一隻寄居蟹，到底能長到多大？這並不取決於遺傳
而在於，它能找到的螺殼
當一隻蝸牛，在潮濕曖昧的空間裡休閒、度假
沒有誰知道，一隻寄居蟹，在旅途中心酸的奔波

穿過了多少礁石的縫隙，多少
波浪的拍打。而千辛萬苦的尋找，到某個
時間的節點，必須
斷然捨棄
否則，會因為身體的膨脹而卡死在一隻螺殼狹小的空間

—颱風博物館—

把颱風關在一間房子裡。怎麼可能？
但有人做到了
在岱山海島，借助一場有關颱風的４Ｄ電影
我重新經歷了一次虛擬的毀滅
有時，我也想成為一座颱風博物館，保留一場颱風
刮過的痕跡、潰敗的堤壩、碼頭和一片被潮水重新撫慰的灘塗
或者，我只是想保留一個平靜的颱風眼，肚臍一樣的
漩渦、緊閉的雙唇以及遠處
一隻蝴蝶扇動的翅膀

——事實上，我只想保留一場颱風再次到來的可能
一場在毀滅中重新誕生的願望

—海膽—

有人說，人的胸懷
要像海一樣廣闊。但是從來沒有人
告訴我：人的膽魄，也要像海一樣

為什麼呢？
有人臥薪，嘗熊心豹膽
最終，三千越甲吞吳
我想，如果能擁有像海一樣的膽魄
那該是怎樣一種強大的力量？
可以任意吸納風暴、沉船
至少，無懼於任何濁流的入侵

後來，在潮間帶的一處
淺水灣裡，我看到了一種

名叫海膽的生物，黑色，圓形，只有
乒乓球大小——
失望之餘，我想，這其實
符合邏輯——
有時候，越是體量龐大的事物，越是
色厲內荏，有著敏感
而微小的膽魄
並且因為一再緊縮而長滿了尖刺

—那些年，這些年—

那些年我孤身一人游走在漁港馬路上
我看見附近的海島把石浦港圍成一個環狀的湖泊
但我知道它有缺口，誰都不是完整的人

那些年石浦港裡的海水總是出了又進進了又出
而我能做的就是把胸口的堤壩一再築高
但最終還是被一滴從遠處趕來的海水一頭撞破

這些年我獨自用體內的暗礁分割著潛入的洋流
我知道它裡面有溫暖有寒涼
我不清楚腹內的海水是什麼時候完成了自己的交換

那些年我試圖用沉船封存早年秘密的珍寶
但不知道腹內走失了多少魚蝦
這些年我試圖在用一隻鐵錨堵住體內的火山口
但不知道它在什麼時候又會再次噴薄

那些年我提著自己的靈魂在石浦港遊走
一盞最微弱的漁火一直渴望著和一枚星辰的光芒對峙
我不知道有誰看見了他們之間的那些虛無的波浪

這些年我看到一列從濤聲中鑽出的火車
在沙灘上卸下浪花的旅客之後繼續把自己
開向了天空

那些年啊那些年
我不知道一條離去多年的魚
是沿著怎麼樣一條隱秘的路線輾轉奔波
摸索著回到了最初的地方

—小城校對師—

他校對了半座南方小城

四十餘年。數不清的夜晚，他躬身於

別人的田畝，除荒理穢
他知道那些文字的阡陌之間，不光是莊稼、林木
也可能是稗草、吸附於喬木的藤蔓

面對一本書的建築
他會認真觀察它名詞的外形
然後，耐心地接正一些連詞的榫卯，形容詞的
雕樑、花窗，在副詞組成的威嚴的瓦片下
他小心地扶正那些動詞的廊柱

在必要時，他還會穿堂入室，進入
一本書的肉身
他知道
它的深處也許正在遭受某些隱疾的折磨
他仔細地清理那些皮膚上的斑點，疏濬
血管裡堵塞的河道。清理過多的膽固醇、甘油三酯

像一個熟練的解剖員，他整理一本書
雜亂的五臟、肝膽、胃腸
而他的遺憾在於，他無法給一些
明顯缺鈣的文字植入鋼質的脊柱

偶爾，碰到一些密結的骨骼，他會停下來
慢慢欣賞，並且小心地打磨其中的釉色
讓它們閃爍出
瓷器或者金屬的光芒，直到它們
看上去接近完美！

最後，像完成一件手術的縫合
他放心地從別人的軀體裡
退了出來，並且用寬大的衣袖，小心翼翼地
抹去那殘留其中的
他自己的氣味

二〇一五年
陳子昂詩歌獎青年詩歌獎

我仍舊無法深知

—沈魚—

沈魚，本名沈俊美，一九七六年生於福建省詔安縣，現居廣州。一九九八年開始寫詩，曾獲二〇一五年陳子昂詩歌獎青年詩歌獎。著有詩集《荒廢帖》、《左眼明媚，右眼憂傷》。

—活在人間—

活在人間，埋於山水，說話或沉默
有人在對岸愛著我
在蘆葦叢中，有湖光山色
正月初八，有人在柴米油鹽中起身，晾曬冬衣
我沿著湖岸走了很遠
落葉未掃，枯枝已抽出新綠
接近傍晚了，陽光已經不那麼熱烈
偶然會遇到興高采烈的人，比如一個練習跳躍的孩子
袖口沾上湖邊新鮮的泥
她有時彎腰拔地上的雜草，又把手上的卵石扔出去
我想我也應該是這樣一個內心單純笑容滿面的人

—借茫然—

借茫然舊事縱情一哭
流水也有無端的悲喜
恍惚中野草長至門楣
痛飲後心情彷彿遺棄
死去如睡蓮盛開，身有所寄
活著是噩夢未醒，大汗淋漓
冷心不懼枯酒，我還有潦草的命
鏡中一副屈辱的畫皮
落日之心在人間停留
我怎能沒有疑惑，我怎麼沒有疑惑
冷靜的月色映照萬千形骸
苦楝花泡茶應該味道不錯

—秋光—

秋光靜美，山色堪憐。婉約一些，則是憐愛、憐惜
往深遠裡看，則萬物懷抱憐憫之心，這出自讚美心境
呀，這匆忙人世，愛都來不及呢，誰還老恨著？
但愛恨都已倦了，就都守著，看著，有時執手，有時不執
都沒有關係。此時秋光是湛青湖水反射的凌晨一點的月光

—我仍舊無法深知—

晨起大霧，無法辨明事物的本來與暗影
對岸咫尺，面目卻很模糊
如煙的塵世無法看透
把人從人群中區別出來，個體的命運
我仍舊無法深知

生老病死一己之悲，突然影響到那些為生存奔波的人
把人類從人身上提取出來，類似的結果
不是責任，不是憐惜，不是嚎啕
那些大霧，遠看多麼艱難，近身啥也沒有
那些噩夢纏身的人，醒來時露水浸透冬衣

—此刻—

此刻冬已至而秋未盡
我還纏綿在臆想的秋風和離別裡
此刻秋蟬已死屍身未毀
此刻沒有悲歌流水也很緩慢
此刻
懷恨與抱怨者給深愛者讓路
此刻萬物還沒有赴死之心

餘生依舊盲目而燦爛
此刻相守貧病者承認
彼時的困苦折磨與背棄都可以被忽略
或從此原諒一生的過失
此刻我有一碗熱飯和從容的死期

—悲哀—

一路喧騰的河水，流著流著就寂寞了
城外熱鬧的桃花，開著開著就覺得難過
一個人在河邊，守著煙花彷彿守著失敗的花朵
旅途，孤魂與妻兒，漫長得令肉體哆嗦
承認靈魂有令人嘆息的美，但沿途野鬼亦不識我
麻雀在人世的枝頭獨活，鵝黃長成嫩綠
也不過是悲哀反覆著色，無常永不可說

—剛才—

剛才在松樹下抽菸，有物落在肩上
以為是松果，脫衣檢視，是一坨鳥糞
鳥糞裡有榕樹果子的顆粒和清水，無異味
沒帶手帕、紙巾，我用手指把鳥糞拭去
又彎腰把鳥糞擦在枯草上
起身，穿衣，抬頭，麻雀啁啾著
向苦楝樹飛去，麻雀的叫聲清脆
有春天之喜，無天陰之嘆
我也沒有一點生氣的意思

—我珍惜這卑微卻真實的命—

活到今日，動容之事日多，動情之人漸少

有時還要長久地發呆，到世間來遭罪，做夢，心碎，甚至不如
蘆葦梢頭一滴露水
她冷靜，澄澈，沒有哀愁
我無法確定，愛與溫情能否永遠伴隨我懷疑、恍惚與不安的一生
我坐在露水中，看日升月落
火焰把我燒成灰，流水剎那把我收走
她們痛哭，流涕，然後繼續更加漫長的一生
想到這裡我就非常難過
回過神來繼續活著
到處是艱難的魂魄，我還可以活得更堅忍一些
更富足一些更從容一些
我珍惜這簡單、粗糙的愛
並希望帶給你們更加長久的歡樂
我珍惜這卑微卻真實的命
我藉此而活，遠離顛倒夢想
認真做好人間事

—如果死後也有這樣的空曠—

夏已逝，秋草未枯，遠看湖水靜止浮雲如冰
這樣安靜的正午，即使聽到死訊也不會太悲傷
山色分幾層，蘆葦卻一律發白
如果一陣風來，會有蘆花落下來
但卻不是心碎可以比喻的
如果死後也有這樣的空曠
陳屍在山間空地，即使骨肉分離，肝腸盡毀
也可以任白骨與殘夢，零落花間

—在集益湖畔—

一個容易絕望的人也容易回過神來

因為羞愧並沒有你想像的那樣深
你看湖面的漣漪，既不厭倦，也不盼望
彷彿呼吸
湖畔釣叟不過消磨光陰
憤怒與仇恨都撒去打窩
死期若在明日，則尚有一夜月色可觀
萬物寧靜如死，如此正午，可以心灰意懶
亦可心開意綻
落葉若積至半身，正好午睡時仰躺
浮雲之上，天藍

——她們還要在世上活很多年——

她們還要在世上活很多年
這樣的話讓人流淚

如果我已無法看護她們
我希望她們的悲傷與歡喜都少一些
只要平靜地過
恍惚是從前，也宛如未來
我們是同一個靈魂寄居在三個身體裡
我知道你終於學會了傷心
但希望遲一些
現在，你們睡姿縱橫
因為傷心而感到疲憊
我坐在黑暗中，看著你們睡去
感謝今夜，沒有突如其來的雨

—借命—

有人憂國憂民，有人為一個下雨天

幾隻小鳥傷心，誰更深情？
有人借酒，澆不堪的往事與前途
有人借命，還幾個至死牽掛的親人
我借幾個漢字，給貧賤的魂魄
安身立命
時代與命運使我難安
我慶幸仍有幾條小命可依
我願折壽抵病，平安相守
也算人間一個來回

—清明帖—

我已有十年未去祖父母墳頭掃墓
家中只有老父老母，故一切從簡
懷念也從簡，祖父未留什麼產業

於我，也未有過栽培，更無繞膝之憶
我懷念的或許只是艱難活著而又平靜死去的人吧
氣清景明而萬物堪哀，怎麼會呢？
綠柳應景，木棉花開，桃花正當時
一路上也確實沒見到什麼死人
掃墓恰似踏青，還可以在墓前聚飲
抬頭看天上烏雲，變成雨水落下時
是否會淋濕遠行人的衣裳？
先死的人土葬，後來的火葬
還有天葬、水葬，處理後事令人疲倦
如沒有這身遺骸，是否還有人臨水哀悼？
我其實已不期望葬身之地
正如我不奢求立錐之居
一片落葉是悲傷，一滴露水是前身
如此時陽光普照，一路就都是興高采烈的人
我也絲毫不像一個活在亂世裡的人

不用擔心失蹤或死於非命，也不用
在雨衣裡懷疑命運
清明，適合把死者姓名寫在紅紙上
忘掉遺言，燒掉遺物
做一個沒有記憶的人

二〇一五年
陳子昂詩歌獎青年詩歌獎

暮色中的事物

—張二棍—

張二棍，本名張常春，一九八二年生於山西忻州，現工作於山西大同。為山西文學院簽約作家，寫詩多年，曾獲二〇一五年陳子昂詩歌獎青年詩歌獎。著有詩集《曠野》。

—穿牆術—

你有沒有見過一個孩子
摁著自己的頭，往牆上磕
我見過。在縣醫院
咚，咚，咚
他母親說，讓他磕吧
似乎牆疼了
他就不疼了
似乎疼痛，可以穿牆而過
我不知道他腦袋裡裝著
什麼病。也不知道一面牆
吸納了多少苦痛
才變得如此蒼白

──林子大了，什麼鳥都有──

現在林子沒了，什麼鳥還有
早市上，一排排籠子
蹲在地上。鳥們
蹲在籠子裡
賣弄似的，叫得歡
那人也蹲在地上
默不作聲

這一幕，倒像是
鳥，在叫賣籠子
叫賣那人

—我已經和這個世界格格不入了—

哪怕一個人躺在床上
蒙著臉，也有奔波之苦

—靜夜思—

等著炊煙，慢慢托起
緘默的星群
有的星星，站得很高
彷彿祖宗的牌位
有一顆，很多年了
守在老地方，像娘
有那麼幾顆，還沒等我看清
就掉在不知名的地方

像鄉下那些窮親戚
沒聽說怎麼病
就不在了。如果你問我
哪一顆像我，我真的
不敢隨手指點。小時候
我太過頑劣，傷害了很多
螢火蟲。以致於現在
我愧疚於，一切
微細的光

—黃石匠—

他祖傳的手藝
無非是，把一尊佛
從石頭中

救出來
給他磕頭
也無非是，把一個人
囚進石頭裡
也給他磕頭

—哭喪人說—

我曾問過他，是否只需要
一具冷冰的屍體，就能
滾出熱淚？不，他微笑著說
不需要那麼真實。一個優秀的
哭喪人，要有訓練有素的
痛苦，哪怕面對空蕩蕩的棺木
也可以憑空抓出一位死者

還可以，用抑揚頓挫的哭聲
還原莫須有的悲歡
就像某個人真的死了
就像某個人真的活過
他接著又說，好的哭喪人
就是，把自己無數次放倒在
棺木中。好的哭喪人，就是一次次
跪下，用膝蓋磨平生死
我哭過那麼多死者，每一場
都是一次蕩氣回腸的
練習。每一個死者，都想像成
你我，被寄走的
替身

—獨坐書—

明月高懸，一副舉目無親的樣子
我把每一顆星星比喻成
綴在黑袍子上的補丁的時候，山下
村莊裡的燈火越來越暗。他們勞作了
一整天，是該休息了。我背後的松林裡
傳出不知名的鳥叫。牠們飛了一天
是該唱幾句了。如果我繼續
在山頭上坐下去，養在山腰
帳篷裡的狗，就該摸黑找上來了
想想，是該回去看看牠了。牠那麼小
總是在黑暗中，衝著一切風吹草動
悲壯地，汪汪大叫。牠還沒有學會
平靜。還沒有學會，像我這樣
看著，腳下的村莊慢慢變黑

心頭，卻有燈火漸暖

—風，繼續吹—

三月，西北風搶掠過的
田野。東風又蕩滌了一回

四月，爺爺種過大菸的花梁溝
我們種下了爺爺。一地桃花
毛茸茸……

五月。我從小紅家的屋簷下掏出
幾隻雛燕，毛茸茸。
嗩吶娶走的小紅
在六月回來，像最小的那一隻

嚶嚶地哭。七月
立秋。小紅的男人
帶了幾個人，來過。又是打
又是罵。快八月了
她把自己掛在屋簷下
一身月光。在風裡
毛茸茸

—我用一生，在夢裡造船—

這些年，我只做一個夢
在夢裡，我只做一件事
造船，造船，造船

為了把這個夢，做得臻美

我一次次，大汗淋漓地
揮動著斧、鋸、刨、鑿
——這些尖銳之物

現在，我醒來。滿面淚水
我的夢裡，永遠欠著
一片，蒼茫而柔軟的大海

—暮色中的事物—

草木葳蕤，群星本分
炊煙向四野散開
羊群越走越白
像一場雪，漫過河岸
這些溫良的事物啊

它們都是善知識
經得起一次次端詳
也配得上一個
柔軟的胖子
此刻的悔意

—無題—

風是乾淨的，風吹過岩石的時候
岩石也淨了。露珠滑過草木
悄無聲息。落在泥土裡，消弭得
乾乾淨淨。一個滿面風塵的人
在清溪邊，坐了會兒
他想俯身，洗一把臉，卻從溪水中
聽到了，星辰走動的聲音

——一輩子總得在地攤上買一套內六角扳手——

我也覺得它們，英雄無用武之地
可還是買了。可能是為了
找個閒逛的理由
也許等會兒能碰到熟人
也許一天也碰不到
但我忍不住，反覆唸著
嗨，一套十件，挺實用的

就這樣，一個上午
我拎著它們
叮叮噹噹的，在集市上
東瞅瞅，西望望
像是戀戀不捨

又像是別有用心

回來的路上，它們閃爍著寒光
想了想，我才三十出頭
其實也可以，等幾年再買

二〇一五年茅台盃文學獎詩歌獎

守口如瓶

—顏梅玖—

顏梅玖，筆名玉上煙。現暫居寧波，供職於報社。作品見於《人民文學》、《詩刊》、《十月》等多家刊物，詩入選多種選集和年度選本。

曾獲《現代青年》讀者最喜歡的十大當代詩人、大連「三個十」最佳作品獎、大連第十二屆金蘋果優秀創作獎、二〇一五年茅台盃文學獎詩歌獎、首屆新現實主義詩歌獎等。

著有詩集《玉上煙詩選》、《大海一再後退》。

—活著—

我孤僻，任性，獨來獨往。我有不可告人的秘密，我守口如瓶
有時也會賞自己一記耳光

晚餐時，只有一雙筷子
不過是，路邊的小野菊孤單地開放

刀割破了我的手
不過是，一個夢替另一個夢說出內心的挫敗

半夜醒來，黑暗裡一切都醒著：鄰居的舊空調，發出令人難以忍耐的噪音；亞麻圍巾像條繩子垂在我的頭頂；剝落的牆皮啪地掉在地上
不過是，樓下的嬤嬤做著禱告，手指冰涼

我拗不過的命，一扯就碎
不過是，果子埋在土裡腐爛了

和我相依為命的乳房，越來越頹廢冰涼
不過是，冬天陰冷，遠處的山被塗了一層灰

唇紅齒白的女人，環佩叮噹還牽著狗
不過是，兔子愛吃青菜，就像我演的戲劇，劇情裡我發瘋地跟著一個辜負我的美男子

我的醜，嘲弄了美
我虛偽的笑容，蔑視了真實

—山谷—

跟隨一條彎彎曲曲的小路
我們誤入一座陌生的山谷
你驚覺一切跡象：
「這裡一定是個村莊

古河道，院牆，水井，石橋，古墓……
一切幾乎可辨
他們在這裡繁衍過
但為什麼離開，又去了哪裡？」
你捕捉著可能的痕跡
不再出聲
你的手指在來回探尋著布滿苔蘚的石牆
簡直入了迷
彷彿在採集時間的標本
又彷彿在等待什麼出現
密密匝匝的樹影下
我們吮吸著冬日深谷的氣味
再也沒有這麼豐富的味道了
你凝視著我
光線在我額前似乎停留了幾秒
接著移走了。那麼快，彷彿我錯過了什麼

我突然想起你對我說過的「永恆」
一種神秘的感覺，將我們困住
冥冥之中，一切都是諸神的安排？
濃密的樹林裡，風掀動著樹葉颯颯作響
我們都知道，樹愛過它們
後來它們都飛走了

—消逝—

除了書，房間裡的一切
都被陰冷取代
幾片即將脫落的牆皮，蒙了一層灰塵的相框和一束乾花
我躺在床上。我有偏頭痛
我需要一杯熱水
我感到天旋地轉

鐘擺，一直在單調地滴答
在一面小圓鏡裡，我看到了蒼白的自己
我的臉是下午一點一刻
我的心跳是下午兩點
我的身體，是下午三點四十三分十六秒
我彷若一個鐘錶
但我無法將指針撥回
滴答，滴答……空無的聲音
漸漸填滿了我的耳朵和骨縫
這寂靜的滴落，專一，平靜
它冷漠地計算著日子的剩餘。現在
太陽沉落下去了，沒多停留一分鐘
蚊子飛往別處
桌子上的《晨報》越發陳舊
彷彿前年就已經讀過
天迫不及待地黑了。月亮從窗戶裡探頭而入

被單上紛落下時間的蛻皮
我從耳邊摸到一個人的名字

—指環—

它牢牢地占據我的無名指
十五年還是十七年？
我的手指不知什麼時候開始
出現了一道凹陷的白色印痕
像一條環形小路
我無法將指環摘下
我的關節攔住了它——
這命運的緯線。或者
是我縮小，被它緊緊箍住了一生
它從未去過其他地方，除了

這根手指
它那麼堅決，跟隨我做家務
工作和寫詩
它能聽到我血管的湧動
食指和中指間香菸的嘆息
它熟悉我緊握的拳頭，愛時的柔軟
熟悉我的顫抖和冰冷
它暗藏的那條發白的小路
同樣是我熟悉的
像愛的傷痕
栩栩如生又寂無聲息

—一個人—

一個人去散步

沿著無人的小徑，走啊走
一個人坐在公園的石凳上
對著天空發呆
一個人自拍，相片不知發給誰
一個人吃飯
一雙筷子，一個碗
一個人去旅行，走著走著
就想起了他愛過的人，和孤單
一個人，在菜市場
在雜貨店，在公交站
在江邊，在機場
在風裡，雨裡
在星期一到星期天。在煙霧中
在衰老裡
一個人喝酒
一個人自言自語

一個人，笑
一個人，哭
一個人，睡
一個人睡了，靜靜地，在地下
一個人，在黑暗的地下，睡了
靜靜地，一個人

—愛情—

你們發誓，擁吻
燃起烈焰。滿心歡喜
你們吵鬧，哭泣
喝得爛醉。痛不欲生
你們緊緊攫住我
而我不會久留

你們十指相扣
嘴巴對著嘴巴
恥骨對著恥骨
空虛對著空虛
你們緊緊攫住我
而我不會久留

我是你們的證人
甜蜜的藥丸
我是你們的叛徒
灰燼
我是汁液、激流、大海
你們緊緊攫住我
而我不會久留

我享用你們的身體
甜言蜜語
傷口
我是你們的孤獨
而我不會久留
你們鬆開
我從你們身上滑落
我成為碎片——
你們的

—父親的遺物—

父親沒有留下遺物
那隻老式的舊手錶，在生病前就不知去向
小提琴和柳條箱

是他下放在小山村時所帶的全部家當
如同一部舊電影裡所看到的
我因此覺得父親與眾不同
但不知什麼時候都被母親丟棄
在母親家
我找不到父親一點遺物
手帕、菸灰缸、帽子……
它們隨父親一起消失了
我知道母親看到那些，會難過
我知道它們被母親藏到一個永遠找不到的地方
但就在去年夏天
在母親的床底下，一堆舊物間
我看到了父親曾藏在柳條箱裡的那本書：
《演員自修》……
算起來，這本書在我們家已經潛伏近五十年了
小提琴從沒發出過聲音

書，也不曾在月亮下翻看過
一個想當演員的帥哥
一個因家庭成分而不走運的男人
成功地控制了自己的生活——
瞧，他悄悄地將他的夢想藏在黑暗裡
不為人所知
我帶走了它
當我研究裝訂線、繁體字、泛黃的紙張
突然有什麼浮現了出來：
不是別的
是父親的臉，甚至有點羞澀……

——野鴨——

稻田右側，是一片寬闊的水域

現在天氣開始轉冷，天空灰沉沉的
只剩下電線桿上的一些麻雀
悠閒地飛來飛去
我們慢慢走近蘆葦蕩
突然，一隻野鴨踩著水面
飛快地向前奔去
我們睜大了眼睛
沿著牠划出的白色水線
牠的影子越來越遠
直到水波抹去了牠的腳印
在這空曠的人世間，發生了什麼？
我們還未來得及看清牠的身影
牠就不見了
一切重新陷入寂靜
我們茫然地盯著水面，夢一般的迷失
心彷彿也跟著飛走了

有多少次，沿著命運的經緯線
我們也這樣急急向前
追逐著，惶恐著
像被驅趕
像未知的前方，有什麼在使勁拽拉我們

—山中晨霧—

晨霧占領了整個山頭
山石隱退
險峻的山嶺只剩下模糊的輪廓

「她是女性的，且妖」。我心想
她潮濕，迷幻。甚至
讓坐在青竹上的那個人熱血沸騰：

「美啊，美，這山，這景致……」
她不可能永遠停留在這裡
不可能永遠停留在枝頭上，讓你撫摸

她是什麼時候消失的？
她掛在樹上的那件透明的濕漉漉的外衣
是否還保持著她本身的形狀？

今天，大霧讓我們也匯聚在一起
在不明確的時間河流裡
我們相互纏繞。我們久久坐著
在彼此的霧裡，模糊不清

—松鼠—

沿著小徑我們走上山坡

一座未修築完畢的寺廟出現在面前

突然一隻松鼠自房樑上閃過
你驚訝地指著那裡。當我回頭，牠已經不見了

我久久地凝視著房樑
一束細長的陽光，吸收了許多灰塵

房樑沒有嘎吱作響證明一隻松鼠的存在
周邊的草葉也沉默不語

「我親眼看見……」我把頭轉向你
但我分明也看到了你的疑惑：松鼠哪去了？

我很久沒有看見你了。淅淅瀝瀝的雨夜
我想起松鼠。哦，松鼠，松鼠的尾巴，如此寂靜

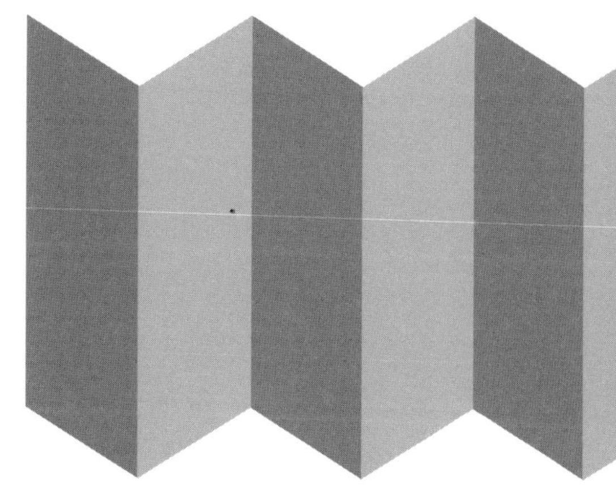

大陸期刊文學獎

◎輯二◎ 散文

二〇一五年

紫金・人民文學之星散文新人獎

墨跡

—胡竹峰—

胡竹峰，一九八四年生於安徽岳西，現居合肥。

曾獲二〇一五年紫金・人民文學之星散文新人獎、

書城盃散文大賽一等獎等。

著有散文集《空杯集》、《墨團花冊：胡竹峰散文自選集》、

《衣飯書》等十餘種。

多篇散文入選年度散文和隨筆排行榜，

部分作品被翻譯成英、法、日、義語。

—奉橘與送梨—

王羲之、王獻之的文章收在《全晉文》二十二卷至二十七卷。《全晉文》洋洋一百多卷，我喜歡的不過二王父子的幾百條雜帖。《全晉文》得自舊書攤，殘了兩冊，有二王的雜帖，也就懶得配全了。

丹陽旦送，吾體氣極佳，共在卿故處，增思詠。

知須米，告求常如雲，此便大乏，敕以米五十斛與卿，有無當共，何以論借？

雨寒，卿各佳不？諸患無賴，力書，不一一。羲之問。

獻之等再拜：不審海鹽諸捨上下動靜，比復常憂之。姊告無他事，崇虛劉道士鵝群並復歸也。

獻之等當須向彼謝之。獻之等再拜。

廿九日獻之白：昨遂不奉別，悵恨深。體中復何如？弟甚頓。匆匆不具。獻之再拜。

讀二王雜帖，如春上漫步松林，晨霧剛去，朝陽正升，薄靄晨光，讓我體會到文章之美。文學創作，不講究文章之美，終究算不得一流。王羲之的雜帖真好，王獻之的雜帖真好，好在有人情之美，情在不經意間。

我偶爾也買點水果送人，但寫不出「奉橘三百枚，霜未降，未可多得」這樣簡潔的句子。我喜歡橘子之名，橘子比桔子更有意味，文字也未必越簡越好。現在書家下筆落墨還是寫繁體字，不僅僅是形式問題。

〈奉橘帖〉，現藏台北故宮博物院，摹搨本。摹搨亦作摹拓，依樣描制、複製。王羲之是人間之龍，學他的人多，並非葉公好龍。米元章以為跨上龍頭了，誰知眼神不好，上了麒麟之背；趙孟頫以為跨上龍頭了，豈料不過抓住了龍尾；楊維楨知道自己非騎龍人，乾脆找匹野馬獨行荒漠；董其昌游龍不成，索性戲鳳；鄭板橋上天飛龍不得，落地蜿蜒成蛇——亂石鋪街，亂石鋪街實則卵石鋪街。下雨天，人走在鵝卵石上，腳步打滑，容易跌倒，鄭板橋最不可學。

我是去過橘園的，春秋之際。春天，橘園一片綠，深綠，或者說是墨綠，入眼只覺得綠油油。秋天，橘園綠中有黃，橘子垂垂累累，說掛燈籠之類俗了，那樹沉甸甸的，彷彿懷孕的婦人，風一吹，越發像懷孕的婦人。

〈奉橘帖〉中「霜未降，未可多得」一語，有人說是還沒有霜降，我認為應該是還沒有下霜，還沒有下霜，也就沒有摘更多的橘子。朋友告訴我，下霜以後，天氣變冷，橘子的酸度降低，糖度提高，橘皮變黃。這麼說來，王羲之是懂得農作物週期的，可能他家中有果園：

奉黄柑二百，不能佳，想故得至耳，船信不可得知，前者至不？

又奉橘，又送柑，禮多人不怪。〈橘錄〉記：「柑乃其（橘）別種。」我鄉下舊居庭前有過一株柑樹，當年祖父栽的。只是柑子味酸澀，不能佳，我們並不喜歡吃。

王羲之種橘送人橘，種柑送人柑。王獻之學他，作〈送梨帖〉：

今送梨三百。晚雪，殊不能佳。

行文口吻，與其父何其相似，書法首行字勢也與〈奉橘帖〉相近。

我偶爾也買點水果送人，但寫不出「今送梨三百。晚雪，殊不能佳」這樣簡潔的句子。

我家門前有棵梨樹，祖父當年植下的，一抱粗。春天梨花盛開，白得耀眼，像下了場雪。梨花白是素白潔白，興沖沖開滿枝頭，不如梅花白好看，梅花白是雅白。

梨花謝了，梨樹蕭瑟起來。梨樹葉子也鮮綠，只是模樣貧乏，或者說貧而不乏，儘管一簇簇長在枝頭，感覺還是弱不禁風。立夏後，梨樹葉子密了一些，氣韻生動了。晚上和家人坐在竹床上納涼，嗑嗑瓜子，說說閒話，月亮斜掛在梨樹上，灑下一片清輝，半片陽台塗上一層銀粉。

那棵梨樹不大結果，只有一年豐收，青兜兜裝了幾籮筐。那棵樹結的梨，入嘴略酸澀，並不見佳。我家的梨是葫蘆梨，不如鄰居家的沙梨甜。

葫蘆梨形狀好看，常入畫。金農的瓜果冊頁，其中一幀即是兩顆葫蘆梨，放在白瓷盤裡。金農的畫斂得很，設色淡而不豔，像老僧心如止水。金農的畫有藥味，金農的人也有藥味，一生命運多舛，淒苦隨著筆管落到宣紙上幻化成水墨。起初覺得金農的畫作不豐富，後來才知道他的了不起。金農的藥味如梨，平和性溫。

梨也的確是一味藥。讀來的故事，說有人患癆病，傅青主開的藥方是一船梨，讓他坐臥其間，順流而下，一船梨從山西吃到河南，病人在黃河上痊癒了。傅青主本名傅山，我談到書法時，稱他傅山，高山仰止；談到醫藥時，我稱他傅青主。傅青主三個字有藥氣，我是不是小說讀多了？

〈奉橘帖〉、〈送梨帖〉，筆墨雙絕。

—乞米—

顏真卿有〈乞米帖〉。乞米比要飯好聽，乞字來得柔軟，要字太生太硬。我老家人說要飯的是討米的。乞討乞討，乞字比討字有古意。字意的周旋，也是山山水水。「乞米帖」三字我一看到，心裡一酸。讀罷全文，越發心裡發酸：

拙於生計，舉家食粥來已數月。今又罄竭，只益憂煎，輒恃深情，故令投告。惠及少米，實濟艱勤，仍恕干煩也。真卿狀。

這是顏真卿任刑部尚書時向李光弼借米的信。安史之亂後，元載推行厚外官而薄京官的薪俸制度。顏真卿居官清廉，家無積蓄，幾個月裡一日三餐舉家食粥。

〈乞米帖〉的書法極圓潤，圓潤裡是顏真卿的不卑不亢。圓潤是美學上極高的品位，〈乞米帖〉裡的圓潤有種高貴的從容，高貴未必從容，從容未必高貴。從容的高貴與高貴的從容還不一樣，高貴的從容比從容的高貴難得多，尤其在乞米之際。

顏真卿的〈乞米帖〉，比他的〈多寶塔碑〉搖曳，比他的〈爭座位帖〉收斂，比他的代表作〈祭侄稿〉溫潤。亂世災年，還能從友朋家借米，不幸之大幸也。亂世間的友誼極其珍貴，況且書墨會友，以文寄情，更加珍貴。

昨天晚上熬粥時，正隨手翻到〈乞米帖〉。我想像顏家鍋鑊裡米粒在沸水中上下左右翻滾，水多米少，最後一餐了，一家老小在燈下靜候夜歸人深一腳淺一腳地背著米回家，那是明天的口糧。

顏真卿的大楷，在我的感覺裡，一個字一個字寫得像刀劈斧削。那刀劈斧削又絲毫不用力，刀劈得隨意，斧削得輕鬆。顏真卿的草書寫得像公孫大娘舞劍：

來如雷霆收震怒，罷如江海凝清光。

顏真卿行書裡的視線，用筆和結體是平視的，像年老祖父蹲在地上和小孫子說故事，所以我覺得親切。顏真卿是唐朝書法家裡技術最好的一個，但他書法裡的技術讓人看不到。技是國技，難得還是讓人看不到摸不著的國技。書法是技術，而現在不少書法只有技術，終究不幸。

顏真卿是從山泉游到長江的一尾魚，歷經泉水叮咚，歷經激浪奔流。

〈乞米帖〉讓我想起〈林屋山民送米圖〉。

晚清光緒年間，蘇州廉吏暴方子得罪上司遭罷官，境遇窘迫，債累滿身。林屋山當地的老百姓得知內情，出手援助，東家送來幾斗米，西戶送來幾擔柴，一月之內蔓延至八十餘村，其戶約七八千家。

百姓送米的故事，一時盛傳。吳門畫家秦敏樹聽說後，即作詩詠之，並繪〈林屋山民送米圖〉長卷，以寫意手法，再現山民送米送柴的情景：林屋山白雪皚皚，山下幾間低矮的茅屋，幾個山民背著米袋走在小路上。暴方子家門口，有人送來了大米，放在地上。圖右側，一隻小船泊在岸邊，大概也是剛來送米或送菜的。

一乞一送，正大磊落。

——苦筍——

〈苦筍帖〉俊且健，線條龍飛鳳舞，直逼二王書風。直逼二王書風不稀奇，稀奇的是直逼二王文風。二王文風與書風堪稱魏晉雙絕。

個人取捨，莊子之後的文章，二王父子要坐把交椅。《全晉文》所收五百餘則雜帖是中國文章的五百羅漢，〈蘭亭序〉即便不從書法角度看，也是一等一的文章，開合有度，氣象萬千。

書家法帖單重墨跡，常被人忽略文本，這是後人的偏頗。懷素〈苦筍帖〉，可謂唐人十四字小令，有魏晉法度——

苦筍及茗異常佳，乃可逕來。懷素上。

苦筍和茗茶異常佳美，就請送來吧。直言直語，不僅僅是魏晉法度，還不乏魏晉風度了。有朋友問我什麼是魏晉風度，解釋不清，讓他自個從《世說新語》上找。

過去以為苦筍是春筍，後來在南方見過苦筍，比我鄉常見的春筍細小，因此心裡犯了狐疑。近些年總會吃一點春筍，但從來沒感覺「異常佳」。當然，這是我的味覺，梁實秋就在文章裡說：「春筍不但細嫩清脆，連樣子也漂亮。細細長長的，潔白光潤，沒有一點瑕疵。」

菜場上常見到的春筍有兩種，一種是膀大腰圓的毛竹筍，還有一種細長苗條、長在半尺許的筍，不少南方人稱它為苦筍。

筍號稱葷素百搭，但還是搭葷為宜。杭幫菜裡有道名菜「油燜春筍」，只用春筍一味主料，吃起來到底清淡。我在家裡燒筍要配五花肉，不知道懷素怎麼吃。懷素這個和尚，魚也吃得，肉也吃得，或許他食筍用的是李漁的法子：「以之伴葷，則牛羊雞鴨等物，皆非所宜，獨宜於豕，又獨宜於肥。肥非欲其膩也，肉之肥者能甘，甘味入筍，則不見其甘而但覺其鮮之至也。」

不配肉的筍，吃過一次。今年暮春之際，在涇縣桃花潭附近一家餐館，一碟略醃而清蒸的筍尖，味道太好，入嘴清絕，越嚼越遠，差一點兒孤帆一片，可惜放了點味精，讓人略生惆悵。

〈苦筍帖〉，瘦肥相間，是中國法帖的筍燒肉。

〈苦筍帖〉，書者懷素，李白讚其草書「墨池飛出北溟魚，筆鋒殺盡山中兔」。《宣和書譜》評其草書：「字字飛動，圓轉之妙，宛若有神。」

「筆鋒殺盡山中兔」七字妙絕，此語只應天上有。

—花氣—

讀黃庭堅的〈花氣薰人帖〉，如入百花園，處處皆花氣。此花氣是女人香。古人言及花氣的詩詞不少，翻閱間隱隱嗅得出女人香，捻指書頁動，疑是玉人來：

曲水浮花氣，流風散舞衣。（賈至）

裙裾微動搖，花氣時相送。（郭熙）

花氣無邊薰欲醉，靈芬一點靜還通。（朱熹）

寫花氣最著名的當是陸游「花氣襲人知驟暖」一句，賈寶玉將賈母之婢蕊珠改名為花襲人典出於此。花襲人是虛晃一槍，內裡是說此姝知驟暖。知驟暖可謂之「賢」也。《紅樓夢》二十一回目「賢襲人嬌嗔箴寶玉　俏平兒軟語救賈璉」。但賈政問起時，賈寶玉卻說在古書裡看見的是「花氣襲人知晝暖」。驟為晝，此中大有深意，該不是曹雪芹的誤記。脂硯齋有批云：「此書一字不能更，一字不能少。」只知「晝暖」不知「晚涼」，這卻是襲人不及晴雯的地方了。

花氣襲人四個字比花氣薰人好，好在有晚唐詩味。襲字比薰字用得小心，有蟬翼美。陸游的詩文才高一尺，黃庭堅的書法藝高一丈，儘管陸游的書法也好，儘管黃庭堅的詩文也好。黃庭堅是宋詩裡的高手，有論者說宋詩遣詞狠，尤其到了黃庭堅手裡，一如敲打。這回敲打過了，花氣薰人的薰字太衝，寫露了，失了風流。記得有人問我晚唐詩味，當時無言以對，現在覺得晚唐詩味正是人物風流耳，下次見面告訴他。

宋朝是青花瓷小盞裝酒的時代，宋人似乎活得小心翼翼，不像唐朝人瀟灑，出不了飲酒八仙那樣的人物（好不容易出了個蘇東坡，為宋朝挽回了面子）。宋朝的服飾也是緊衣袖服，沒有唐朝的長袍寬服來得浩蕩。

黃庭堅的〈花氣薰人帖〉道：

> 花氣薰人欲破禪，心情其實過中年。
> 春來詩思何所似，八節灘頭上水船。

上水船乃南方水鄉俗語，意謂逆流行舟，雖費力氣，終究寸遲尺滯，不能速達。

黃庭堅這首略帶打油的詩實則以詩代札。話說黃庭堅在家閉門靜養，駙馬王詵差人送來鮮花。原來黃庭堅答應給人家作詩，遲遲未果，人家等不及了。豈料花氣欲破人禪定，黃庭堅便寫了這首詩答客問。詩中有衷腸，有頹唐，有無奈，有徬徨，更有一種跌宕自喜。跌宕自喜是大境界，《詩辯坻》說太白詩行，跌宕自喜。

讀黃庭堅的〈花氣薰人帖〉，如入百花園，處處皆花氣。

—秋聲賦—

〈平復帖〉是西晉時陸機寫給友人的一個信札，收信人不考，其中有「彥先羸瘵，恐難平復」字樣，故名。此帖文辭古奧，所錄內容，眾說紛紜，鄭春松與啟功予以釋文，字詞差異頗大。看〈平復帖〉彷彿讀〈秋聲賦〉，線條與文氣是相通的。陸機的線條如擰螺絲，螺絲越擰越緊。從筆力上說，〈平復帖〉力躍紙面，不僅力躍紙面，還躍過時間之河，時間比紙來得厚。〈秋聲賦〉的章法一頓又一頓，歐陽修是推刨子，刨花捲起千堆雪，可惜現在不易見到這個場景了。

我小時候喜歡看木匠推刨子，刨刀過去，木片如花捲，一捲又一捲，著實像雪。躺在刨花雪中，樟木的氣息，杉木的氣息，松木的氣息，柳木的氣息，桐木的氣息，輕靈又厚實。

〈秋聲賦〉裡的有些句子可為〈平復帖〉的書論：

其色慘淡，煙霏雲斂；其容清明，天高日晶；其氣栗冽，砭人肌骨；其意蕭條，山川寂寥。

中國書法的高明就在這裡，讓人起通感。通感比同感難，同感是心有靈犀一點通，通感是門泊東吳萬里船。

不知道歐陽修有無見過〈平復帖〉，他有句評價陸機的話有意思，說「陸機閱史，尚靡識於撐犁」。撐犁太難，我在鄉下學過。

〈平復帖〉用筆樸質古雅，枯筆破鋒。藝術上，枯比榮來得更難，破比立來得更難。榮之極矣轉枯，立之極矣要破。更為難得的是，陸機下筆枯破不自知。藝術家貴在自知，藝術品則相反。好的藝術品都是藝術家的無心插柳，枯也由它，榮也由它，破也由它，立也由它。

〈平復帖〉是陸機的隨意之作，匆匆忙忙，一揮而就。濃墨、禿筆、糙紙，有可能還是宿墨。陸機偏偏能寫得石破天驚，石破天驚逗秋雨不稀奇，石破天驚得老老實實，這是大藝術家的稟賦。一般人寫字一厚實，就很易死筆死墨，〈平復帖〉裡有跳脫，這是大藝術家的天性。

我看〈平復帖〉，總覺得一片秋聲秋涼秋意秋景——殘紙上墨痕斑駁，禿筆糾纏，章法扭曲，線條像廢棄鏽蝕的鐵絲網，都是蒼苦亦是荒涼。文如其人，筆如其人，墨如其人，陸機的命運〈平復帖〉的字裡行間可見一斑。

八王之亂時，陸機戰事失利，遭人陷害，被成都王司馬穎當替死鬼殺了。陸機臨刑前脫下戎裝，穿上白便帽，神態自若，感慨曰：「華亭鶴唳，豈可復聞乎！」其中有憾，「恐難平復」。陸機被殺，兒子陸蔚、陸夏一同遇難，其弟陸雲、陸耽隨後亦遇難，陸氏被夷三族。據說陸機罹難後，濃霧彌合，大風吹折樹木，平地積雪一尺厚，人以為是陸機冤死的象徵。

我偶爾也臨帖，但一直不敢面對〈平復帖〉，其中原因，恐難平復。

〈平復帖〉在唐時收入內府，宋代被定為是西晉陸機的真跡。米芾看過此帖，用「火箸畫灰」四個字形容陸機禿筆賊毫線條的蒼勁枯澀之美。〈平復帖〉的書法好也正好在火箸畫灰上——在雙目之間扭來扭去，在心神之間翻山越嶺，在言傳意會之間漫漶虛空。

—逍遙遊—

逍遙遊。靠在樓頭遠望，冒出這三個字，完全是感覺。樓建在山上，山很高，樓更高，風一吹，衣袂飄飄，頓起逍遙之感。

暮鼓餘音裡，黃昏到古寺。風吹起，黑僧衣上的蝙蝠鼓盪欲飛。眼前煙波浩渺，越發逍遙遊。栩栩然蝴蝶，蘧蘧然莊周，莊周的〈逍遙遊〉我讀得熟，文章還是莊周的好。現在說起文章，我第一個想到的常常是莊子。

生來太晚，極其沮喪，好文章讓前輩寫光了，尤其是莊周，《莊子》內七篇是中國文章蒼穹的北斗七星。在今時寫文章，寫得好進入摹本狀態，差一點是水印，更差的是刻本。這種無奈之感，我覺得安在孫過庭頭上可能也合適。孫過庭出身寒微，命運多舛，何止文章憎命達。出身寒微就注定命運多舛，自古如是。

夜宿山寺，晚飯後在小道上走了一圈，回房翻孫過庭〈書譜〉，看得欣然。〈書譜〉有仙氣，我一見〈書譜〉，翩翩欲飛，隱隱中長出翅膀，御風而行。〈書譜〉有水氣，一見〈書譜〉，心裡濕潤，隱隱中長出魚鰭，四海翱翔。起先以為是篇幅的關係，〈書譜〉三千五百多字。我把帖折起來看，依然有逍遙遊的感覺。

因為唐太宗，初唐書風完全被二王籠罩。如果順這路子下去，唐代書法或許沒有自己的面目。大唐畢竟是大唐，盛世後，以顏真卿為代表的書家，對二王書風進行了一次徹底反動。二王書風在美學上屬優美，顏柳書風屬於壯美。這時候孫過庭居然成為時代的異數，也就是說〈書譜〉的不合時宜，反而成全了藝術的成功。如果沒有孫過庭，二王在唐朝就少了橋樑，這是中國書法藝術一件完美的陰錯陽差。

孫過庭是個小人物，但他下筆富而貴，富中有股貴氣。歐陽詢有富氣無貴氣，儘管他活了八十多歲，壽多則辱，有何貴氣可言。歐陽詢的小楷彷彿生了佝僂病，每次讀帖不敢深入（阿彌陀佛，歐陽詢先生，對不住了）。褚遂良正而逸，堂堂正正中不乏逸氣。顏真卿有貴氣無富氣，魯公辛苦啊，〈多寶塔碑〉、〈顏勤禮碑〉、〈顏氏家廟碑〉，真是寫得辛苦，真是讀得辛苦，真是學得辛苦。板凳要坐十年冷，學顏真卿，十年太短。

〈書譜〉的內容是孫過庭自己的書學體驗、書譜撰寫要旨與習字的一些原則，給後世書法理論做了個基本框架。〈書譜〉不從書法的角度看更好，孫過庭眼高於頂，有過人處。〈書譜〉的文章，何等了不起，放眼盛唐，也是一流。古人說莊子的文章汪洋恣肆、解衣盤礴，這八個字用來形容〈書譜〉，也配得上。

〈書譜〉不是用來看的，看也看不懂，它是讓我們遊覽的——走在山清水秀的村莊，小溪潺湲，花香四溢。讀〈書譜〉，彷彿遊玩桃花源：「緣溪行，忘路之遠近。忽逢桃花林，夾岸數百步，中無雜樹，芳草鮮美，落英繽紛。」況味彷彿此數行字之間。

朋友中，完整臨過〈書譜〉的不少，得其狀易，得其味易，得其意大難也。孫過庭的筆墨，看起來遊龍戲鳳，漫不經心，深入之後才發現不是那麼簡單——分明萬水千山，不可等閒視之。

有人告訴我，臨寫〈書譜〉彷彿和月亮賽跑。和月亮賽跑的感覺我知道。小時候夏夜，一人走在鄉村小路上，我走，月亮走；我跑，月亮跑。月高而明，明且大，遠遠掛在天上，那樣明朗的天。

—泠泠風雨聲—

春雨綿綿，陰寒不散，夜裡悠悠忽忽讀了些舊人詩詞。元人柳貫〈題宋徽宗扇面詩〉云：「扇影已隨鸞影去，輕紈留得瘦金書。」瘦金書我熟，小時候玩過一枚「大觀通寶」銅鈔，錢文正是趙佶手筆。

趙佶的帖讀過不少，〈千字文〉、〈牡丹詩〉。瘦金體的線條彷彿金戈銀絲，看〈穠芳詩帖〉久了，越發覺得線條薄利，筆鋒可以削水果，手不敢觸。我看瘦金體，老想到春秋時候的尖首刀幣。〈穠芳詩帖〉，大字楷書長卷，每行二字，共二十行，清人陳邦彥題跋：「此卷以畫法作書，脫去筆墨畦徑，行間如幽蘭叢竹，泠泠作風雨聲。」

纖細、青鬱、勁挺、有力，瘦金之味差不多這樣。不要說書法，宋人文章也涓涓細流出一派文氣，不像唐朝欣欣向榮，鬱鬱勃發。唐人寫時間流逝無可奈何，「念天地之悠悠，獨愴然而涕下」，宋人卻是「夕陽西下幾時回？無可奈何花落去」。唐朝人慷慨，宋朝人感慨。慷慨常常是壯士，感慨往往為道家，宋徽宗恰恰是道君皇帝。

宋人書法，受老莊道家影響，大抵虛靜，瘦金體是異數。每見瘦金體，像在冬天的梅園遊玩，老樹新花，四周一望，虛室生白，全是一片吉祥。

有回在朋友畫室玩，他運轉提頓寫瘦金體給我看。想起當年的趙佶，一筆一畫運轉提頓在汴京皇城裡自得其樂。瘦金體的精氣神是入世的，也是出世的，更多還是出世的。我讀趙佶書法，讀出自得其樂——天下與我何干？且寫字畫畫去，差不多是那樣的字外音。

趙佶的字有彈性，有韌性，有精神，像鋼絲。書畫家白蕉說：「瘦金體的線條，未必輸給顏真卿的線條。」瘦金體是文人字，並非帝王字。到底什麼是帝王字，我也說不清；到底什麼是文人字，我更說不清。我只能說自得其樂是文人字，旁若無人是帝王字。王羲之、顏真卿、蘇東坡、米芾、趙佶、董其昌的手跡一片自得其樂或者洋洋得意，唐太宗、唐玄宗、康熙、乾隆的手跡旁若無人或者居高臨下。

趙佶好詩，好畫，好歌舞，好花崗岩，好李師師，好鮮衣駿馬，好美食華燈，好梨園鼓吹，好古董花鳥。本是紈絝兒，生在帝王家，成就了一身才華，糟蹋了大好河山。

瘦金體，又名瘦筋體。瘦金體三字有風雅氣，瘦筋體三字有稼穡味。瘦筋，筋瘦，夏天，從水塘裡挑水澆園的農夫筋瘦筋瘦。葉聖陶先生有文章說：「每當新秋的早晨，門前經過許多的鄉人：男的紫赤的臂膊和小腿肌肉突起，軀幹高大且挺直，使人起康健的感覺。」

每見瘦金體，總想起紫赤的臂膊和肌肉突起的小腿。

—吹花回雪—

晚上一邊泡腳一邊看〈董美人〉，忽忽憶及董其昌，和他們都姓董無關。楊秀說董美人「態轉回眸之豔，香飄曳裾之風，颯灑委迤，吹花回雪」。吹花回雪的形容讓我想起董其昌的書法。董其昌曾說趙孟頫的字因熟得俗態，說自己的字因生得秀色。吹花回雪正是秀色，秀色得令人低回。

〈董美人〉文辭大好，得了〈洛神賦〉的真傳。吹花回雪四個字更好，更好無言，拜上天所賜也。近年來明白好文章是天賜的，勉強不得，於是澈底放鬆。

趙孟頫因熟得俗態，我看未必，董其昌因生得秀色，倒是不假。趙孟頫也有秀色，只是他的秀色是山清水秀之清秀，董其昌的秀色是瓜果蔬菜之輕靈。趙孟頫氣質華貴，適合近觀；董其昌氣勢清朗，適合遠視。從書藝上看，趙孟頫是董其昌的哥哥，一根藤上的兩個南瓜，一個瓜熟蒂落熬成湯，一個青皮幽幽做了菜。

董其昌居鄉豪橫，老而漁色，連房子都遭人火燒，書畫竟是雙絕——畫帶士氣，字帶秀色，入眼通體是不疾不徐的清貴。董其昌書法真跡，看過一些，或扇面或條幅或冊頁或中堂。其中堂尤其耐看，是玉雕的白菜。

見過一幅董其昌行書手卷，字寫得斜風細雨，冰肌玉骨，頃刻忘了炎熱。好作品讓人不知炎涼。有一年冬天，洗完澡單衣條褲在沙發上翻八大山人的畫冊，忘了時間，回過神來，已經著涼了，感冒好幾天。

董其昌寫字，無意於法時每每馳騁佳妙，譬如〈伯遠帖〉的題跋，字形大小錯落，宛若珠落玉盤，脆然有聲。其文字也好，風神瀟灑：「既幸予得見王珣，又幸珣書不盡湮沒得見吾也。長安所逢墨跡，此為尤物。」如今在博物館看董其昌的書畫，亦如彼時情景。因為有幸沒有湮滅，尤物兀自勾魂攝魄。

明崇禎九年十一月，八十二歲的董其昌去世。我總覺得那是一個風雨天，董園的梅花零落一地。

—三河少年—

這幾天人渾渾噩噩，精力不濟。精力不濟，精神也頹唐。精神不濟時要多睡覺多運動，精力不濟時我就翻翻經史讀讀碑帖補充補充元氣。

精力不濟時，會覺得唐楷過於威嚴，晉帖太飄逸，魏碑略嫌沉穩，讀來多不熨心，只得尋幾本漢隸在手邊，平日裡我不大看漢隸的。這回看的是〈曹全碑〉，看一筆一畫，能看出大匠之心巧奪天工，令人舒服。能想像到書家落筆的自在，是沒有任何病疾的穩妥自如。

〈曹全碑〉全稱〈漢郃陽令曹全碑〉，為王敞記述曹全家世生平的銘文。此碑由曹全門下故吏集資刻石，碑陰刻有群僚姓名及捐資數目。

有人譬〈曹全碑〉儼若風流自賞的三河少年。宋人敖陶孫曾說曹子建是三河少年。三河少年，也就是富貴子弟。三河為漢時的河東、河內、河南三郡，位置在今天的洛陽一帶。

讀罷兩遍〈曹全碑〉，果然少年人元氣足，看得我精神也好了一些，脫了渾渾噩噩與頹唐的「巢白」。事情是這樣的，昨天聽一著名書畫家將窠臼念成巢白，我一愣，恍惚了片刻，方明所以。他以為我沒聽懂，又著重說了一句巢白。那白字餘音繚繞，揚上去又伏下來，尾音頓挫像滑雪運動，又像壓翹翹板。

巢臼比窠臼好，我不認為是畫家的無知。倘或畫家將窠臼念成巢臼，我會更佩服的。窠臼的窠是指鳥巢，窠臼的臼是指舂米的石器。我以前生活在鄉村，經常看見鳥巢，也經常看見舂米的石器。為藝之道，窠臼並非溫柔窩，宋人吳可〈學詩〉一詩有云：

跳出少陵窠臼外，丈夫志氣本沖天。

奈何書藝偏偏是跳進窠臼的事業，所謂入帖入碑。好不容易入了帖入了碑，恰恰又落入碑帖的窠臼。但書藝必得先入窠臼舂一舂，稻殼去掉，白米跳出來。白米跳出來還不行，還得將白米煮成熟飯，將熟飯變成隔夜飯，隔夜飯變成菜飯、泡飯、湯飯、蛋炒飯、手抓飯。

很多碑帖的好，正是好在讓人不覺得它是書法。後世的楊維楨、傅山、鄭板橋、金農當然也不錯，但都在奇與怪的路子上走得太遠，失之清正，不是中國書法的大道。

中國書法的大道是什麼？還是秦篆漢簡晉帖魏碑唐墨宋四家吧，明四家其實已經弱了太多，更遑論揚州八怪。揚州八怪之後越發無以為繼，無以為繼的原因還是無能為力，無能為力的原因並非天資所限，而是時代使然。

〈曹全碑〉有清氣，像京劇裡的閨門旦。京劇裡的閨門旦早期以扮演小家碧玉為主，後來借鑒崑曲的舞台形式開始扮演大家閨秀。恰恰有人說〈曹全碑〉不僅僅像三河少年，也像蘭貴玉女，少年玉女，佳偶天成，可謂此碑之陰陽。

〈曹全碑〉現存西安碑林，多年前和友人攜手共遊，大快事也。

—張黑女—

張黑女的名字一看到就暗暗叫好。王奴兒、劉殺鬼、雍糾、胡泥、栗腹、同蹄、裴鰳、類犴、玄囂、武大烈、于雷娃、任毛小、閃震電、劉黑枷、何恃氣這些名字都好。我在古書上撞見他們，心生親切，彷彿曾經用過的筆名。

張黑女的名字不僅讓我心生親切，而且心生親近。想像中的張黑女麻衣葛服或者布衣釵裙，像民間傳說的蘇小妹，膚色黝黑，薄唇圓臉，烏黑大眼，高聳額頭，雙顎外凸。當然這都是想像，張黑女三個字發音張賀汝。

張黑女者，張玄也。我說的張黑女實則是〈魏故南陽太守張玄墓誌〉，清時避康熙諱，遂稱〈張黑女墓誌〉。此碑魏普泰元平十月刻。區區三百多個字，無非張玄為官執政的記述，有實情，有溢美，無從查考，也無關緊要，緊要的是此誌書法精美。

〈張黑女〉的拓本一看到也暗暗叫好，心底現出西施浣紗的場景。據說西施所浣之紗是苧麻做成的一種布料。苧麻為蕁麻科草本，其莖部柔韌而有光澤，莖皮可以織布、結網。

〈張黑女〉的線條在我看來，也如紗般柔韌而有光澤，拆開來可以結網可以捕魚的，捕蠹魚。蠹魚也稱銀魚、書蟲、白魚，學名為衣魚蟲，舊書中常見蠹魚游離的身影。

蠹魚肆虐，吞不下張黑女的墨色。魏碑裡筆畫間架保存得如〈張黑女〉一樣完好的並不多。偉大的藝術家未必長壽，偉大的藝術品每每毫不費力跨過時間的渡口。

我讀〈張黑女〉，或以手書空，或墨塗紙上，能感受到無名氏書家的筆法，層疊不紊，功力到了，以墨法融洽筆法。碑帖的好壞與側重點，可不可以這麼分：學碑多學筆法，學帖多學墨法。不是說碑裡學不到墨法，也不是說帖裡學不到筆法，很多時候帖裡的筆法更加纖毫畢現。我的意思是，一味在碑裡學筆法，終究隔了個石雕師，能登堂未必能入室。

〈張黑女〉的好，氣韻生動從力出，又有墨韻。魏碑裡的墨韻如同雪地上即將融化的鴻爪，這是魏碑的峭拔所在。而〈張黑女〉的墨韻裡隱隱透著空靈，黑與白的交織或者黑與白的背後有一隻或者幾隻躲在雕欄上或者窗花後朝天而鳴的畫眉。我見過一些〈張黑女〉的臨本，畫眉變成了墨豬，到底是過於講究碑學裡的墨法了吧。

魏碑千筆萬筆，無筆不簡。明人三筆兩筆，無筆不繁。魏碑之簡是雪落群山，雪化了，群山還在。明人之繁，是填海造樓。填海造樓當然也不容易，但還是雪落群山來得自然來得高妙。所以讀魏碑，如晤柳宗元的〈江雪〉：

千山鳥飛絕，萬徑人蹤滅。
孤舟蓑笠翁，獨釣寒江雪。

〈張黑女〉的意境尤在柳宗元之上，筆墨裡的孤舟蓑笠翁偏偏不釣寒江雪而是一意孤行。孤行好，一意孤行更好。好的藝術品從來一意孤行，好的藝術家從來一意孤行，任由你們拉幫組派群群黨黨。

—董美人—

張黑女　董美人

差不多是一副頗工的對聯。

姓和名與字以及號的搭配大有深意，張黑女要比趙黑女錢黑女孫黑女李黑女來得奇崛，董美人要比趙美人錢美人孫美人李美人來得蘊藉。董美人三個字搭配好，字形好，董字繁複，美人二字簡單，董字的繁複藏得住美人。趙錢孫李四個字筆畫少了，配上美人二字，失之豐腴，讓美人拋頭露面了。趙大人、錢貴人、孫夫人、李丈人的搭配就熨帖得多。

董美人三個字真好，緩緩唸出，有一種娉婷裊裊。我讀〈董美人〉，能讀出隋朝某年某月某日某人筆管下墨色的娉婷裊裊。〈董美人〉全名〈美人董氏墓誌〉，為隋文帝第四子蜀王楊秀給其妃子董美人所寫的誄文。

前人評價〈董美人〉，以風度端凝四字形容。風度是舉止是儀態是言談，端凝是端莊是凝重是氣質。書法的風度端凝說白了還是書寫者的全神貫注。

我讀〈董美人〉能讀出書家的全神貫注與心無旁騖。

碑以全神貫注見長，帖還是走神的居多。王羲之的〈蘭亭序〉、楊凝式的〈韭花帖〉、蘇東坡的〈寒食帖〉，差不多都是走神的尤物。不是說帖裡缺乏全神貫注的精神，顏真卿的〈祭侄稿〉、米芾的〈蜀素帖〉，便是全神貫注的創作。

唐人尚法，書作多是全神貫注，晉人通神，下筆往往走神。

隋朝書法我所見不多，除〈董美人〉之外，還有〈龍藏寺碑〉、〈曹植碑〉、〈真草千字文〉等作品。我的不多所見中覺得隋朝書法的風格合南北之風，以結六朝之局，開唐人門徑，始知唐人並非踏空而來。

〈董美人〉一字以概之可謂妍，既美且巧，既巧且妙，可去塵俗。塵俗者，塵世俗世庸俗；塵俗者，照鏡則面目可憎，對人則言語無味。

我讀〈董美人〉，有身世之感。這身世不是我的身世，我們活得太審時，都忘了身世。這種身世之感，是董美人的身世。董美人是隋文帝第四子蜀王楊秀的妃子，開皇十七年二月染疾，至七月十四日戊子終於仁壽宮山第，春秋一十有九。楊秀觸感興悲，親自為董美人撰寫了這一方墓誌銘。〈董美人〉的筆墨好，文辭更好，婉轉淒切如十月秋雨。「寂寂幽夜，茫茫荒隴」，只此八字讓人有生死兩茫茫之感。

> 埋故愛於重泉，沉余嬌於玄隧。惟鐙設而神見，空想文成之術。弦管奏而泉潰，彌念姑舒之魂……余心留想，有念無人。去歲花台，臨歡陪踐，今茲秋夜，思人潛泫。

俐落而真誠。秋夜易起悲思，秋夜悲思不忍聞。

秋風秋雨，黯然銷魂，蜀王楊秀臨紙而立，或許也臨紙而泣，他是梁楷焦墨畫下的人物。前些時見到梁楷的人物畫複製件，何止高古，簡直奧古，簡直上古，有三朝青銅氣。

〈隋書〉說楊秀容貌瑰偉，有膽氣，美鬚髯，多武藝，史書還記載他性格殘暴，欲生剖死囚，取膽為藥。面對情愛，武夫亦有深情。面對死亡，暴徒也會喟嘆。赳赳武夫的楊秀能有如此文采，我懷疑有代筆。但〈董美人〉裡的情感太深，假手他人作不來。情感太深，以至通神，只能如此理解。

〈董美人〉，道光年間陝西出土，後歸收藏家徐渭仁。咸豐三年滬城之亂，碑石遭毀，僅拓本存其芳菲。這樣的天生尤物，人間留不住。拓本說到底只是碑石之影，但〈董美人〉之影，不少人對影遐想。

民國四公子之一袁克文給朋友寫信說：「〈董美人〉不得，食不甘，寢不安。兄能致之，當以文徵明山水小幀為報，且立踐唐佛之諾。原主亦決不無相償之酬也。蓋弟夢想此拓已十年矣！」吳湖帆先生亦喜歡〈董美人〉，夫人潘靜淑嫁妝裡有一件〈美人董氏墓誌〉拓本，吳先生常相攜入衾，深情摩挲，說是與美人同夢。

不知何故，我一直把董美人當董小宛的前世，楊秀投胎變作了冒辟疆。

—大雪紛飛—

〈張猛龍碑〉在我看來，是魏碑裡最嫻靜的一本碑帖。〈司馬悅墓誌〉、〈高貞碑〉、〈元懷墓誌〉也嫻靜，但沒有〈張猛龍碑〉沉。何謂沉，沉著、沉鬱、沉滯、沉毅，甚至還略帶沉思，差不多這樣吧。

此前曾和弄書法的朋友交流，他說北碑中嫻靜的代表是〈鄭文公〉。〈張猛龍碑〉是險，多方筆，露稜角，故意製造一種險來造動。我覺得也對，添一筆備忘。他與我觀點不一，我也不更正了。我想，無關對錯，有人說蘋果好吃，有人說蘋果難吃，兩個人都沒有錯。我用心讀碑帖寫碑帖，寫一點心事，如此而已。

〈張猛龍碑〉全稱〈魯郡太守張府君清頌碑〉，無書寫者姓名，為正宗北碑書體，碑文記載了張猛龍興辦教育的事跡，現存孔廟。

晉帖是浮，魏碑是沉。這個觀點不知有沒有人說過。昨天晚上翻遊相本宋拓〈淳化閣帖〉，突然產生這個念頭。晉帖浮雲直上，是神品。魏碑沉龍入海，是逸品。有人重碑有人崇帖，或得神或得逸。重碑者輕帖，崇帖者輕碑，這是書家的偏執，神與逸並非魚和熊掌。

晉帖與魏碑的好，是不能忘情。王羲之、王獻之書法的好看，正是不能忘情。筆墨是他們的心情，懷友、生病、送禮、請安、應酬、家事、行樂、醉酒、服藥、戰爭、憑弔、憶舊、訴腸，晉帖基本是這樣。魏碑呢，魏碑裡有回憶，那種回憶極其緩慢。一筆一畫，黏稠，滯澀。從童年到少年，從少年到青年，從青年到中年，從中年到老年，從老年到暮年，從暮年到衰年。魏碑是追憶逝水年華之書，一般來講，回憶文字是最有機會嫻靜的（回憶錄除外）。以嫻靜論，晉帖略輸一籌。魏碑的回憶，與現實纏夾一起，娓娓道來，像雨夾雪天白首老翁坐在堂屋裡說自己家族久遠的故事。

至厚則至柔，譬如〈張猛龍碑〉。至柔則至厚，譬如〈靈飛經〉。我看〈張猛龍碑〉，大雪紛飛在山川草木上，呈現出極致的安靜來，這種靜因為有大雪紛飛做底子，又可謂動中有靜。我看〈靈飛經〉，小雨淅瀝，雨落得久了，讓人看出山川草木之厚。

三十歲上開始喜歡中國碑刻中的一批無名氏，他們默默無聞，他們光芒萬丈，他們是我的師尊。無名氏的碑刻不輸很多有名的字帖。我看無名氏〈張猛龍碑〉，彷彿看宋版書。宋版書我沒見過，我見過翻印的宋版書，翻印的宋版書也是尤物，極其舒朗。〈張猛龍碑〉更舒朗，像在整匹宣紙上灑點淡墨。風侵雨蝕，魏碑漫漫漶漶，但漫漶得乾淨，魏碑的乾淨是「雪個精神」。何紹基題八大山人〈雙鳥圖軸〉曰：「愈簡愈遠，愈淡愈真。天空壑古，雪個精神。」〈張猛龍碑〉給我的感覺，是用枯筆寫就的一部枯筆冊頁。枯筆使白破黑而去，如李白仰天大笑。斧鑿讓黑摸碑而來，似觀音低眉斂目。

少年時代不喜歡魏碑，嫌其不流暢。現在看來，魏碑比起晉帖雖少天真之妍質，但多爛漫之從容，或者說沉著的肅穆。晉帖有兒童的天真，魏碑是老叟的爛漫。天真爛漫是兩碼事。天真是春花，爛漫是秋葉。晉帖是無心插柳的三月春光，魏碑的有意為之裡全是涵養，涵而養之，滄桑肅穆沉著拙稚也是涵養的一部分。

很久以前，我家壁櫥上有一張懷素的狂草掛曆，走筆枯若秋風，斑斑駁駁，讓我覺得簡潔通靈。當時一個字也認不出，但能感受到懷素筆勢的有力，儼然是舞動了極其高明的劍術，使轉如環，奔放流暢。

搜索那時的記憶，腦海中常常有這樣的鏡頭：一個少年仰著臉，陽光從背後老屋的木窗上潑過來，透過尼龍窗紗，灑在東牆，濃淡交錯，像毛邊紙上暗黃的淡墨。

壁櫥的墨跡與牆腳的光影對應著，墨跡斷斷續續，光影若即若離，光影疏朗有靜氣，墨跡帶精蛇之美。古人是很會比喻的，記得蕭衍在〈草書狀〉中說：「疾若驚蛇之失道。」真是內行話，非精於此道者不能言也。

書法的奇妙在於，每個字的點畫構成以及字與字之間的連綿動感產生出的墨跡之美。我對書法的興趣，嚴格說來是對墨跡的沉迷。

宣紙上，中國文化輕流徐淌。

墨跡間，前人氣息縷縷不絕。

《作品》雜誌二〇一四—二〇一五年度好作品獎散文獎

要文藝復興，先復興文學

—謝有順—

謝有順，一九七二年生於福建長汀。文學博士，一級作家，現任中山大學中文系教授、博士生導師、中國當代文學研究中心主任，以及廣東省作家協會副主席、廣東省文藝批評家協會常務副主席。曾獲馮牧文學獎、莊重文文學獎、廣東省魯迅文藝獎等。著有《文學的常道》、《被忽視的精神》、《消夏集》等十多部作品。

當下很多人都在講中國的民族復興和文藝復興，在我看來，要實現民族復興，先要有文藝復興，而要文藝復興，則先要復興文學，要對國人進行必要的文學教育。

我為何要堅持這個觀點？因為中國人在文化傳承上有一個很特別的地方，那就是自古以來，中國都沒有一個恆定、終極的宗教傳統，所以林語堂才說：「中國詩在中國代替了宗教的任務。」這是很深刻的看法。比如唐詩，大家都覺得好，好到一個地步，就成了一些人的宗教。很多中國人從四五歲開始，張口就背「床前明月光，疑是地上霜」、「白日依山盡，黃河入海流」，一直到老，古詩都還和每個人的生活息息相關。這是不得了的事。除了文學，別的任何知識，都達不到這個效果。中國有豐富、偉大的傳統，現代學人也提出了很多救治社會病症的學說，但這些傳統和思想要進入現代人的生活，一定要經過話語轉換；沒有合適的話語作載體，再好的思想離現代人的生活都是遙遠而不切實的。那什麼樣的話語載體最好呢？肯定是文學。文學在本質上是大眾的，它的一些形式，像小說，早已成了文化人不可或缺的讀物之一。假如能用好文學這個載體，很多艱深、重要的價值話題，都可以得到普及。可惜，很多知識分子在改造中國社會、思索中國文化命運的時候，都沒有足夠重視文學的作用。

這一點，「五四」時期的陳獨秀、胡適、魯迅等人，就要高明得多。他們早就發現，要改造國人的精神世界，首推文藝，因為唯有文藝是最能深入到大眾中去的。陳獨秀是通過發動「文學革命」來推動社會革命的；胡適學的是農學、哲學，但率先嘗試用白話文寫新詩；魯迅本來是學醫的，看到國人的蒙昧之後，棄醫從文，覺得治精神上的病遠比治身體的病要重要得多。這些先賢，能夠影響中國這麼深遠，文學這種話語形式在其中是起了很大作用的。今天，文學若衰敗，其他的知識領域，無論是政治的，還是科學的，必定也受到影響。因為文學關乎人心，連人心都荒涼了，還奢談什麼民族復興、民族夢想呢？

二十世紀有一個學者，叫錢穆，他的書我是很愛讀的。錢穆先生有很深的文學情懷，他對文學的看法，往往令人耳目一新。他有一篇文章，叫〈讀詩〉，不長，但充滿真知灼見。他說：「不懂文學，不通文學，那總是一大缺憾。這一缺憾，似乎比不懂歷史，不懂哲學還更大。」這話是很厲害的。很多人都知道，錢穆先生主要是研究哲學與歷史的，但他對文學有崇高的評價，為什麼？因為他看到，中國的文學參與了中國生活、中國人生的建設，同時，中國文學也準確地傳達和闡釋了中國的思想。中國思想裡的儒、道、釋傳統，中國文化裡的很多精髓，許多都是通過文學來傳承和解析的。像杜甫的詩，顯然偏重於儒家的思想；李白的詩，比較接近老莊的哲學；王維的詩呢，更多地和佛、禪的思想相關。通過他們的詩作，我們可以更感性、更清晰地了解中國文化的實質。所以，錢穆先生在《中國文學史概觀》中又說：「中國人生幾乎已盡納入傳統文學中而融成為一體，若果傳統文學死不復生，中國現實人生亦將死去其絕大部分，並將死去其有意義有價值之部分。即如今人生一兒女，必賦一名。建一樓，闢一街，亦需一樓名街名。此亦須在傳統文學中覓之，即此為推，可以知矣。」

確實，中國人的人生許多時候是詩化的，藝術化的。我們的生活，很多方面都與文學有關。不僅給孩子取名，給樓房、街道取名，要從文學裡找靈感，甚至連私人的書房、印章，它的名字或落款是否有韻味，也要看它有沒有文氣。你的孩子如果叫張福貴或李有財，聽起來就一定不如白居易、張恨水那樣令人賞心悅目。從孩子的名字裡，或多或少可看出中國父母的身分和素養，這個判斷的標準，還是和文學有關。西方人的孩子，很多都取摩西、彼得、約翰、保羅、瑪利亞等，到處都是約翰，到處都是瑪利亞，這一點都不稀奇，因為他們取名時的參照，是《聖經》，是宗教背景，他們的宗教是和他們的世俗生活融為一體的；中國人給孩子取名字，沒有宗教可以參照，即便有宗教信仰的家庭，也經常要刻意迴避這個背景，比如，信仰佛教的家庭，一般不會把自己的孩子取名為一燈、空相、本塵什麼的，這樣的名，似乎有一種不祥的感覺，他們怕自己的孩子長大之後看破紅塵、不思進取。相比之下，中國人更願意取那些文學意味濃厚的名字，比如謝冰心、王語嫣，或者西門吹雪、唐不遇什麼的。由此可見，中國的文學是參與到了中國人的人生之中的；一個人的人生，如果缺了文學，就會少很多的風雅和味道。

我跟一些書法家、畫家朋友說，你們的作品要有大的突破，就必須增加自己在文化、尤其是在文學方面的修養。古代的書法家、畫家，都不是單純地只會寫字或畫畫的，他們同時一定是文人，一定會作詩或寫文章。詩、書、畫以前是一家的。沒有詩文的修養，書法家只會抄別人的句子，一輩子都在寫「厚德載物」、「天道酬勤」，畫家不會題款，或者即便題了，也無非是「國色天香」、「春色滿園」、「江山如此多嬌」之類，俗不可耐，這樣的書畫要想傳世，恐怕是難的。孔子的言論現在我們還讀得到，孔子的筆墨就看不到了；屈原的詩文，至今還在傳唱，屈原的書法，我們是看不到了；即便是離現在近一些的，《紅樓夢》至今流傳，可短短兩三百年，曹雪芹的手跡，我怕是很難找了。許多時候，文學比任何文化形式都要永久。有個哲人說，詩比歷史更永久。我相信這句話。

中國現在是處於轉型期，會出現漠視文化、輕賤文學、諷刺文人的現象，並不奇怪。但這樣的狀況不會一直存在下去的。我對文學的未來懷有信心。當一個社會完成了一定的物質積累的時候，文化的需求又會重新回來。當物質生活豐富了，人們又會追求起一種風雅生活的，甚至會投身於文化，渴望在其中找到安身立命的去處——這種人會越來越多。我曾經在一套叢書的序言裡說，沒有文學的世界，必定是一個堅硬、僵死的世界。這樣的世界，顯然不適合於人類居住，因為人心所需要的溫暖、柔軟和美好，並不會從這個世界裡生產出來。這個時候，就不由得讓人想念起文學來了——文學的重要功能之一正是軟化人心、創造夢想。誠如台灣作家張大春所說，文學帶給人的往往是「一個夢、一則幻想」而已。然而，誰都不能否認，只有那種存著夢想的人生，才是真的人生。

文學存在的價值是什麼？就是表明人類還有做夢的權利。因為有了這個夢，單調的生活將變得複雜，窄小的心靈將變得廣闊。文學鼓勵我們用別人的故事來補充自己的生活經歷，也鼓勵我們用別人的體驗來擴展自己的精神邊界——每一次閱讀，我們彷彿都是在造訪自己的另一種人生，甚至，閱讀還可以使我們經歷別人的人生，分享別人的傷感。比如，公元七百四十二年，詩人李白遊歷東晉名士謝安舊處後，寫下了著名的〈東山吟〉：「攜妓東土山，悵然悲謝安。我妓今朝如花月，他妓古墳荒草寒。」這本是李白的個人感嘆，但自從這首詩流傳以來，李白的慨嘆就一直被無數的人所分享。是啊，當年那如花似玉的「他妓」已化作「古墳荒草」，但「今朝如花月」的「我妓」呢，百年之後，還不照樣成為一堆「古墳荒草」供後人緬懷？無論你是帝王將相、才子佳人，還是販夫走卒、乞丐傻瓜，結局並無二樣。由此想來，一種曠世的悲涼就會油然而生——於是，大詩人李白那驚天動地的「悵然」，我們這些小人物在一千多年之後，也在閱讀中實實在在地體會了一回。這就是文學的魅力。它所創造的世界，是現實世界的延伸和補充，是想像力的傳奇，是許多種人生的疊加，它能為哪怕是貧乏的人生提供異常豐富的可能性。人類怎能離開文學？沒有文學，真實的性情如何表達？過往的生命如何變得生動？刻骨的愛情如何才能重來？卡繆在《鼠疫》一書中說：「這沒有愛情的世界就好像是個沒有生命的世界，但總會有這麼一個時刻，人們將對監獄、工作、勇氣之類的東西感到厭倦，而去尋找當年的伊人，昔日的柔情。」——而「當年的伊人，昔日的柔情」，正是文學永恆的主題之一。由此可見，文學遠沒有死亡，它還在我們的生活發揮影響力，今後甚至還會發揮更大的影響力。這不是空想，而是我對整個社會發展的一種判斷。

可是現在的知識界，大談復興中國文化時，他們用力的主要方面，還是放在中國的思想哲學上，至於如何才能將這些深刻、寶貴的思想和中國人的具體生活對接，大家幾乎都一籌莫展。

我認為，談復興中國文化，如果不強調中國文學傳統、中國文脈的傳承問題，所謂的復興，就有可能會流於空談。先秦諸子的思想，博大精深，可一般的中國人，哪怕是受過正規大學教育的中國人，有幾個能讀得懂？很多人在大學讀了四年書，《道德經》對他依然是一本天書。但文學不同，它有樸白、感性、容易使人產生親近感的一面。不僅唐詩還在傳唱，古典小說至今讀起來不也照樣通俗易懂？像我剛才所說的，「床前明月光，疑是地上霜，舉頭望明月，低頭思故鄉」，真是千古絕唱啊！五歲、七歲小孩都可以領會。李白所表達的思鄉之情，到現在也還是動人、普遍的情感。又比如《詩經》，它從誕生到現在，有好幾千年了，可裡面的一些詩句，如「一日不見，如三秋兮」，如果把後面那個「兮」字去掉，它的意思，小學生也能基本領會。這就是文學的特殊力量，也是中國文化獨有的寶貴遺產。

因此，要復興中國文化，就得先講解、學習中國文學，在我看來，這是讓人領略中華文化之美最好、最有效的道路。

只是，中國文化經過二十世紀歷次政治運動的踐踏之後，幾乎成了一片廢墟。今天，我們已經很難找到完整的中國文化的氣脈了。這是中華民族前所未有的浩劫。可能沒有一個民族會像二十世紀的中華民族這樣，如此大規模地蔑視、踐踏、焚毀自己的文化。連孔夫子都可以不要，連《紅樓夢》都要焚毀的民族，想起來真讓人難以置信。幾千年才建立起來的文明，幾十年就可以使之變成廢墟。那些人，何以會對自己的先人、民族的歷史如此仇恨？我至今百思不得其解。前幾年讀到牟宗三先生的《寂寞中的獨體》一書，裡面講到這個問題時，牟宗三先生說得很深刻：「凡極權專制，一定要毀滅歷史，所以秦始皇要焚書坑儒，詩書所代表的是那個老傳統中的智慧。秦始皇所以要焚書就是不讓知識分子『借古諷今』，因為有個老傳統擺在那兒，知識分子就可以說堯舜當年如何如何，和你今天不一樣；可以說禹湯文武當年如何如何，和你今天不一樣。這就叫『借古諷今』，所以大陸上『文化大革命』就以批鬥『海瑞罷官』為序幕。」確實，在歷史上，似乎沒有哪一個民族曾經如此野蠻地對待自己的文化傳統，哪怕也經歷過狂飆突進的革命運動的前蘇聯，也不敢說自己這個民族不要普希金、不要托爾斯泰了，可中國在相當長的時間裡，否認歷史，損毀古物，侮辱聖賢，鎮壓文人，這種環境下成長起來的人，你怎麼可能再教育他要心存憐憫、胸懷蒼生？又怎麼可能教他尊重歷史、面對現實？現代人的文化素質低，一方面是現代社會的分工越來越細，其他專業的人普遍不重視人文素養的自我培育，另一方面也是整個民族這幾十年來拋棄自身傳統所造成的惡果。在一些大學生眼中，像董仲舒、朱熹、金聖嘆這樣的名字，可能比外國人的名字還陌生了。這在以前的中國社會是不可思議的。以前的中國，強調以文立國，古代的士人，如果不會寫文章，不能寫一手好的毛筆字，他的官是會當得很狼狽的。今天的中國已經完全不同了。哪怕是正規的大學培養出來的大學生，連基本的工作總結都寫不清楚的，不在少數——國人掌握漢語的能力，衰落到如此可憐的地步，難道這還不值得引起我們的高度重視嗎？

現在的一些官員，素質就更加讓人無法佩服了。哪怕開一個小小的會，哪怕只是面對自己的下屬講話，離開書面稿，離開秘書為他寫好的那些套話，他就根本無話可說。不會即席講話，說明他對自己所從事的工作沒有成熟的想法，或者從未想過要有自己的想法。他只是一個機械地聽命的人，這樣的人，怎麼能管好一個地方、一個單位上的事？毛澤東儘管生前主張打倒中國傳統文化，並想以造反的方式建立起新的中國文化，但你必須承認，他對傳統文化是浸淫很深的，他身上的文化積累、文化傳承，底子還是中國的。毛澤東在他的講話裡，引用最多的往往不是馬列主義，而是二十四史，是《水滸傳》、《紅樓夢》等名著。他了解中國傳統文化，並把這種了解貫徹到了當下現實中。他反傳統，是了解了傳統之後才反的；可是，現在一些人反傳統，連傳統是什麼都還沒弄清楚，你怎麼反？只能是把無知當勇敢了。中國的文化、中國的士人階層走到今天，會出現如此讓人感慨萬千的狀況，箇中的原因，是值得我們深思的。

中國文化從來不怕外來文化的衝擊，怕的是自己不珍重，陷入「自亡」的境地——中國文化一度確實有一種「自亡」的危機，因為在反傳統的旗幟下，國人對自身文明血脈的漠視和踐踏，在過去的這一百年達到了頂峰。所以，哲學家牟宗三說，自辛亥革命以來的知識分子，內心不一致，生命分裂。為什麼會分裂呢？文化上出了問題：「西方來的文化衝擊自己的生命，而自己的生命自種族來看又是自黃帝、堯、舜來的中華民族的底子。這種中華民族的生命底子不一定能與西方來的觀念相協調，而我們現在的知識分子又非得接受西方的觀念不可。結果，是把自己的生命橫撐豎架，和五馬分屍一樣。」這話說得一針見血。的確，社會再怎樣變革，中國人的文化底子改不了，而且中國文化扎根於世情和人性之中，一直影響著絕大多數人的日常生活，你只要在這種生活中，就會受到這種文化的影響。一個再先鋒、再反叛的人，到一定時候，他又得重新回來正視這種文化和他自身的關係的。

這是一個堅硬的文化現實。

我為什麼要提到上述這個大的文化背景？我不否認，我們可能來到了一片廢墟之中，但我更想說的是，廢墟裡面可能有一些東西開始甦醒了，有一些東西正在復活，還有一些東西正被重新聚攏起來，而文學，做為一個時代的先聲，往往在最早的時候就會有所察覺。一個時代的變化，往往是通過文學的變化來預告的。正如錢穆先生在〈讀詩〉一文中說：「中國要有新文化，一定要有新文學。文學開新，是文化開新的第一步。一個光明的時代來臨，必先從文學起。一個衰敗的時代來臨，也必從文學起。」

比如，在「五四」時期，《新青年》雜誌發表的很多作品，現在看來，都有先聲的意義，這就在於當時的一些人，已經率先感受到了一個新時代的來臨，同時也寫出了新時代來臨前的真實感受。我現在讀一九二六年魯迅寫的〈影的告別〉，仍然覺得魯迅如同二十世紀的中國先知：「有我所不樂意的在天堂裡，我不願去；有我所不樂意的在地獄裡，我不願去；有我所不樂意的在你們將來的黃金世界裡，我不願去……嗚乎嗚乎，我不願意，我不如徬徨於無地。」魯迅很早就有關於革命「混有污穢和血」、「將來的黃金世界裡，也會有將叛徒處死刑」、要作「韌戰」準備的忠告，這些，都是一個文學家對要來的世界的一種預感，現在看來，魯迅是有先見的。又比如《紅樓夢》，也對那個時代具有預知能力，成了那個時代的先聲。曹雪芹在清王朝還未衰敗的時候，就已看出了一個王朝面臨衰敗的悲愴。《紅樓夢》在實感層面是很實的，但在大的寫作意象、精神追求上，它又是務虛的。熱鬧、繁華的生活後面，曹雪芹所傳達的其實是一種悲涼、哀傷的情懷。樹倒猢猻散，天下沒有不散的筵席，三春去後諸芳盡，各自須尋各自門……。《紅樓夢》的精神底子是悲涼的，洋溢著一種無可挽回的衰敗，這是作家的心靈觸覺先行一步所看到的結果，是它，成就了《紅樓夢》的大境界。

所以，這個世界如果沒有文學，就沒有文字中的性情了；沒有了性情，就不覺得做人和作文要修養了。這也是錢穆的看法。錢穆說：「摩詰詩若是寫物，然正貴其有我之存在。子美詩若是寫我，然亦正貴其有物之存在。」寫我，要有物的存在；寫物，也要有我的存在。寫俗世，要有靈魂參與；寫靈魂，也要有俗世做為容器。互相做為對方存在的證據，這就是把人擺到作品裡面去。也有那種超脫的作品，像李白的詩，他喜歡道家，喜歡老莊那種人生，他的詩，不願意直接寫自己的生命，而是追求生命從現實人生中超越出來，但正如超世間也是一種世間一樣，超人生實際上也是一種人生。李白不過是把自己更巧妙地隱藏在神采飛揚的文字後面罷了。杜甫、蘇東坡這樣一些詩人，是直接寫人生的，也是把自己直接擺進作品裡面的，所以，有時在他們的詩中，能讀到驚心動魄的東西。唯有這樣的文學，能夠讓讀者的心也貼上去，從中體會另一種人生，感受另一種性情。

很多思想者都喜歡講文學，就因為他知道中國文學裡，包含了中國的思想和哲學，儒、道、佛諸家的思想都在文學裡可以找到，而且文學裡還包含作家的人格和性情。不是說思想家的文字裡就沒有性情，沒有真實人生，而是說，就顯示一個人的性情和胸襟而言，思想著作總沒有文學作品來得真切。因此，學習文學，是了解中國文化、體會中國人生的絕佳途徑，也是當下國民教育中的迫切課題，我想，做好了這一點，民族復興、文化復興才有堅實的基礎，才不會是一句空話。

二〇一六年
鄞州・人民文學散文新人獎

無法抵達

—徐海蛟—

徐海蛟，一九八〇年生，現任鄞州區作家協會副主席。迄今在《讀者》、《青年文摘》、《散文選刊》等報刊發表作品一百五十多萬字。曾獲「天一講堂・我要上講堂」優勝獎、二〇一六年鄞州・人民文學散文新人獎。著有散文集《紙上的故園》、長篇小說《別嫌我們長得慢》、詩集《樹的口袋裡藏著春天》等七部作品。

燈光次第亮起，街道流動光彩，城市換上夜晚的表情。人們鬆懈下來，蟄伏的慾望開始拱動。沿江堤岸上，已有早春跡象，嫩葉的香味從路的邊角探出頭來。春寒料峭，我忍不住扣上了外套扣子。我們沿著江堤尋訪城市裡一座大橋下的住戶。大橋橫跨寬闊的江面，遠遠望去，通體透亮的橋身如一把巨大的豎琴，又像橫貫的霓虹。不一會兒就到了橋墩下，那裡有一片開闊地，一面是堅實的水泥牆，另一面是臨水的堤岸，夜色中江水在岸邊鋪陳著一種暗流洶湧的靜默。緊接著我被水泥牆邊一溜展開的鋪蓋吸引了，如果這個畫面出現在鏡頭裡，你會覺得這是一排出租屋的場景。走近了看，才發現橋墩下的裸露空地並無遮擋，夜風自由穿梭。這些鋪蓋都是直接鋪在冷濕的地上，有些是硬紙板，考究些的一張破席，上面搭一條薄被。有人已躺進被窩了，還有一個男人蹲在鋪蓋前吃盒飯，塑料泡沫盒排開在一張舊報紙上，他吃得專注。我上前去，想打個招呼，但他將外人視若空氣，兀自埋頭咀嚼。顯然，除了面前的食物，他沒有心思理會毫無干係的路人。

後來，我們找到一個頭髮灰白的大伯，送了他幾個麵包一盒牛奶，跟他套了會兒近乎。大伯告訴我，住在橋下省去了租房的錢。我還是禁不住問他，為什麼要來到這座城市？他說，這地方好啊，真的太好了，南方的大城市啊，真是不一樣！語氣中，我竟聽出了發自內心的讚嘆，聽出了一種沒有摻雜絲毫沮喪和怨恨的喜悅。我的心為之一沉，城市的好，跟你有什麼關係呢？當然，話到嘴邊，我換了婉轉的說辭，好像你的生活還是很難融入城市的繁華。他有點啞然，他說，不是這樣講的。我繼續追問，那麼說你是寧願在這橋邊席地而眠也勝過在鄉下乾燥暖和的房子裡入睡？大伯回答得乾脆堅決，是的。他說，我也說不上什麼深的道理來，大伙兒都出來了，我的三個孩子都在大城市裡，城裡好啊！大伯說這番話的時候，我瞥見他背後幽暗燈光裡的一條舊標語：城市讓生活更美好。

我終於明白他認為城市的好是他一廂情願的固執，好比我們認定開車的比走路的更快到達終點，穿皮鞋的比穿布鞋的更像城裡人。想留在繁華富貴的地方，有如一場曠日持久的單相思，至於是否能像草葉上的晨露般沾點幸福的邊，並不重要。

一番話，讓我想起日漸久遠的故鄉親人，他們身上同樣具備這份不計得失的決絕。我無法弄清這種決絕的深層原因，他們一定對城市生活滿心嚮往，也有著對環境改變命運的堅定信仰。但他們一定不知道，抵達城市並非易事。在地理形態之外，城市有著結構縝密的精神內核，他們並沒有一種「密不透風，疏可走馬」的穿越能力。

我站在江堤的夜色裡，思緒流淌成幽暗的江水，向著幼年出發的地方回溯。我的面前出現一群又一群人，多少年過去了，他們仍在前仆後繼，馬不停蹄地朝城市趕來。

—二—

離開山村的一些人們起先猶疑不定。他們留戀一季的收成，留戀田地裡的稻穀麥子和蔬菜，留戀房前屋後的栗子核桃及南山上雨後的春筍。後來，城市散發出黃金和慾望的香氣，對城市的熱望讓人們著了魔，他們變得貿然和衝動，他們將這一切棄之腦後了，心裡只留下一片綿延在蒼穹下的高樓和街道。

我的鄉親、我的父輩、我的兄弟姊妹，推開柴門，一隊一隊走出故鄉的石橋，來到塵土飛揚的公路上，等待一輛破敗的客車，像一支異族的大軍進入城市。他們的行李龐大笨重，一開始就給城裡人帶來了不適，他們將行李突兀地扛在肩上，擱在公交車過道上，城裡人就無處落腳了。他們的動作看起來略顯笨拙，臉上一副驚慌的表情，但行動起來又有一股說不出的蠻勁，他們擠向小吃攤包子鋪時那麼奮不顧身，城裡人的嘴都被擠歪了。他們穿著粗布衣服，身上散發出青草和牛羊的氣息。這場面讓我想到古時候的匈奴和突厥人，他們的馬隊在最初進入中原時，帶來的驚恐大致如此。

我的兩個舅舅在城裡的建築工地上找到了落腳處。他們負責搭建腳手架，隨著一棟棟大樓不斷生長而往上攀爬，我不知道舅舅有沒有年少時爬樹的感覺，在莽莽蒼蒼的森林裡不斷向高處進發。建築工地像不像一座混亂的叢林？但這是他們留在城市的唯一方式。他們通常十分賣力，把僅有的力氣和汗水全揮灑在了一層又一層密密麻麻的腳手架上。有時是竹子，有時是鋼管，他們在酷暑的烈日和寒冬的冷風裡把無序的建材搭建成一條又一條通道，手上老繭日益堅硬，作品也隨之蔚為壯觀，但名字並不會在城市裡留下來。

舅舅收工後，走出工地，拐過兩個街口，走上六七百米路就到了城市中心。他們經常走到主街旁的一條小巷裡去，只有在那裡才顯得自在。那裡有各樣小攤，可以買到三十元一件的T恤。那裡有小飯館，蹲下來吃一碗麵，花七十元海吃一頓。那裡有門面不大的超市，無須排隊，不用擔心勞動服蹭到前面光鮮的裙擺。他們買方便麵買衛生紙，方便麵不叫「康師傅」而叫「康帥傅」，衛生紙不叫「清風」而叫「清凡」。他們也帶孩子到這兒來吃一個五塊錢的漢堡包和雞腿，漢堡店不叫肯德基，而叫啃啃雞。

這是舅舅的城市，一條市中心的小街巷承載了他們的城市生活。舅舅覺得挺好，城市的街道散發出蓬勃的熱鬧，不像山村那樣一入夜就一片漆黑了。夏天的夜晚，舅舅坐在自己造的高樓裡，一群工友把裝滿豬頭肉和花生米的塑料袋展開，開啟一打啤酒。他們就著啤酒的泡沫大聲猜拳，白天的困苦勞累都在廉價的快樂中消隱了。有人喝得內急，跑到大樓的角落裡，對著城市的萬家燈火撒了一泡尿；有人喝高了，大聲吼道，等老子有錢了，一定把對面銀行裡那個板著臉的娘們娶了！夜風吹過來，空氣裡有濃重的酒氣，城市像萬花筒裡的風景，恍然間近得讓舅舅心疼和感動。

有一回大舅舅從腳手架上摔下來，那一刻城市是傾斜的，舅舅在一聲轟響裡昏死過去，斷了六根肋骨一條腿。他無望地躺在城郊一家小醫院裡，一邊忍受疼痛一邊等待醫療費。等待醫療費的日子裡，舅舅時常做一個夢，夢見自己回到了山裡。村裡一大群人圍過來，用手指戳他脊梁骨，他們發出放肆的怪笑，一遍遍問，你不是進城了嗎？不是要做城裡人嗎？醒來，舅舅一身冷汗。建築工地的包工頭一周後出現，繳納了幾千塊錢後揚長而去，而誤工費、營養費……諸多城裡傷病員的費用，都成了舅舅的奢望。當時，面對那個飛揚跋扈的包工頭，舅舅禁不住臉紅了，他摔下來那天正是包工頭接手工地的日子，他覺得自己的失足破壞了包工頭的好彩頭，他更擔心失足會丟失這份進城後輾轉謀求來的工作。他為此寢食難安，他的不安那麼巨大，裡面裹挾著他與城市間那份說不清道不明的情愫，這種複雜的情愫甚至超過身體裡骨骼斷裂帶來的拉鋸般的疼痛。

出院後，我勸大舅舅返回山村或換個行當，這件事風險太大了。但舅舅說回老家根本沒錢掙，泥地裡要刨出一個子兒也困難。事實上，老家的人也並非餓著肚子，他們照舊把日子過得井然有序。只是舅舅心已決，他仍然幹著搭建腳手架的活。

小舅舅則把一家子帶到了建築工地裡。兒子在一所城郊學校就學，那個花了一萬塊錢從邊疆山旮旯裡千山萬水買來的老婆，則在工地附近找了一份體力活。這樣的格局讓他誤以為一家人接近了原本遙不可及的城市生活。

因在城裡幹活，每年春節，小舅舅回家時的衣著自然格外講究一些：一件領子泛黃的襯衫包裹住裡面鼓鼓囊囊的棉內膽，外套是一身廉價西服。襯衫裡掛一條扎眼的領帶，腰上別一隻按鍵模糊不清的諾基亞手機，盡量掩飾住在城市裡長久的窘迫帶來的卑微。他摸出左口袋裡特地備下的分給村裡人的捲菸，自己則點燃右口袋裡掏出的菸，深吸一口……他說，城裡好啊，掙錢容易！在冬日的煙霧中，舅舅彷彿真的享受到了嘩啦啦數錢的快意。

令他沒想到的是，半年後，我的舅母——那個深山裡出來的女人，進城後見足了「世面」，開始變得豔俗而不安分。她穿上劣質短裙、仿皮靴子，在工棚門口嗑瓜子，喝奶茶，她用上觸屏手機，夜晚外出，熟稔了一件叫「吃夜宵」的事。不出幾個月，女人就跟工地上另一個男人跑了。消息傳到我們耳朵裡，肺都氣炸了。我第一個念頭是說服舅舅離婚。但他在一個又一個建築工地上輾轉，女人卻在別的男人床笫間輾轉，他就是不忍離婚。他肯定憤怒過，可他不是一個會使用拳頭的男人，他有很多力氣，只會使在一堆竹子和鋼管上。更令人驚愕的是這個女人逢年過節會返回家，她知道那會兒舅舅回老家了，而工地上其他男人則在年節到來時各自團聚去了，她面前出現了一個寂寞的空窗，她在舅舅前腳踏進山裡的家門，後腳就跟回去了。舅舅照舊接納她，沒有脾氣沒有偏見地接納她。舅舅期望著進城給生活帶來一些好的改變，他無法容忍眾人歡慶的節日裡，鄰居們見到自家灶台上一片清冷和荒蕪。為此，他願意放棄自尊，哪怕自我欺騙也能給千瘡百孔的生活帶來些許表象上的完整。等到春節過去，女人拿著舅舅給的生活費，又離開山村，消失在城市的某一個建築工地上，舅舅有時會偶爾遇見她，更多時候找不見她。城市太大了，建築工地太多了，她就像舅舅小時候在山上遇見的一隻灰色的野兔，等追上去時，兔子在連綿的樹叢裡一晃不見了。

這是進入城市的代價，舅舅一不小心弄丟了自己的女人。失去女人後，他時常獨坐在工地腳手架上望著夕陽發呆，他看到的夕陽通常蒙著厚厚的塵土，像一張醉酒的流浪漢的臉。他就那麼坐著，手裡夾一根劣質的捲菸，腦海裡一定會跳躍出當初用一輛電動車載著一家三口離開山村的情形。車後坐著老婆兒子，電動車在盤山公路上飛馳，一個又一個村莊向後走去，山風盈袖。電動車幾乎承載了生命裡的全部奔頭，他的胸中第一次激盪起對生活的感恩。現在，面對城市的夕陽，舅舅胸中激盪的豪情已然熄滅。僅僅走到城市邊緣，他就失手把一個完整的家打碎了，像小時候失手打碎一面大鏡子，明晃晃的玻璃渣掉了一地，他伸手去撿，手指上沾滿了新鮮的血。

一二

城市是脆弱冷漠的，像一個慾望的驛站，形形色色的人完成一段光怪陸離的旅行，完成慾望的聚合，唯獨很少提供溫暖的休憩。不管是古老的城市還是新興的城市，都帶有自己的偏見，習慣了和後來的進入者劃清界限。城市並不是所有人的城市，它有著許多隱形的門和不為人知的通道，都不是初來乍到者就能找到的。

我孩提時的一個玩伴國誠選擇用入贅的方式拿到了進城的鑰匙。現在，他開著奧迪A6回老家，他坐在酒吧裡翹著二郎腿，開始操起城市口音說話，盡量把山裡人語氣裡那種直來直去和毛毛糙糙剔除得乾乾淨淨，也順帶著忘記了當初村裡人背後的指點，忘記了人們說他老婆擺不上檯面時的那份羞恥。當他在村裡買下一塊宅基地，給父母建造了一棟洋氣的四層小樓，那些指指點點的食指瞬間變成了翹起來的拇指，他覺得生活很有光彩，失衡的內心天平獲得了另一種形式的砝碼。

但國誠也有說不出的愁緒，愁緒來自老父親和老母親到城裡探親，他們提著大包小包，把山裡人認為最珍貴的禮物悉數帶上了：土雞、豬蹄、家釀的米酒、年糕、麥餅……林林總總，尷尬依然無處不在，這種尷尬在眼神裡，在語調裡，在動作的輕重緩急裡。他們的到來，讓寬敞的家一下子顯得局促。那幾只父母精心飼養的雞被帶到城市的套房裡，牠們發出不合時宜的叫聲，拉出不合時宜的糞便，讓他丈人丈母娘媳婦紛紛側目，躲進了自己房間。

那是母親第一回進城，在兒子家敞亮的廚房裡燒了一桌菜。接著，母親大聲喊兒子小名，喊他吃飯。媳婦隨即跑出來制止，「喊那麼響幹嘛？你以為大山裡喊吃飯啊，四鄰八舍都得聽到！」這話讓母親在廚房裡愣了老半天。可是母親始終改不過來，她的大嗓門是在山裡慣了的，儘管她後來越來越克制了，但跟兒子孫女聊得投機時，嗓門就又大起大落了。更要命的是接電話，母親給鄉下父親打電話，即便關上了房門，聲音還是能傳到客廳來，她在鄉下嘈雜的公用電話亭裡給兒子打慣了電話，總是習慣性擔心對方聽不清自己聲音。

她不會用吸塵器，而是用抹布在地上一下一下抹，卻總也掌握不好抹布的乾濕程度，為此媳婦又不高興了，媳婦說地板老是用這麼濕的布擦，不出半年就該霉爛了。她洗澡時喜歡把一個塑料桶擱進TOTO浴缸裡去。使用熱水器時，淋浴噴頭灑出去的那些冷水，總讓她於心不忍。但她不知道，那個塑料桶擱進高檔浴缸，顯得多麼不搭調，有如用粗海碗盛了法國紅酒，讓城裡媳婦好生厭惡。她總喜歡拎著換下來的衣服到小區外的江邊洗。為此，有一回遭到城管驅趕，母親端著一大盆衣服如臨大敵般氣喘吁吁跑回來。母親無法操控城市生活的節奏，也無法把握城裡人的習性，像天生五音不全的人，無法把控音樂的調式和節拍。

國誠的傷感還來自女兒，伶俐可愛的女兒並不能擁有他的姓氏，這是入贅的規矩，這樣的規矩無論用多少錢都不能改寫。他只好費盡周折，把祖祖輩輩交付下來的「徐」字安插到女兒名字裡。

還有人通過奇特的路徑進入城市。村裡原本好吃懶做的雲林叔，一開始進城方式也是比較老土的，跟在一群壯勞力屁股後搬磚、砌牆、拆舊房子……他很快厭倦了這樣的生活，累死累活還過得不像樣，這讓他對打工這回事失去了信心。後來，我們不知道雲林叔在哪裡獲得了啟示，他覺得應該以一種巧妙的方式在城市裡存在下去。很快地雲林叔找到了生財之道，搖身一變成為「道學名士」了。他穿著中式寬襟服裝，蓄起一頭長髮兩撇鬍子，添置全套裝備：八卦盤、桃木劍，外加太上老君《感應篇》。起先，他只給一些暴富的小老闆看看風水。奇怪的是，一來二去，雲林叔看風水看出了門道，沒多久，就已在他置身的城市裡名聲大振。他開始出入大老闆的辦公室，在富麗堂皇的辦公室裡擺弄八卦盤，準確測算出妖魔鬼怪所在的位置，用桃木「神劍」將一個又一個大鬼小鬼當場刺死。在寬敞明亮的辦公大樓裡，雲林叔看到大理石倒影中的自己表情凝重，眼睛裡閃動著深不可測的智慧，有時他在心裡呵呵笑著，但他從不笑到臉上，也不笑出聲來。做為資深的「道士」，雲林叔學會了深沉。雲林叔不知進入過多少大大小小的辦公室，城裡最有錢的人們開始奉他為上賓，他刺殺了城市裡無數看不見的鬼怪妖魔，順帶讓自己的錢包變得鼓鼓囊囊。

每到冬天，雲林叔照例返回故鄉，他坐在村口古老的石拱橋上，身上仙氣飄飄的袍子已脫去，在熟識的人面前，他恢復了往日的本相：握著一隻老舊的菸斗倚靠在橋旁石頭上，在氤氳的青煙裡給年輕人講述城市的傳奇。他瞇縫著眼睛告訴那些仰視他的小年輕，城裡人最大的特點是怕，怕什麼？怕得來的錢沒了，怕老婆跟人跑了，怕小情人上門找麻煩，怕辦公室有鬼……總之，他們什麼都怕，為什麼要怕？他們想要的太多，他們不想失去……我就是治這個怕的人，一旦知道了這個秘密，我就賺到大錢了。說完，一團煙霧從他嘴裡裊裊吐出，冬日斜陽正穿過橋旁一棵大樹，餘暉落在雲林叔滿是禪機的皺紋上。

城市是奇怪的，有時在它的領地裡通行著一種山裡人永遠不能洞悉的法則，這種法則顛覆了人們最初的認知：僅僅依靠辛勞和汗水，並不能換得一個月的溫飽，而借助一些奇特的門道，琢磨透了城裡人的膽怯和空虛，或許就賺得盆滿鉢滿了。城市讓人們進來，但並不會按照傳統的方式和德行的高下分配利益。

去過城裡雲林叔家的鄉親們都被雲林叔的富人生活深深打動了，回來後像講述傳奇般講述著令人垂涎的富貴。雲林叔住的地方是一片別墅區，門前保安戒備森嚴，鄉下人根本進不去。雲林叔家的別墅太大了，光大大小小平板電視就裝了六個，他甚至在陽台也安了一台電視。雲林叔家的一隻馬桶就值村裡人一套房子……。

也有不同的聲音，老李頭就對這一切頗為不屑，由於打小一塊兒長大，感情深厚，雲林叔發跡後隨即請老李頭去城裡別墅住了一段時間。老李頭從別墅回來後告訴鄉親們，那傢伙，骨子裡還是山裡人。你看，在別墅區，家家戶戶花園裡精心種滿了玫瑰，雲林把院裡玫瑰都拔了，種了一畦青菜一畦蘿蔔。人家在大屋旁整個小房子，養一隻什麼牧羊犬，雲林卻養了一群雞，每逢朋友來，就讓老伴在院裡捉隻雞來現殺。我在他家的別墅區裡蹓達，看看那些城裡富人，再看看你雲林一家，覺得還是有說不出的不同，開始也不知道不同在什麼地方。後來發覺，他們一家人在我面前走動時特晃眼，你知道什麼東西晃眼？脖子上的金鍊子，他們家，一家四口個個脖子上背一條狗鏈般粗的東西，這年頭，城裡有錢人誰戴這麼粗的鍊子？

三

也有人死在了城市裡，再也無法返回靜謐的故園。鄉下的樹木還在生長，山裡的溪水還在流動，春天的燕子還在一茬一茬回到烏黑的屋簷，牛還在南山上吃草。很長一段時間來，山裡再沒有放牛娃了，而先前每家每戶的牛還來不及老去。人們把牛趕到深山裡，讓牠們自己覓食，自己尋找遮風避雨的地方……等到農耕時節，全村人再一道尋回這些野放在山間的牛。現在，有那麼一些牛，再沒有人去找回來耕地了，牠們客死在山上，而牛的主人們客死在了異鄉。

父親有一個堂妹，我們稱呼米琴姑姑，她是一個吃苦耐勞的女人。許多女人進入城市後首先想找一份女人能幹的活，去製衣廠，去家政公司，或者進一個技術要求很低的工廠。米琴姑姑想到的是做黃包車夫，踩黃包車其實是男人的活，特別耗體力，也有山村裡來的女人，往日裡背扛肩挑做慣了重活，覺得幹這個活倒比起深山裡砍柴燒窯輕鬆許多。剛進城那會兒，米琴姑姑和姑丈各租了一輛黃包車，姑丈很快厭倦了這活計，他參照城裡人上下班的做派出車，到雙休日，也學城裡人給自己放兩天假。這樣一來，米琴姑姑要多出一份力，才能把丈夫偷懶的時間給掙回來。她是多麼要強的女人，她發現只要肯賣力氣，踩黃包車一天下來也著實能掙到些錢的。有了錢，他們才能在城郊買塊宅基地，造一幢房子，才能趕上城裡人的生活。

過了好多年，米琴姑姑如願以償，夫婦倆憑借黃包車在城郊造起了兩棟令鄉下人羨慕的三層樓房。米琴姑姑曾經很自豪地邀請我們去做客，她說現在不比從前了，他們也算是城裡人了，房子寬敞得很，你們來了不會讓住柴房了。她這麼說著，皺紋密集的臉上綻出了明亮的笑容。村裡婦女們會停下手中正在織的毛衣，適時扔過來一句誇讚：米琴，日子真是過舒服了，明年我們也進城去，山溝溝裡，一輩子沒穿過一雙像樣的鞋。瞧你腳上的鞋，錚亮錚亮的！

蓋了房子後，米琴姑姑並沒停下早出晚歸的生活，人生需要迎頭趕上的地方太多了。現在他們是城裡人了，但差距還在那裡，米琴姑姑無比緊張，她只是擁有了一個城市生活的雛形，就像一個瓷器，她練了泥做了個毛坯，往後的步驟實在太多了，刻花、施釉、燒窯、彩繪……這樣瓷器才能煥發出光彩，城裡人的生活就是一隻隻光彩體面散發著亮澤的瓷器。而她還需要做許多事，她要讓兒子像城裡的小伙子一樣開上車，讓將來的孫子喝上進口奶粉，她特別害怕城裡人質疑的目光，害怕目光中像篩子的網眼般空洞的東西，擔心自己被他們再一次篩出城市生活。

她的緊張無處不在，有時，聽到背後有人指指點點小聲說話，她都會停下來反觀自己，是衣服穿得不得體，還是走路樣子不對？其實街坊們或許只是閒話某戶人家新近找了個女婿，他們在評判這個女婿的高矮胖瘦。有時，小菜場裡買菜，為一把蔥，她想還三毛錢的價，但看到一個熟識的鄰居走來，她還價的心思突然鬆動得像超出負荷的彈簧，語氣急轉直下，故作輕鬆地跟攤主說，就這樣吧，三毛錢就算了。有時，她又為做不出地道的菜餚緊張，城裡客人來吃飯，她將活的螃蟹放進鍋裡一頓煮。結果，客人說，城裡人不這樣煮螃蟹的，我們把螃蟹放在盤子裡蒸熟，蟹肉吃起來才不會顯得鬆散而帶一股水氣。她把新殺的土雞，切成小塊爆炒，而客人們說他們只喜歡吃白切雞，有原味，或者煲成湯也是好選擇……這一切讓米琴姑姑莫可名狀地緊張。

她越是緊張，越覺得該咬緊牙關賺錢。七八年前一個冬至的傍晚，其他車夫趕早回家了，米琴姑姑還想再拉一批客人，她大概想著既然是冬至夜，應該還有生意。後來真拉到了一個客人，她給家裡打了個電話，說把客人送到城北公園就收工。但誰也沒想到，這是米琴姑姑的最後一個電話，隨即她失蹤了，她堅持等在夜幕中，等來了一場大凶險。家人再也找不到米琴姑姑了，一個歷經生活風霜，滿臉皺紋的婦女的失蹤令人匪夷所思，她身上既沒有富足的金錢也沒有動人的容貌。但她真的失蹤了，那個冬至夜，倉促地消失在這座寒意漸臨的南方城市裡，姑丈、叔叔、伯伯，我所有在那座城市裡的親戚，加上那些山村裡趕來的親人們都出動了，他們走遍了每一條街，走遍了每一個黃包車夫可能到達的角落，卻一無所獲。

第四天早晨，我的堂叔，也是米琴姑姑的弟弟，他在城郊開了一個車床加工廠，他是親戚裡率先在這個城市立足的少數人之一。他走出自己廠房，經過門口一條已腐爛的河，他往河裡瞥了一眼，驚覺水中漂著一個人，心立刻被一種多日來的不祥緊緊揪了起來。他趕緊喊出廠裡工人，一道將那個人撈了上來，沒料到竟是親姊姊。我的米琴姑姑現在成了一具冰冷的屍體。堂叔報了警，屍體解剖結論：受害人被掐斷脖子窒息死亡，並有遭受強姦的跡象……噩耗令人震驚不已。但這是事實，我們唯一的期待是警方能夠破案，將兇手繩之以法。

直到今天，無數時日翻過，那座城市裡的警察仍未能破獲八九年前冬至夜的強姦殺人案，我不知道是兇手的殺人方式太過隱秘還是一個外來女黃包車夫命若草芥，不值得動用更多的偵查資源？總之，米琴姑姑的死成了一樁無法解開的懸案，米琴姑姑的死也成了一種草率的不了了之，這也是我不得不正視的現實。

許多年後，整個城市都忘記了那樁凶殺案，城市依舊按照自己的節奏向著越來越高越來越大的標準生長，黃包車這個行業也已全面被出租車取代，像光鮮亮麗的小情人取代了糟糠之妻。沒有人會在意一個從大山裡出來踩黃包車的女人的死，我多年後這段訴諸文字的回憶是不是熱鬧塵世裡為米琴姑姑寫下的唯一紀念？

這是城市的凶險嗎？當然山村也會有另一種形式上的凶險，你會說生命本來就充滿凶險。但你不能不承認，對於那些從低處走來的樸素的生命，城市華美的表象下，藏著深不可測的陷阱。那些一輩子在田頭地角緩慢地行進的人們，那些面對著滿山遍野的樹木和竹子的人們，那些相信節氣和農諺的人們，他們沒有更深的算計，而城市是一匹瘋狂的烈馬，怎麼會是這一撥鄉下人能駕馭的呢？

我的祖父，幹了一輩子農活，更多時候城市於他只是一個遙遠的印記，他會說我在二十年前進過城，在供銷社買了兩斤紅糖，這是祖父一度對城市的印象。直到後來，祖父在山村裡開了一爿小店，才與城市有了某種無法斷開的聯繫，他不得不隔三岔五進城進貨。起初，祖父挑了一些日用雜貨往小山村裡送，後來也搭乘現代交通工具，這樣能走到更大更遠的城市裡去，採購到更豐盛更實惠的貨物。

祖父從未想過生命的最後時光會與城市相關。那是一九九五年夏天，祖父搭乘一輛運貨的拖拉機從城裡返回山村，拖拉機在盤山公路上突突突地前進，祖父坐在拖拉機後面敞開的貨倉上，身旁躺著一袋剛剛購入的小百貨。祖父心情愉快地回味著剛剛離開的城市，回味著中午在炒貨市場旁吃的一大碗雪菜肉絲麵……隨後，一陣風將祖父的竹笠吹走了，竹笠向車後方落去，祖父伸手去抓那頂竹笠，身體一下子被顛簸的拖拉機甩出去，砸到堅硬的路面上。祖父的眼睛還睜著，能看見來路盡頭一片陽光下的高樓。祖父的一生就在城市返回山村的路上戛然而止。按照村裡祖輩的規矩，客死異地的人不能再進村，祖父的靈柩擺放在村口土地廟旁的老松樹下，這應該也是他一輩子的遺憾。許多年後，我還會不斷想起祖父與城市的關係，他如果不進城，如果不搭乘那輛拖拉機，一切不會如此。我們誰也無法更改命運埋下的伏筆。

一四一

祖母在彌留之際突然清醒過來，用手死命拉扯氧氣面罩，清晰地重複一句話：回去了，回家去！回家去！

叔叔連夜由城市醫院將祖母送回了故鄉，她終於得以躺在低矮簡陋的老木屋裡離開人世。她的手可以搆到一張竹床，搆到竹床邊一面時光斑駁的泥牆，泥牆外是一條溪，水聲潺潺，在那裡祖母無數次清洗日子裡的塵灰，清洗藍印花布般的時光……在自家老屋裡死去，這是祖母的夙願。但我們依然無法彌補對她的歉疚：祖母還是不能直接安然地躺進故鄉的土地，這個時代，偏僻深山裡也實施了火葬。曾經我的祖父祖母發誓不進城，理由是死後可以完整地埋入土地，不必受烈焰焚燒的罪。他們的另一個隱憂是聽說在城裡，墓地都要花錢交租，他們擔心哪一天兒女忘了交付租金，墳墓會被轉眼刨掉。而今，這份想在死亡面前留住的最後的體面已蕩然無存，哪怕在山村，人們也不被允許死後占用更多土地。

祖母的遺體須歷經輾轉才能進入城市的殯儀館。小山村到殯儀館路途遙遠，我的祖母，一個不識字的鄉下老太太，她曾經在城市裡迷路，她曾經一次又一次在進城的車上吐得昏天黑地……最後時刻，她卻還得到車輛喧囂、塵土飛揚的迷宮裡走一遭。

返鄉路上，做為長孫，我捧著祖母面目模糊的黑框相片，走在送葬隊伍最前面。他們告訴我，上路時，要隨時記得提醒祖母，讓她認清回家的路。我不斷跟懷裡黑框相片中的祖母說：奶奶，我們上車了。奶奶，我們過橋了。奶奶，我們過隧道了。奶奶，前面是一個岔路。奶奶，我們出城了……。

這一切儀式，在靜態的秩序分明的山村裡並不需要，我們永遠不會擔心一個亡靈迷路。一座山、一片竹林、一條石路，甚至整個村莊都是幾百年不變的，亡靈可以輕易穿過這些熟悉的場景，到達她想去的任何地方。現在，我那不識字的祖母，她在山村裡行走了一輩子，她的亡靈卻要途經道路交叉的城市才能回到故鄉。我真的擔心，她從此迷失在車馬如流的十字街頭，擔心她再也去不了來世，像她剛剛結束的今生一樣，在一個寧靜的村莊裡由一個懵懂的孩子長成一個羞澀的少女，由一個羞澀的少女變成一個兒孫滿堂的祖母。她在村莊裡並不需要更深地思索，從土地裡獲取糧食，在野花盛開的田壟上獲取愛情，她的世界寧靜有序，痛很清晰，愛恨簡單純粹。

許多年後，城市不再有寬闊的護城河阻擋，高高立起的城牆也已成遠古年代的擺設。城市不再遠到天邊，它開始無限地在廣闊的土地上擴張開來，它敞開懷抱讓所有人進入，但這種姿態是城市留給人們的表象。等他們終於到達了城市，覺得自己是城裡人了，其實不然，他們學到了百分之九十九的相似度，但還有百分之一無從學起。生活九成都是相似的，都是一日三餐，柴米油鹽。好比吃飯，大家咀嚼著相似的飯粒，區別或許在於那個盛飯的碗，在於一張吃飯的餐桌，在於餐桌頂上的一抹燈火。生活的本質區分就是這麼一丁點兒，一丁點兒的不同，就會讓你鬱悶、糾結、睡不著覺。他們往前走了五千公里，翻過山嶺，越過城池，蹚過河流，都已經站在了城市廣場的中心點上，但他們仍然無法抵達最後一公里，這是鄉村與城市的真正距離。這樣的距離在聲音裡，在氣味裡……還在眼神裡，後來的人們，目光中充滿了訝異羨慕和暗自較勁，而城裡人的目光裡則是質疑探尋和不安。自然，這些仍是表象，最大的阻隔在於習俗和文化的體認。後來進入城市的人們，身心被分離開來，身體走到城裡來，靈魂卻找不到出路，像一棵被遷移的植物進入板結的土壤，無法生出柔軟的根鬚，更無法找到溫潤的氣候。

城市是多少代人的夢想，我們揮灑汗水眼淚，甚至流盡光榮的血，想要擠進來，成為它的子民。但我們不是歸人，只是過客，我們無法像撫摸愛人的臉龐一般撫摸城市的溫情和靈動，無法像相信東昇西落的太陽一般相信城市裡流傳的法則，也無法像熟悉自己的掌紋一般熟悉城市內裡的脾性。

我們一直進入，從未抵達。

大陸期刊文學獎

◎輯三◎ 小說

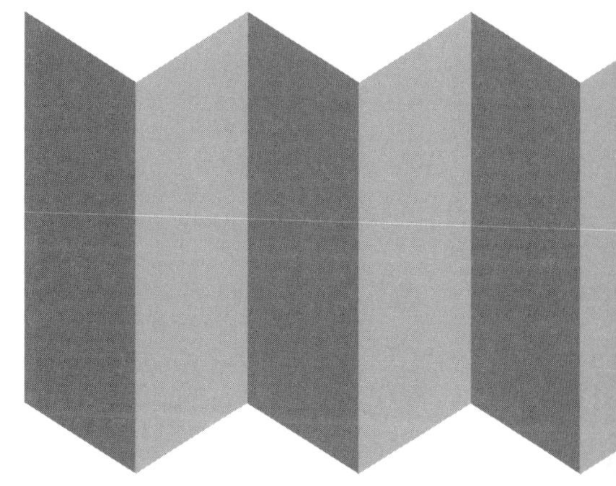

二〇一〇年
郁達夫小說獎短篇小說提名獎

陪夜的女人

—朱山坡—

朱山坡，本名龍琨，一九七三年生，廣西北流市人。現任廣西作家協會專職副主席、江蘇省作家協會合同制作家。早年主要寫詩，二〇〇五年開始發表小說，近年來在《收穫》、《花城》、《鍾山》等刊物發表。曾獲得首屆郁達夫小說獎等。著有長篇小說《我的精神，病了》、《懦夫傳》、《風暴預警期》等多部作品。小說被翻譯成俄、美、英、日、越語，也改編為影視作品。

女人搭乘烏篷船來到鳳莊。這是一條很特別的船。除了特別扁小外，尖細而稍向上翹的船頭，古香古色的船板和塗抹了厚厚一層桐油的船篷，還有斷斷續續引人發笑的馬達聲都引起了圍觀者的好奇。鳳莊早就沒有這種船了。其實，由於航道淤塞，又由於無魚可打，不說輪船，連漁船都已經很少見到。烏篷船從下游逆流而上，力氣快用完了，速度越來越慢，宛若一個苟延殘喘的人。

在人們的擔心中，船總算在廢棄了的碼頭靠了岸。船頭擺滿了炊具和其他日常生活用的物品，亂得像開雜貨店。女人從船上跳下來，笨拙地拴好船，撣撣身上的暮氣，然後神色鎮靜地往村子裡張望。船裡還鑽出一個竹竿一樣的男人，病懨懨的，吃力地扛著一件東西。後來才知道他是女人的丈夫，那東西是一張彈簧折疊床。男人把東西放在碼頭的石塊上，跟女人嘀咕幾句，轉身便開船離開。他的腳下，便是慧江，寬闊浩瀚，水流平緩，黃昏的江面像大海一樣孤寂。那條船，很快便看不見，似乎已經沉入深不可測的江底。

迎接女人的是一群吱吱喳喳的孩子。女人異常高大，皮膚黝黑，渾身胖乎乎的，頭髮很短，但手臂很長，而且粗壯，本來需要肩扛的折疊床她只是用手夾在肋中，另一隻手還抓著一張薄薄的棉被。

「我要去方正德家。」女人說，「你們前面帶路。」

孩子們迅速分成兩半，一半在前面熱情地引路，一半在女人的身後暗中取笑她的大屁股。通往村莊的石板路還殘留著夏天洪水浸泡過的痕跡，蕭瑟的田野像江面一樣空蕩。女人的到來給村子增添了新的氣氛，像來了一位遠客，引起了一些騷動。踩著幾聲狗吠，從屋裡走出一些老人和一個腆著肚皮的婦女。

「來啦？」她們笑臉相問。

女人回答得很乾脆，來了。

她們如釋重負地鬆了口氣。她們也許覺得女人話不多的時候，女人的話卻意外地多了起來：「早上接到了兩個電話，一個是金灣鎮的，也是個女人，說我煩死了你一定得過來，但我還是答應來鳳莊，方厚生跟我家的侄子在廣州是工友，熟人嘛，總得優先照顧。」

腆著肚皮的女人是厚生的老婆，快生了吧，不是萬不得已連石階也不願爬了，一來累，二來怕摔。厚生家有兩處房子，一處在石階下面，是三年前建的新房子，一層的平頂樓房；另一處在石階的頂頭，是祖屋，破舊得看看就忍不住要動手拆掉，厚生要父親搬，但老人住那裡已經上百年，慣了，不願挪，他說房子倒塌就倒塌順便把他埋了最好。這座陡峭的石階也是他家祖輩砌的，別人很少去爬。爬上高高的石階，孩子們把女人引到老人的房間門外便一哄而散。為表明比其他孩子更勇敢一點，厚生九歲的兒子至善把女人帶到了老人的窗前。窗是老式活動窗，能關上，關上後外面就看不到裡面。至善踮起腳，顫巍巍地拉開窗櫺，女人把臉貼著窗戶往屋子裡探望，裡面只有一團難以打破的黑暗，但女人還是看到了一張有深藍色蚊帳的床並聞到了迎面撞來的臭氣。

「我阿公就在床上。」至善率真地說，「他就習慣這樣，白天睡覺，晚上擾人。」

估計正德老人快睡醒了，睡醒就要吃飯。平常，飯是厚生家的給他送到床邊，手一摸，就能碰到不鏽鋼飯碗，飯菜都在裡面。老人像一個壯勞動力一樣，每頓總得吃滿滿的一大碗飯，一直到死都是，因此他每喊叫一聲都有很足的底氣，誰也聽不出他是一個行將要死的人。「我還沒有死，你們進來吧，陪我一會。」老人在裡面說。他醒了，也就是說，鳳莊漫長而煩人的夜晚開始了。女人輕輕推開門進去，點亮了煤油燈。燈光首先照亮了自己，看上去女人有一張還算端莊的臉，樣子很熱情、虔誠、豁達，她四處張望空蕩蕩的房子，像出了趟遠門的主人回到家裡看看是否少了什麼東西。

老人說，來啦？

女人說，來了。

老人說話的時候省氣力，聲若纖蚊，還有些沙啞。屋子很寬闊，沒有什麼顯眼的擺設，地面黑得發藍，凹陷不平。女人先是瞧了瞧老人的床。是一張清朝老式木床，差不多有她家那條船大。老人蓋著被子，枕著一隻高高的光滑的木枕頭，只露出被擰乾水了的瘦癟的臉，鬍子比颱風後的荒草還亂。女人說被子該洗了，臭味熏得蚊子也不願來了。老人斷然拒絕說，不洗，洗什麼，人死後統統都要燒了，連床都要燒掉的。女人還是堅持要洗，明早，我幫你洗了再走。但老人死活不肯，緊緊地揪住被子，生怕一放鬆女人便要搶走。

「被子又不是你的卵，你揪那麼緊幹什麼！」女人笑著說。至善覺得女人挺幽默、樂觀的，也嘿嘿地跟著笑。

厚生家的腆著高高的肚皮送飯進來。她住在台階下面的新房子，老人住的是祖屋，厚生家的對女人說，飯你不用管，他自己還能吃，屎尿平時就拉在床上，他也不讓清理，像牛欄，我習慣了，都聞不到臭味。

女人說，你丈夫跟我說了，我什麼都不用管，我只是來陪夜的——你知道陪夜吧，大多數病人都是在半夜裡斷氣的，陪夜就是讓他們斷氣的時候身邊總算有個伴，不至於死得太寂寞。陪夜不是陪護，陪護得幹很多髒活，我做不了陪護，看到別人的屎尿我也噁心，如果不是這樣，我早到廣州醫院做陪護去了，幹一天能賺七八十塊，遇上大方一點的雇主能賺上百塊，比在這陪夜強多了。厚生家的把飯碗放在老人的床邊，老人也不側身，伸手抓起就吃，狼吞虎嚥的樣子讓人覺得他是一條從煎鍋跳到水裡的魚。女人說，你慢點，不要白白撐死，我還沒賺夠你們一天的錢呢。

老人說，我早想死了，就是死不了——到了我這個年紀，活著就是等死。

女人嗔怪道，胡說。

厚生家的對女人說，老傢伙一過世，我就要去廣州，連孩子我也要在廣州生……煩死了。老人邊吃邊咕嘟，快了，說不定今晚就死。這句話厚生家的聽多了，並不以為然，也不想跟老人說話，轉身走了。

女人告訴老人，從此以後，每天晚上我都坐船過來陪你。

老人沉吟說，其實我不怕黑夜，連死都不怕，我還怕黑麼！

女人把自己的床打開，擺在窗口下，離老人的床有三四米遠。她試坐自己的床上，鐵支架床發出尖銳的支支聲。

老人說，我沒有病，我跟我的祖輩一樣，都是老死，自然死亡，像一棵老樹，朽木，風不吹，自己也要倒——我的大限到了，我自己知道，厚生也知道的。

女人說，你的兒子還算孝順，雖然沒有回來服侍你，但捨得花錢。

老人突然來氣，呸！我快死了，他還在廣州幹什麼！

女人說，厚生他忙，你躺在這裡不知道打工的難處，要拚命幹活，還要看老闆的眼色——現在城裡到處都是人，找一份工作不容易……

老人被飯嗆了一下，不斷地咳嗽，突然一把將飯碗摔在地上。女人站起來撿碗，你不要動怒氣，很多老人就是動怒死的，到了這年紀，你還跟誰嘔氣！

老人咳停，猛喘粗氣。女人責備說，我給不少老頭陪過夜，從沒見過火氣像你這麼大的。老人的眼睛瞪得賊亮，突然張嘴大喊一聲：李文娟……女人想不到這個連說話的力氣都湊不足的老頭呼喊起來竟像船的汽笛那麼洪亮、尖銳，底氣十足，爆發力強，有振聾發聵之功。有兩三個月了吧，老人每天晚上就是這樣不知疲倦地呼喊著李文娟，差不多每隔一分鐘便叫一次，把鳳莊喊得雞犬不寧，沒有人能睡上一個好覺。厚生家的膽小，夜裡不敢進老人的房間，甚至聽到老人的呼喊心裡也一顫一顫的。厚生回來過兩三次，問老人，你嚷什麼呀？我在廣州都聽到你嚷嚷，把人嚷煩了。老人說，我喊你媽——我快死了，身邊沒有一個人陪。厚生陪了他兩個晚上，他便不叫，厚生一走，他又嚷了，嚷得理直氣壯，像一個委屈的孩子呼喊他的母親。女人覺得這個聲音刺痛了她的耳，使她渾身不舒服。

「你嚷什麼呀，厚生不是雇我來陪你了嗎？」

老人又是呸一聲，接著是更激烈的咳嗽，咳嗽的間隙大聲嚷著：「李文娟……」

厚生告訴過女人，李文娟是他母親的名字。厚生也不知道到底是不是她的真名，反正有懸疑的問題還有很多，比如老人的年齡，有的說一百零一，有的說才九十九，厚生也說不準，父親六十歲才結婚，母親四十六歲那年生下他後便去向不明。厚生的母親是跟隨一艘運乾魚的貨輪來到鳳莊，嫁給老人的，第二年便生下了厚生。那年四川客商從南海販運一船乾魚到重慶，途經鳳莊時作了短暫的停留，停留的結果是，給鳳莊留下了一個女人。那個女人到鳳莊裡去找生薑治暈船，當找到生薑趕到碼頭的時候，船已經開走了。這個四十五歲的女人剛剛死了丈夫，要到重慶投靠親戚，如果船上載的不是乾魚，太腥臊，她是不會暈船的，不暈船的話她就不會跑進鳳莊要生薑，就不會留在這個人生地不熟的地方。也有人說她是被船家故意甩掉的，因為他們擔心一個剛剛死了丈夫的女人會給船帶來晦氣。那天，她就在碼頭上哭，鳳莊的人知道她剛剛死了丈夫，不願收留她，甚至不願給她一口飯。是方正德，不僅把家裡最好的一塊生薑慷慨地送給了她，後來還乘著夜色把她帶回了家裡，再後來就成了厚生的母親。那時的人勸他說，正德，現在兵匪猖狂，你怎麼能帶一個來路不明的女人回家？鳳莊的人擔心她給鳳莊帶來不祥和危險，處處防著她，甚至有人悄悄報了官。其實，厚生的母親是一個很好的女人，人長得好看，皮膚細嫩，唇紅齒白，不像四十多歲的人。一聽口音便知道是外地人，她說老家在陝西，鳳莊從沒有人到過陝西，因此不知道陝西離鳳莊到底有多遠。沒幾天，人們便發現厚生的母親不是簡單的女人，處事老練，說話得體，對誰都笑臉相迎，恭恭敬敬，大家明白她是見過世面歷過風雨的人。而且，她還比鳳莊所有的女人都勤懇，家裡家外收拾得整整齊齊，把一個死氣沉沉的家盤活了，對厚生的父親也好，連重活都不讓他做。在鳳莊，只有厚生的父親不用幹重活，都讓厚生母親搶著幹了。厚生母親說，她沒給前夫生下孩子，要給正德生一窩。第二年春，果然生下了厚生。四十六歲了，還能生孩子，簡直嚇壞了鳳莊的女人。但厚生父親高興呀，他逢人便說，他要生十個兒子，要成為鳳莊生兒育女最多的人。厚生的母親跟鳳莊的女人不一樣，她有長遠打算，能謀劃，她跟厚生的父親說，明年春天她要在地裡種上一大片生薑，到了秋天把生薑販賣到重慶去，然後從重慶販回藥材，賣給城裡的藥鋪……厚生父親為娶到一個精明、賢惠的女人而對上天感恩戴德，那是上天賞賜給他的女人，他這一輩子呀，除了對自己的女人好，就是要對上天好，不能罵天。厚生父親一輩子都沒罵過厚生的母親，也沒罵過天。厚生母親曾對厚生父親說，正德呀，你六十歲才娶妻，你得活到一百歲，否則你對不起我。厚生的父親說一定要活到一百歲，跟厚生母親過一輩子，對她好一輩子。但厚生還沒滿月，差兩天吧，他母親竟突然跑了，從此銷聲匿跡，杳無音訊。四十多年了吧，厚生的腦子裡早已經沒有母親的概念了，老人也很少提起她，甚至在他呼喊「李文娟」的時候，人們好久才想起，厚生的母親就叫這個名字。老人說，我眼睛一閉上，她就出現在面前，說明呀，她要帶我走了。

女人說，那是幻覺，是人都會產生幻覺，有時候我也會。

「我活了上百歲了，也對得起她啦。」老人說。

女人說，她不該離開你，女人哪能隨隨便便離開自己的男人？

「你知道當年她為什麼要離開鳳莊？」老人自問自答，「她生厚生得了重病，她不想連累我——你想想，四十六歲了才第一次生孩子……」

女人說，危險，不容易。

老人一個人感慨萬端。女人解開褲頭，坐在屋角的尿缸上要撒尿的時候才發現窗戶沒有關上，揪著褲子尷尬地跑過來關窗。至善懂得害臊了，走下第五級台階，還能聽到嘩啦啦的水聲和女人埋怨尿臭的謾罵。

至善厭惡地捏住鼻子，誇張地對他母親說，這女人，撒尿的聲音比牛還響！

無論如何，這是鳳莊多少天以來最寧靜的一個夜晚，靜得能聽到遠處江水流淌的聲音。這天晚上，鳳莊所有的人都聽不到老人令人心煩的呼喊聲，睡了一個安穩的好覺。第二天，有人小心翼翼地問，老人是不是駕鶴西去？厚生家的滿懷歉意地說，還得等，還得多等幾天——一盞殘燈即使油料耗盡也不會馬上熄滅。人們才知道，老人能還給鳳莊寧靜的夜晚，全是女人的功勞。鳳莊早起的人們看到女人天一亮就走了，頭髮也不梳理，臉還來不及洗呢。她說她男人和船在碼頭邊等她，她得回去幹活。女人家在江浦，離鳳莊有二三十公里的路程吧，那邊是姓齊人家，女人的男人也應該姓齊。女人說她家種了十幾畝芭蕉，要除草、施肥，還得防颱風，用柱子撐著芭蕉樹，但颱風來了一千根柱子也不頂用。女人埋怨，去年要不是一場颱風把好端端的一地芭蕉毀了，我也不用給一個快要死的老人陪夜，陪自己男人不更好？

女人的男人果然已經在碼頭等待。他站在船頭抽菸，高高瘦瘦的，腰有點彎，很孱弱的樣子，對女人很殷勤。女人跳上船，男人遞給她一條毛巾，女人澆澆江水洗臉，臉才洗好，船便開了。晨曦中船開得特別快，像是換了一條船似的，一會便到了江中，眨眼間消失在寬闊而沉靜的江面上。女人是個守時的人。黃昏，最遲也用不著到中央電視台新聞聯播結束，她便會如期出現在台階前，朝厚生家的房間裡說一聲，我來啦，便拾級而上，推開房門，高聲地跟老人說話，把孤寂和恐懼驅散。每次進了老人的房間，女人都要往尿缸裡撒尿，好像這泡尿憋了一整天了就等著到這裡放掉的。白天幹活累了，女人撒完尿便要睡覺。老人睡不著，要跟她說話。女人要早休息，因為明天還得回去幹很多的活。老人說，厚生是請你來陪我說話的，不是請你陪我睡覺的，你得說話。女人說，你說唄，我聽就是了。老人說，你真要聽。女人說，我用心聽著呢。老人便說話。他成了鳳莊唯一在深夜裡說話的人。女人開始是真的用心聽，偶爾還回上一兩句，後來注意力不集中了，估計是想著家裡雞零狗碎的事情吧，最後乾脆不知不覺睡著了。老人也不知道女人是不是真聽他說話，也不知道她是不是睡著了，反正說話，把每一個夜晚都當作是自己生命最後的一宿，每天夜裡都要說很多的話，要把所有的話一口氣說完，彷彿不說明天就沒機會說了。女人剛來的時候，老人對她說，我呀，死過很多次了。

女人說，大難不死，有後福唄。老人說不是這個意思，他是怕，年輕時對死很怕。厚生十歲的時候，老人轟轟烈烈地死過一次。那時候在鳳凰嶺上修水渠，老人負責放炮炸石頭。他都幹了一天了，幾個放炮的人都累爬了，等他撤下來，他就是不撤。別人問他累不累，他說不累。其實他累得快不成了，他還要炸一口，再炸一口水渠就跟另一頭接上來了，他硬是要多炸一口。結果炮響了，水渠兩頭連了起來，他卻跑不及被泥石掩埋，大夥好不容易才把他扒出來，還沒送到村衛生所便斷了氣。大隊裡緊急開會討論，追認他為修水渠功臣，獎勵他三十分工分。家裡都為他準備後事啦，響器班把嗩吶、牛角、簫笛吹得淒愴而熱鬧，抬棺材的人都要將他入殮啦，厚生的姑姑們哭得天昏地暗，厚生沒有哭，厚生這小子不會哭，別人看不過眼，對厚生說，父親死了，你裝模作樣也得哭幾聲呀。厚生就是不哭，彷彿他知道我還沒有真死。「就這個時候，我醒過來了，把所有人都嚇了一跳。」老人自豪地說，那時候，這是一個天大的新聞，因為好多年沒看到過有人死而復生了。小時候，我就曾看到方必富的祖父捕魚失足跌落江底，被漁網纏住，從早上一直到中午才被人撈起來，身體冰冷，臉色死灰，大家以為肯定死了，但用破棉被一蓋，準備第二天扛到山上埋了，但想不到半夜裡他自己竟醒過來，到自家的廚房裡找吃，把他的老婆嚇得魂飛魄散。這叫做假死，過去有人被埋葬了才活過來，但醒得太遲啦，自己爬不出來，活活悶死在棺材裡。那時候，我就做了一個長長的夢，夢見各種各樣的人，夢見很多陌生的地方，夢見自己走了很遠很遠的路，後來聽到文娟罵我，她說，正德，厚生還小，你死什麼呀，還輪不到你呢，你答應過我要活到一百歲的，你快回去……因此，我就回來。

女人笑了笑。女人知道，老人口口聲聲地說自己不懼怕死亡，事實上，不怕死的人是不存在的，黑夜來臨，會使老人戰慄，他在夜裡呼喊「李文娟」就是對死神召喚的害怕。她的到來，像一盤冷水澆滅了他內心的恐懼。

老人說，他們已經五次把我背到堂屋，但每次我都沒有斷氣，他們又得把我背回來——周而復始，他們都煩透我了。

習俗是，人之將死，最後要躺的地方必是堂屋，死在堂屋，死在列祖列宗牌位面前，才死得安心，才死得不寂寞，死後才容易找到早逝的親人。老人三番五次地瀕危，三番五次地躺在堂屋的左側（女人躺的是右側），平靜地等待生命最後一秒的來臨，親人和背他到那裡的人也屏氣凝神地在等待老人嚥下最後一口氣。然而，不再需要奇蹟的時候，奇蹟卻三番五次地降臨，老人的氣艱難地又緩回來了，死人般的臉色由蒼白、僵硬變成暗淡、溫潤，最後竟然恢復成肉色，像熬過了寒冬臘月的枯樹又有了生命復甦的痕跡，頑強而故意地嘲諷著大地的一切。他們的臉上沒有驚喜，全是一番徒勞後無奈的苦笑。厚生一次又一次從廣州連夜趕回，想一勞永逸地送別老人，但一次又一次地緊急召回派去向親戚報喪的人，一次又一次歉疚地跟已經準備就緒的響器班和抬棺佬悔約，成了別人的笑柄。厚生終於失去了耐心，叮囑自己的女人，大真死了，你才給我電話！這些日子來，他的女人好幾次拿起了電話又放下來，她害怕說錯了又要厚生白白跑一趟。鳳莊的婦孺最厭煩的不是老人從堂屋的地上一次又一次復甦過來，而是在夜裡老人聲嘶力竭的呼喊。聲音不是野獸，困不住。鳳莊人不多，但怨聲載道起來卻到處都能聽見。開始的時候，小孩聽不慣老人的呼喊，被驚嚇得渾身發抖。後來不怕了，還沒到深夜，還不睡覺的時候，他們有時在老人的窗口外往裡尖叫或吹口哨，像挑逗一個失去法力的妖怪；老人被背到堂屋，他們還敢在門外探頭往屋裡張望、聆聽，向大人報告老人是否還一息尚存。苟延殘喘的老人也知道自己已經被鳳莊所拋棄，招人嫌了，但他偏偏不願嘴軟，把好心好意來勸慰他的人都看作了惡意：你們把我活埋算了——你們，你們也有死的一天。後面那句話多歹毒呀。誰也不想被將死的人罵，那是不吉利的，所以沒有人願意跟老人說話，甚至對他產生了厭惡。他就在深夜裡獨自呼喊，讓所有的人都聽到像從墳墓裡傳出來的聲音，都體會到深夜的寂靜和黑暗的漫長。有幾個老漢實在忍不住驚擾，站在老人的窗外責怪道，你嚷什麼呀，沒有人像你，存心要整個村莊的人都睡不了覺！面對指責，老人既不生氣，也不爭辯，仍然用冰冷的呼喊回應一切。老頭們找不到更好的辦法，只能用三個字發洩對正德老人的無奈和不滿：老不死。老人如此，厚生的女人便有壓力，她不堪重負，便把壓力轉嫁到遠在廣州的厚生身上。厚生也想不明白老人為什麼會這樣。媳婦說，他要陪唄。厚生陪不了，他在那家韓國人開的電子廠裡幹得正有起色，照此下去年底便能加薪升職了，但韓國人管得死，稍不小心便要被炒掉。厚生是一個兢兢業業的人，到底是珍惜來之不易的飯碗，輕易不請假。留在村裡的男人越來越少，能出去的人都出去賺錢了，出去的女人也越來越多。老人瀕危快不成了，只有一次是厚生背到堂屋，另外四次是不同的男人背的，他們都是因為家裡有事正好從外面回來，就幫背一把。外出撈世界的人怕惹晦氣，本來是不願意背的，但沒辦法，村裡只有你一個大男人，碰上這事，誰也逃不過，哪家沒有老人，誰沒有老死的一天？你總不會坐視不管吧。老人給人們帶來那麼多的煩惱，厚生覺得欠著鳳莊人的人情，老人多活一天，欠的人情便越多。一次，厚生上醫院，見識了一種叫「陪護」的職業，才豁然開朗：只要捨得花錢，陪別人去地府的活也有人幹。厚生便試著雇了女人。女人的到來使鳳莊大大地鬆了一口氣。她們恢復了往日的從容和愜意，女人從她們面前經過的時候，她們會拉住女人的手說，你真的不害怕？萬一老人半夜升天了……

女人說，害怕什麼呀？不就是死人嗎？除了不會睜眼說話外，跟活人沒有什麼區別。

女人的勇敢征服了鳳莊的婦人，她們只是想不明白，一個女人怎麼會不害怕死人呢？

「老人不喊叫了，是不是你從家裡拿來擦台布堵住了他的嘴巴？」她們說。

女人說，怎麼會呢？

她們說，那你肯定是把自己的奶子讓他啃——老人就像小孩，有奶才安靜。

沒等女人回答，她們便笑得令各自的奶子劇烈地顫跳起來，鳳莊洋溢著歡快的氣氛。

厚生家的也尷尬地笑。女人說，我睡自己的床——一個快死的人怎麼還會想到奶子呢？可她們笑得更放肆了，女人覺得被別人開了玩笑，又拿不出好的回擊辦法，只好說，反正，我有辦法讓他安靜，即使用奶子，那也是我的本事。

女人知道自己之所以能讓老人在夜裡安靜下來，是因為老人把她當成了李文娟。鳳莊的女人是這麼說的。厚生家的也這麼說，你就充當一回厚生的母親唄，反正吃不了什麼虧。女人說，那也算不了什麼，一個行將就木的老頭難道還能強姦我不成？婦人們覺得是，突然沒話可說了。老人又不是她的父親，鳳莊的婦人們不相信女人一點也不害怕，沒有男人的陪同，夜裡連厚生家的都不敢踏進老人的屋子，因為誰都知道那是離死亡最近的地方。但女人一點不害怕也不可能，有一次，厚生家的就聽到女人在半夜裡發出了一聲驚叫，雖然不是很尖銳，但那聲音肯定是受驚嚇才發出來的。厚生家的以為出了什麼事，翻身下床，在台階下面大聲地問女人，老傢伙去了嗎？女人良久才回答，還沒有。老人適時地打了一個重重的呻吟，像剛剛緩過氣來。厚生家的又說，要不要叫男人？鳳莊沒有男人了，我得到黃莊去叫。女人說，不用了，睡吧。黑夜又恢復了沉寂。沒有人知道，那天夜裡女人為什麼會突然發出驚叫。鳳莊的婦人們都聽到了她的驚叫，知道她也會害怕，經此一嚇，以為她可能不來了，但當天黃昏，女人還是來到了鳳莊，只是比平時稍晚了一點點。

其實，那天夜裡的那聲驚叫確實是因為害怕而發出的。女人竟然不像她自己所說的那麼勇敢、堅強。在她們意料之中的是，她果然也會害怕。

那晚，老人突然精神煥發，跟女人滔滔不絕地說起厚生的母親。我這一輩子，故事多，遺憾也多，夠說得上十輩子的，就一個李文娟，說到死我也說不完。老人說，在死掉之前，我就只說文娟。「她是一個好女人，我從來沒見過那麼好的女人。」老人為了證實自己的話，舉了很多例子，還用準確的數字說明問題，短短的一年時間裡，文娟幹了一萬三千一百三十二件活，給我洗了八十二次腳，擂了兩百一十五次背，她生孩子的那幾天裡，還給我修過兩次腳趾甲。她不讓我幹重活，她說那些重活呀你留著等厚生出了滿月我再做，那時我還有力氣，為什麼不能幹些重活？文娟說了，她的前夫就是幹重活累壞了，喪失了生育能力，她不能再讓自己的第二個丈夫累壞了……。

老人說，她不讓我幹重活，連輕活也讓我少幹，捕魚期村裡的男人日夜不停地都在江裡捕魚，她呀，不讓我去，讓我養好身體，我的身體除了胃腸不好喜歡拉肚子外沒什麼毛病。一個季節下來，男人們累得趴在地上起不來，我呀，養得胖乎乎的，皮膚又白又嫩，人們說我像衙門的人，對我嫉妒得要死。結果，我變得越來越懶惰，很快成了遠近聞名的懶漢。外面的人都想到鳳莊來看看，陝西的女人到底是長得什麼樣的，竟然不用男人幹活，一個女人也能把家撐起來！

「結果是她累壞了自己。坐月子還挑糞去地裡培莊稼，還給漁場涮魚。她涮的魚比誰都多、都好，別的女人嫉妒她，說文娟，你不怕魚腥啦？文娟說不怕了。那你還暈船嗎？文娟不作聲。正是她們刺激了她，使她想起了船，結果幾天後便跳上烏篷船跑了。那是一條廢棄了的船，不知道是誰丟下的，擱淺在沙灘上，在江邊風吹雨打好多年了，沒有誰願意修補它，好幾次洪水也沒把它帶走，如果知道它會帶走文娟，我早就一把火將它燒了。那天臨近黃昏，我正給厚生洗澡，有人從江邊回來對我喊，方正德，你家文娟沒洗完菜就跑了。我扔下厚生，從村子裡追出來，沿著岸邊拚命地跑。江面上灰濛濛一片，但我還是看見了那條烏篷船，船篷千瘡百孔，船上只有她一個人，她就站在船尾搖船。我不知道她從哪裡弄來的船撐，她把船划到了江中間。多寬闊的江面呀，像海一樣。我大聲喊，李文娟……但我這一喊，那條烏篷船一眨眼間便在江面上消失得無影無蹤，像鬼船一樣。她肯定看到了我，卻不願回頭，連厚生也不要了。鳳莊的人以為我欺負她，把她氣走了——那時候只有我知道，她有病，舊病復發了，生厚生才復發的，那是一種治不好的病，她知道我家窮，不願連累我……」女人問，什麼病呀？

老人不肯說。他寧願以漫長的靜默回應女人的好奇。

女人改口讚嘆說，多好的女人！

「我到處找過她，要給她治病，即使把我自己賣掉也要攢錢給她治病——她一個人孤零零的，她要去哪裡啊？她不是到外面等死嗎？但我找了大半年也找不著，有人說那條烏篷船滲水，她走不遠，也許還不到陸家莊就沉了……但我不相信那條船會沉，跑得那麼快、那麼穩，她絕對是一把撐船的好手，一條破船到了她手上也跟好船一樣……後來她肯定在哪裡上了岸，在哪裡躲著我，最後，病死在哪裡了……你看，現在她回來了！她就在窗外，我看到她了——她要帶我走了！」

女人突然感到害怕。她不是輕易害怕的人，這時卻壓制不住自己內心的驚懼，哎喲的驚叫了一聲，像閃電劃過寂靜的鳳莊。

「她跟你一樣身材高大，能說會道，見過大世面。」老人低聲地說。這是老人把女人和厚生母親做的唯一的一次對比。那天早晨，女人的男人早早就開船在碼頭等她，但她硬是要把老人的被子先清洗了。女人說，你不知道我費了多少口舌老人才肯鬆開抓住被子的手。這張被子真髒，黑乎乎的像一張牛皮，把一江的水都洗黑了，如果江裡有魚，也會被毒死。女人就把被子攤在江邊的蘆葦上面曬，黑麻做成的被子像船帆一樣遠遠就能看見。黃昏，女人下船，把被子收起來，走進鳳莊。

厚生家的正在屋簷下等她，稱讚她說，只有你才能說服老傢伙把被子洗了，連厚生也說不服他，死倔。

女人說，我真想把他背到江邊，澈底把身子涮乾淨……我說了，身體髒兮兮的去了那邊，厚生的母親會罵你邋遢，還要罵厚生不孝順。

厚生家的神情驟然緊張，那無論如何得幫他洗一次澡。

老人洗了一生中最後的一次澡。龐大的澡盆就放在床前，水氣一下子瀰漫滿屋子，水裡滲了一些草藥，散發著淡雅的香氣。女人對老人說，過去呀，只有皇帝才能洗這樣的澡水。但老人死活不願洗。「人都快死了，還洗什麼！」老人氣呼呼地說。女人又勸了一會，老人仍斷然拒絕洗澡。厚生家的覺得沒有辦法，要撤走澡盆。女人說聲不要撤，一把將老人抱起，旋即像嬰兒一樣塞進了澡盆。老人試圖反抗，但沒有力氣，只好死死抓住自己的衣服，但衣服很快被女人強行剝落，赤條條一絲不掛。厚生家的害羞，轉身走了。女人熟練而敏捷地把水澆到老人的身上，用毛巾使勁地擦拭，水很快變成了墨黑。老人反抗不成，便張開嘴巴呼喊「李文娟」，開始時聲音很大，後來被水聲壓住了，最後竟溫順得像個孩子，靜靜躺在澡盆裡並裝出死人的樣子，一動不動，讓女人幫他洗完了這次澡。

鳳莊的婦人們打聽到了女人的很多情況。有些情況是從江南傳過來的，有些情況是從厚生家的那裡來的。厚生打過幾次電話回來，厚生家的向男人表達了對女人的滿意，同時也流露了一些猜疑。

厚生也許知道的也不多，但還是隱隱約約地說了一些女人的情況。幾天後，鳳莊的女人對女人便另眼相看了。女人感覺得到她們異樣的眼神，連孩子們也遠遠地躲開她。女人終於忍不住問至善，你們為什麼躲著我？至善說，我沒有。女人說，我是說她們。至善直率地告訴她，她們說你年輕的時候是個浪蕩女，在廣州做過「三陪」，現在是第四陪，陪夜。女人的臉突然暗下來，抓著手提袋的手不斷地顫抖。至善後悔說錯了話，「她們是胡說八道，」至善想挽回，「她們之前還說過，我的阿婆是舊社會的妓女，在船上做皮肉生意，得了髒病才被船家甩掉的……」女人手裡的袋子終於脫落，幾個番石榴、枇杷子從石階上滾下來。女人並沒有回頭撿散落的果子，呆站在石階的中間，抬頭往正德老人的房間張望。她猶豫了很久，至善以為她會掉頭跑掉，因為她沿著河岸，還能追上她丈夫的烏篷船。但她還是從容地登上台階，走進屋子，點亮了燈。但這一次，至善沒有聽到女人撒尿的聲音。

從此，女人變得鬱鬱寡歡，甚至變得有些羞怯。第二天一早看見別人也不怎麼打招呼，匆匆忙忙地就走。厚生家的似乎意識到自己說錯了什麼，向鳳莊的女人解釋，厚生說了，女人過去也不專門做那種事，如果不是家裡窮，她也不會……她的男人，幾年前從腳手架上摔下來，聽說已經是個廢人，除了開開船，做點賺不了幾個錢的小生意，幹不了什麼活。鳳莊的女人一陣欷歔，都後悔自己說了一些不該說的話。鳳莊的女人們舌頭是長了點，但實際上她們是很感激女人，為表達她們的謝意，那天晚上，她們不約而同地準備了好些東西，糖果呀，瓜子呀，葡萄乾呀，甚至還有奶粉，都是她們的男人從城市裡帶回來或寄回來的，看到女人來了，便熱情地塞滿了女人的雙手和口袋：「這東西，你夜裡吃著解悶。」漢光家的最大方，把壓在箱底捨不得戴的祖傳手鐲借給了女人。這只血紋路清晰的手鐲在漢光曾祖母的墳墓裡待過，能避邪，漢光家的說，連鬼都怕它三分。女人說，那麼貴重的東西我怎麼敢借你的呢，萬一弄壞了怎麼辦？漢光家的說，不要緊，人平安無事最重要，一隻手鐲算得了什麼！漢光家的把手鐲大大方方地戴在女人的手上，女人羞澀地笑笑：「其實，我什麼也不怕，不過，現在心裡更踏實了。」鳳莊的婦人們看到女人都收下了她們的小禮物，心裡也甚是踏實，好像女人已經原諒了她們。但過後的第三天，女人對厚生家的說，她男人的病又犯了，是舊傷復發，她不會開船，村裡又找不到會開船的人，她只好在家護理男人兩三天，這兩三天，就不算錢。厚生家的有點始料不及，但不好不同意。女人環顧一下散落在四處的婦孺，抹了一下頭髮，往江邊匆匆走去。一會，有小孩回來報，開船的還是女人的男人。女人們的臉上布滿了愧疚，斷定女人是找藉口開溜了。這天晚上，她們又聽到了老人聲嘶力竭的呼喊。李文娟，這個女人的名字又像鬼魂一樣籠罩在鳳莊的頭上，纏繞在她們的耳邊。宏發家的終於忍不住了，起來罵人，聽起來是罵女人，實際上是罵老人。她一開罵，鳳莊的人都睡不著，穿著睡衫聚在厚生家的院子裡，你一句我一句的，開始是埋怨，後來是想辦法。但想什麼辦法，夜狗不知疲倦地吠，老人依舊一聲一聲地呼喊著李文娟，只是那聲音漸漸弱下去，像從很遙遠的地方傳來的，輕輕地抓著你的耳，然而正是這種聽起來像垂死掙扎的聲音讓人更毛骨悚然和難以忍受。她們束手無策，那只有等女人快點回來。三天後的黃昏，女人終於又來到了鳳莊，大家才鬆了一大口氣。三天不見的女人明顯消瘦了許多，臉上結實的肉不見了，多了兩塊豬肺一樣的雀斑。

「你家男人的病好了？」

女人說，好不了，臥床了，醫生說再做一次手術看看，不成的話到廣州的大醫院試試……小兒子也湊熱鬧，發高燒，拉肚子，真會煩人。

婦人們關切的程度更深了，「你先把兒子的病治好，發高燒等不得……」

女人說，沒大礙了，由鄰居幫看著。

「你不在，夜裡老人又叫開了。」

女人淡然道，這老傢伙……其實我在的時候他也叫——他每時每刻都在呼喊李文娟，只是你們聽不見。

婦人們覺得女人的話有些深意，像是一個讀過些書的人。

平日裡節儉得可憐的婦人們自覺地從深不可測的口袋裡掏出一些面額不等的紙幣來，塞給女人的褲兜裡。女人百般推卻，婦人們要生氣了，她才收下，說是借，將來一定還，然後爬上高高的石階，走進老人沒有房門的房間。看到老人房間的燈亮了，大家的心也亮了。但幾乎與此同時，婦人們聽到了老人一聲嚴厲的斥喝：

「誰要說文娟得的是髒病，我做鬼也不放過她！」

這句話說得比平時重一百倍，像是積蓄了很久的力量才說出來的，甚至把女人也唬住了。很明顯，這句話是說給石階下的婦人們聽的，是一個將死之人對活人的最後警告。婦人們的臉色剎那間全變了樣，慌裡慌張，隨即爭相向厚生家的否認自己說過李文娟的不是，我們都沒見過她，已經是多少年前的事了啊！厚生家的連連澄清事實，誰說啊，誰都沒說過。聽厚生家的這麼一說，婦人們才放下心來。一安靜，便聽到了女人不斷撫慰老人的說話聲。老人的氣估計憋了很久，就等女人來了才發洩。女人語重心長地說，她們都說文娟是一個好女人，沒有人說過她的壞話——她們也沒有說我的壞話，我聽到的全是好話。

老人的氣一下子還緩不過來，不斷地咳嗽。此後很長的時間裡，婦人們再也聽不到女人的說話聲，聽到的只是老人無休止的咳嗽。她們驚疑，到了這時候老人還能說出那麼嚴厲的話，甚至聲音還那麼雄壯、凶悍。她們有點失望，心懷疙瘩各自散去。

這個夜裡她們又聽不到老人的呼喊了，寧靜得好像要發生什麼事似的，她們忽然不習慣這種寧靜，心裡癢癢的，想聽到老人的聲音，甚至希望老人突然用一聲熟悉的、銳利的呼喊打破黑夜的沉悶和驅散她們心頭的不安，讓她們能安然睡去。這種等待一樣也很漫長，她們輾轉反側，又凝神定氣，耳朵都向著老人的方向伸。老人是在下半夜去世的。第一次雞啼後，厚生家的迷糊裡聽到女人叫她，她驚醒了，側耳一聽，果然是女人在石階上頭大聲地喊：老傢伙不成了。整個鳳莊都聽到了女人的呼喊，鳳莊提前醒了，到處傳來長舒一口氣的聲音。厚生家的驚慌地爬起來，雙手抱著肚皮走到石階下面，對是否爬上去正猶豫不決。女人說，你不用上來了，老人不能說話了……厚生家的慌亂地說，那我馬上去黃莊，叫誰家的男人背他到堂屋去。女人說，也不用了，我自己能背。在厚生家的驚疑之際，女人已經把老人從屋裡背出來。老人耷拉著頭，喉嚨裡發出嘓、嘓、嘓的聲音，像被骨頭卡住了。厚生家的小心翼翼地問，老傢伙留下什麼話嗎？女人說，沒有，整晚他就只說過一句話，大家都聽到了，就一句……女人從石階上一步一步探腳走下來，搖搖欲墜。厚生家的既為女人擔心，又感到恐懼，本能地往下退卻，把路讓給女人，甚至忘記用電筒為女人照路。當無路可退，女人從她身邊走過的時候，厚生家的怯生生地問老人：大，你沒事吧？

老人沒有回答，緊緊地伏在女人的背上，雙手鬆鬆垮垮地搭在女人的胸前，像一堆不可靠的爛泥。「人一死，就變重！」女人喘著粗氣說，她頭髮凌亂，沒有穿鞋，「快叫至善，給老傢伙送終。」至善已經躲在屋角的拐彎處，伸出半顆頭。厚生家的說，至善，到堂屋跟阿公叩頭。至善害怕，轉身倏地消失在黑暗裡。厚生家的遠遠地跟在女人的背後，一直來到堂屋。女人摸黑進去了，好像踢到了什麼，罵了一聲。厚生家的說燈在中間的台上，有火柴。女人又踢到了什麼，又罵了一聲，這才把燈點亮。堂屋裡的燈光像瀕危的生命一樣孱弱，厚生家的看不到女人的臉，也不敢靠近，只是站在堂屋的門外，等待女人從屋裡傳出話來。大約過了十幾分鐘吧，女人才從堂屋裡走出來，輕描淡寫地告訴厚生家的：「天一亮，你就可以給厚生打電話了。」天一亮，女人就收拾東西走了。鳳莊都忙於為老人辦理後事，開始沒有誰留意她的離去，直到有人突然說起，方學明的父親癌症到了晚期，挨不了多久，開始哭苦喊痛，喋喋不休地叨嘮先他而去的老婆，看樣子也需要陪夜的女人，她們才想到女人。聽說女人要走了，連手鐲都還給了漢光家的。她們丟下手裡的活匆匆跑回家裡，胡亂抓了一些東西，麵條、粉絲、醃菜、臘肉什麼的，有的看看家裡沒有什麼送得出手的，焦急得四處去借，借不到東西乾脆從米桶裡飛快地裝了滿滿的一袋米……那是要送給女人帶走的，她畢竟給鳳莊帶來了好多個安靜的夜晚。她們爭先恐後地追到江邊的時候，女人的烏篷船已經離開碼頭。令人難以置信的是，是女人自己開的船。她男人沒有來。她原來不會開船呀，現在卻開船了。可以斷定的是，昨晚也是她自己開船來的！人們正驚訝間，至善突然喊了一聲：「她的船要翻了！」至善你能不能不亂說話？婦人們狠狠地瞪了至善一眼，他的母親甚至掄起巴掌要抽他的嘴巴。「我看她的船真的要翻了！」至善依然堅持自己的判斷，也許是要親眼證實自己並非信口開河，他沿江邊追著烏篷船奔跑。女人站在船頭，手抓著方向盤，動作異常生硬、拙笨，不像是在駕船，而是在試圖制服一條鯊魚。船不聽使喚，負隅頑抗，船體左右搖晃，最後向左側明顯傾斜，看上去就要翻了，把婦人們的心吊到了空中。婦人們屏氣凝神，緊張得渾身是汗，直到船稍稍平穩，才小心謹慎地向女人晃動手中的東西，但依然不敢喊話，生怕一喊話便分散她的注意力，鑄成翻船悲劇。當她們覺得可以鬆一口氣了，船卻已經到了江心，在晨曦中越去越遠。方學明家的突然覺醒，想對著船呼喊，卻連女人的名字也不知道，窘迫得滿臉通紅。就在轉眼間，船消失得無蹤無影，只剩下浩瀚的江水和四向逃逸的霧氣。

「跑得賊快，像鬼船一樣！」

方學明家的悻悻地說。

二〇一二年
郁達夫小說獎短篇小說獎

聽洪素手彈琴

—東君—

東君，本名鄭曉泉，一九七四年生於浙江溫州。
以小說創作為主，兼及詩與隨筆。
若干作品曾在《人民文學》、《花城》、《大家》等刊物發表。
曾獲第九屆《十月》文學獎、人民文學短篇小說獎、
二〇一〇年郁達夫小說獎短篇小說獎等，
作品多次入選年度選本。
著有小說集《恍兮惚兮》、《東甌小史》，
長篇小說《樹巢》、《浮世三記》。

—A面—

夏日的某個禮拜六，徐三白奉師命飛赴上海，看望師妹洪素手。徐三白的老師顧樵先生還特意讓他帶去了一張古琴。徐三白從飛機下來後，抬頭望了一眼天上的白雲，如墮夢裡。腳已經落地，頭還在雲端懸著，有些恍惚。徐三白知道，自己一定是在飛機上睡醉了。有人多喝幾杯酒會醉，有人多喝幾盅茶也會醉，但徐三白跟別人不同，他醉了，是因為睡多了。睡多了，正如失眠，白天容易犯睏，有一種醉意迷離的感覺。從北京飛到上海，也不過兩小時，徐三白卻感覺自己睡了兩天兩夜。因此，徐三白見到師妹洪素手時形同夢遊。還說夢話，不知所云的夢話。洪素手問，顧先生可好？答，北京下了一場大雨。又問，什麼時候到上海的？答，明晚。迷迷糊糊中，他住進了一家跟洪素手家相隔不遠的賓館。在那裡，他睡了一天一夜，方始清醒過來。洪素手的電話也恰在此時打進來，說是請他一起吃飯。他望著窗外灰濛濛的天空問，是早餐還是晚餐？洪素手說，就算是晚上吃早餐吧。

吃過甜得發膩的上海菜，徐三白要請洪素手去對面一家「星巴克」喝咖啡。洪素手說自己不喜歡咖啡的味道，感覺有鐵鏽味。徐三白說，顧先生以前常說，彈古琴的人一定要學會喝咖啡。顧先生為什麼要說那樣的話？洪素手一直弄不明白。她對徐三白說，我來上海這麼久，還沒學會喝咖啡，所以，上海對我來說依舊是陌生的。徐三白見她沒有這個雅興，就送她回到公寓。那裡是離地鐵不遠的一個小區，房子舊兮兮的，很容易讓人想起黑白照片裡的上海老民居。房間內陳設簡樸，讓徐三白感覺奇怪的是，牆壁上竟掛滿了各式各樣的蜘蛛俠玩具和圖片。洪素手為什麼會崇拜蜘蛛俠？他不明白。當他看到她那串鑰匙的掛件也繪有蜘蛛俠圖案時，他就明白了，她生活的世界也許是沒有安全感的，蜘蛛俠掛件之於她，便等同於一種護身符了。

屋子小，顯得有些悶熱。洪素手建議徐三白到陽台上吹吹風。他們並肩站著，彈琴似的撫弄著欄杆，沉默了許久。對面是一幢銀行大樓，大約有二十多層，高大的陰影鋪得很大，有一種撲過來的氣勢。這個炎熱的夜晚，小陽台上竟沒有一絲風，好像風跟錢一樣，也都存進銀行大樓裡面了。小陽台呈半圓形，鐵鑄的欄杆環護。他們從悶熱的房間裡走出來，僅僅是想透口氣。似乎也沒有興致去關注今晚的月亮是圓還是缺。

徐三白說，自從你走了之後，顧先生常常坐在你坐過的那個琴房裡，一言不發。有一回，我們給先生做七十大壽，先生望著滿堂弟子，忽然說了一句，好久沒聽洪素手彈琴了。

洪素手說，時間過去這麼久了，我也不再抱怨先生了，他老人家近來身體可好？

徐三白說，除了血壓有點高，先生的身體一直很好。先生的琴館擴張了之後，前陣子又招收了一批學生。先生盼著你回去，當他的助教呢。

洪素手沉默不語。她的手指還在欄杆上無意識地彈著。

徐三白問，回到南方後，還有沒有彈琴？

洪素手說，帶了一張琴，但一直沒彈。北方天氣乾燥，到了南方，琴聲就有些發悶，所以，也就沒有心思彈琴了。我現在是一家公司的打字員，同事們都誇我不僅打字速度快，手勢也很好看，我沒敢告訴他們我是學過琴的，怕污了先生的名聲。

徐三白說，顧先生一直很惦念你，這一次，他特地讓我帶來了一張古琴。

洪素手說，我現在成天都在觸摸鍵盤，連琴弦都沒碰過了，重新拾弦，怕是手生了。

徐三白說，這張古代琴是有來頭的，先生說它有三百多年的歷史了，是民間野斫，但銘文模糊不清，也不曉得出自哪位斫琴師傅之手。先生說，這樣的琴純用手工，大約要花兩年多時間才能做成。先生花了很長時間才把它修補了一遍。

洪素手的雙手突然不動了，月光下，彷彿柔軟的枝條。她久久地凝視著自己的手指，不說話。

—B面—

因為手指纖長，洪素手十六歲時，父親送她去顧樵先生的亦樵山館學琴。洪素手打小就患有孤僻症，不愛說話，但喜歡撫琴。琴人當中流行這麼一種說法：古琴難學易忘不中聽。可洪素手喜歡的恰恰就這些特性。因為不中聽，所以無人聽，這樣不是更合心意麼？一個人靜靜地彈著，就像是自言自語。有一天，洪素手彈完一曲，顧樵先生忽然流下了淚水。顧樵先生對別的弟子說，我已經找到了傳人，可以死了。顧樵先生當然沒死，而且活得很好。洪素手在顧先生家學琴，只在顧先生家彈琴，挪個地方，她就彈不了。而且，換了一張別些斫琴手做的琴，她也不能彈。洪素手彈琴，只給先生或自己聽。外邊有人來了，她立馬警覺，又不彈了。顧先生說她彈琴跟蠶吐絲一般，聽到人聲就會中斷。

顧樵先生常常嘆息：我彈琴的技藝已經有了傳人，但斫琴的手藝卻找不到一個合適的傳人。顧先生不但會彈琴，還會斫琴。他幹這門手藝活比學琴還早，向來是一絲不苟的。是敬業，也是敬己。其實也不是敬己，是敬那位傳授制琴手藝的師傅。顧先生常說，我把師傅的手藝活學到家了，師傅的臉上就有光；徒弟當中，有誰把我手藝活學到家了，我的臉上同樣有光。

有一天，大木師傅老徐和他的兒子拉來了一卡車廢棄的木頭。這些木頭都是剛剛從一座古廟拆卸下來的。木頭老了舊了，不堪大用，但老徐知道，斫琴的顧先生恰恰喜歡這類木頭。老徐讓小徐把木頭搬下來，放在亦樵山館門前的院子裡。請顧樵先生挑選。斫琴的木頭與蠟梅、黃酒一樣，都是越老越好。顧樵先生挑了一塊老木頭，在木板上劃拉了一下，說，不好，都見粉末了，太老了。又換了一根，敲了敲，說，這是木梢的那一截吧，也不好，用它做琴聲音容易飄。顧樵先生看年輪、看硬度，挑了許久，才挑出兩塊香椿木。老徐又抽出幾塊木板說，這幾塊梓木是從墳裡刨出來的，吸足了陰氣，正適合做琴底。顧先生摸了摸說，不錯，不錯，可惜的是返陽的時間還不夠，要再放幾年。老徐說，你不買的話我就給別人。顧先生怕夜長夢多，就說，我先買下了。老徐跟顧先生談價錢的時候，小徐猛然聽到了屋子裡傳來幽細的琴聲。他繞過一條走廊，在一個窗口坐了下來。

老徐跟顧先生結了帳，回頭找小徐，發現他竟坐在窗口發癡，就笑呵呵地對顧先生說，我兒子聽醉了，你現在拉他也不走。

顧先生問，你兒子叫什麼名字？

老徐說，叫徐三白。老徐喊了幾聲「三白」。徐三白也沒應聲。

顧先生說，他既然不想走，你就讓他留下，我收他為徒。

老徐聽了，面露喜色，從口袋裡掏出錢來，說，既然這樣，我就不收你買木頭的錢了。

從此，老徐每當碰到老房子拆遷，或是古墓被盜棺材棄置荒野，就會興沖沖地跑過去看。那些木頭也不管小大精粗，遠近久暫，都送過來給顧先生挑選，價錢要比市場上便宜得多。

顧先生先教徐三白的，不是彈琴，而是斫琴。一開始，顧先生也沒有正式教他斫琴的原理，只是讓他每天去山裡聽流水潺潺的聲音。徐三白枕著石頭，聽細水長流，不覺間又醉了。徐三白從山上下來，顧先生對他說，琴和水在本質是一樣的。一張好的琴放在那裡，你感覺它是流動的。琴有九德，跟水有很大的關係。你把水的道理琢磨透了，才可以斫琴。

顧先生還說，他的師傅聽了一夜的簷雨，第二天就動手斫琴。他手中彈的這張百衲琴就是師傅親手所斫的。言語之間，顧先生很敬重他的師傅。

徐三白跟隨父親學過幾年大木，知道哪些木頭鬆透，可做琴材。所以，在如何辨材、用材上他大可以不必花太多時間，而是直接跟隨師傅學斫琴的手藝。刀斧之類，原本就被他馴服得妥貼了，顧先生讓他打下手，他往往能應心得手。斫琴是細工慢活，會把急性子磨成慢性子。慢下來了，技藝就精進了。一年後，他在師傅的精心指點下，給洪素手做了一張琴，琴聲不散不浮，也能入木。顧先生說他果然沒看走眼，這斫琴傳人像是平白揀得的。

一天中午，洪素手留在顧先生家吃飯。吃著吃著她就哭了，大滴大滴的淚珠落進碗裡。徐三白半開玩笑半認真地問她，你為什麼哭了？是不是嫌菜不夠鹹還要加點鹽水？洪素手顯然沒有興致聽他打趣，撂下了飯碗，來到琴房，彈了一曲。徐三白也隨後過去了，看她手勢，就知道她在彈什麼曲子。聽完，徐三白壓低聲音問，好像是誰過世了吧？洪素手說，剛剛有人從醫院打來電話，說我爸爸快要死了。徐三白問，既然你父親快要走了，為什麼還不急著趕回去見上最後一面？洪素手說，爸爸不希望我在他臨終前陪伴身邊，他說自己生這種病，死相一定是很難看的。他怕嚇著了我，又會像上一回母親去世後那樣，讓我做了很長時間的惡夢。可是，真正到了臨終之時，爸爸又對身邊那些替他安排後事的工友說，他其實很想見我最後一面，但他最後還是很決絕地說，不見，不見，等他死後，入殮師給他花好了妝，再讓我們父女倆見上最後一面。

日頭西斜的時候，洪素手呆呆地望著西邊的天空，彷彿有什麼壞消息會從那個方向傳來。果然，醫院裡打來了一個電話，說她父親已經走了。她放下電話後臉上沒有一點表情，目光似看非看。她在房間來回走動著，然後就在琴桌前坐下。一個人，慢慢將氣息調勻了。弦動，琴體也隨之振動，身體裡的那根弦彷彿也在靜靜地應和著。對她來說，父親之死其實是母親之死的延續，也是記憶中不能抹去的一種悲傷的延續。此時，唯有琴聲能給她帶來慰藉。讓徐三白奇怪的是，她撫琴時，臉上竟沒有一絲悲色。在她手中，琴就像是冬日的暖具，讓冰涼的雙手一點點溫熱起來。手指間攏著的一團暖氣，久久不散，那裡面似藏著一種被人們稱為親情的東西。徐三白就那樣看著她的手，彷彿眼睛不是用來看的，而是用來傾聽的。慢慢地，他就出現了醉意。「醒」來時，他已是淚流滿面了。

那時，顧先生也立在門外，久久不能平靜。顧先生事後對徐三白說，這才是古琴的正味啊，她會彈的曲子沒有我多，但彈這個曲子的技藝已經在我之上了。顧先生又說，洪素手之所以彈出這麼好的曲子來，是因為她沒有失去自己的本心。徐三白問顧先生，什麼叫本心？顧先生說，譬如一張好的古琴，不是靠手斫出來的，而是本心所授。這話又把剛剛清醒過來的徐三白說糊塗了。

父親去世後，洪素手試著去找一份能養活自己的工作。她在人才網上找了一家合意的公司，下載了一份簡歷，其中一欄要填寫特長，洪素手順手填上：彈古琴。簡歷投過去後，那家公司的人力資源部經理很快就作了如是回覆：我們公司現在需要的是一名會打字的文員，而不是會彈古琴的人。洪素手又繼續在網上找了幾家，但結果都是一樣：高不成，低不就。顧先生知道她的境況後，就讓她搬過來居住。他膝下無子，因此就把她當女兒一般看待。自此，洪素手就安心在山館練琴。她很少出門，身上幾乎沒有一點塵土氣息。

顧先生跟洪素手不同，他常常抱琴外出獻藝。最常去的地方是唐書記家。唐書記是退休多年的老書記了，喜歡聽琴。每隔三天，他就請顧先生過來彈琴。一個小時兩百元。因此，顧先生就像是唐書記家的清客。唐書記耳朵有些背，顧先生就在琴上換上了一種鋼絲，這樣彈出來的音色更亮。唐書記每回都要聽滿一個小時。到時間了，即便是一曲未了，他也要舉起手來，說一聲：好。唐書記說好，不是琴彈得好，好，就是時間到了。唐書記聽完琴，就請顧先生喝一杯茶，聊會兒天。但喝茶聊天是不計費的。因此，他們之間原本繃緊的弦可以鬆開了。顧先生是那種有六朝名士氣質的琴師，而唐書記呢，是那種滿口官腔的退休官員，按理說，他們倆不能成為好朋友，可顧先生還是把唐書記當成了自己的知音。

琴之為物，對道士來說，是道器，對和尚來說，是法器，對顧先生來說，當然是樂器，但在唐書記眼中，琴就是一種醫療保健用品。唐書記患有老年抑鬱症，醫生建議他閒時多聽琴，這樣既可悅耳，又可悅心，能起到很好的心靈按摩作用。起初他買了幾盒古箏的光盤，聽著聽著就睡著了。後來有一回，他在公園的荷塘邊偶爾聽到顧先生彈琴，就感覺古琴比古箏更能讓人入靜，喜歡上了，就請顧先生到他家中來彈奏。從此，顧先生就成了唐書記家的常客。奇怪的是，沒過多久唐書記的血壓居然下降了，心率也齊了，脾氣也溫順了。

後來，唐書記的耳朵差不多聾掉了，但他還是請顧先生過來彈琴。對唐書記來說，彈什麼並不很重要。他要的是有一個人坐在對面撫琴，就像是把他內心的的皺摺一點點撫平。

彈琴過後照例是談話。唐書記常常在顧先生面前說起自己的兒子。

唐書記的兒子一直在北京和紐約兩地做生意。什麼生意？好像是什麼賺錢就做什麼。因為有閒錢，也喜歡收藏有些年頭的東西。生意人的生意經，顧先生也沒興致聽，但唐書記講得津津有味。唐書記講什麼並不重要，重要的是他在聽，或者裝出在聽的樣子。畢竟，彈完琴，拿了人家的錢，不能急急離去。這樣很不禮貌。

有一回，唐書記在兒子家急著出恭，順手從一張八仙桌上扯了一張黃紙。坐下後，把黃紙展開，才發現是一份古代的琴譜。他立即給顧先生發了一個手機短信。顧先生過來，瀏覽了一遍，琴譜下面有琴家的全名款和創作年月，因此可以確定，這是明代的一份野譜。顧先生似乎還知道這位琴家是哪門哪派的，歡喜得手指都發抖了，立馬坐下來打譜，打了一段，發現減字譜裡有許多空白，需要花大量時間細細參悟，慢慢吟味。於是站起來，熱淚盈眶地說，我打不下去了。唐書記耳背，聽不分明，也不曉得他為什麼會忽然停手。顧先生在紙上寫了一行字：此乃高人所作。唐書記一看，就立馬明白，讓人給遠在紐約的兒子打了一個電話，徵得兒子同意後，他十分豪爽地把這份野譜送給了顧先生。顧先生後來逢人就提起他與唐書記的這段交情。彷彿高山流水，可以長久的。

有一天，顧先生從唐書記家回來，路上遇到了一個極不想見的人。此人就是阿蓮嫂。出於禮貌，顧先生只是微微點頭，也不作聲，但阿蓮嫂的臉上卻分明浮現出討好的笑意。顧先生正要掏出鑰匙開門時，阿蓮嫂怯生生地問了一聲，阿渠，能否借個地方說幾句？沒喊名字，而是叫「阿渠」。阿渠是方言，通常稱呼那些同輩人。來京幾十年，阿蓮嫂仍然不改鄉音，一句「阿渠」，讓顧先生反倒覺著有親眷氣。顧先生當然曉得她是在跟自己說話，但他還是下意識地掃了一圈四周，見身邊沒人，就說，好，進裡屋談吧。顧先生放下琴盒，請嫂子就坐。阿蓮嫂說，自從你哥去世後，我是二十多年沒踏過你家一步。雖說是隔了一道牆，卻像是隔了一座山。顧先生淡淡地說了一句，兄弟之情，落到這步田地，還不是你們當年自作自受的？阿蓮嫂說，我當年哪裡會想到有今天？說起來，我是無事不登三寶殿。阿蓮嫂是為老房子的事而來。顧樵先生與大哥顧漁先生原本都是南方人，小時候跟隨一名金陵派的老琴師學琴，長大後輾轉來到京城授藝，有了點積累，兄弟倆便在京郊的山麓共築一棟樓，樓名「漁樵山館」。再後來，因為琴派之爭，和阿蓮嫂的居間挑撥，兄弟倆把好端端的一座樓房給隔開了。顧樵先生這一邊面山，顧漁先生那一邊臨水。從此，漁樵山館變成了亦樵山館和亦漁山館。琴聲相聞，老死不相往來。顧漁先生死後，子承父業，但不成，又去學手藝，也是不成。阿蓮嫂在村口開了一家小賣店，勉強度日。阿蓮嫂的背比先前更顯佝僂了，似乎也更謙卑了。隔著牆，常常能聽到侄子酗酒之後大聲訓斥母親。阿蓮嫂的年紀大了，膽子卻越發小了，凡事都謹小慎微，彷彿客人一般。兒子做電腦軟件生意虧了一筆錢，要賣掉祖宅。阿蓮嫂勸說無效，兒大不由娘，非賣不可。阿蓮嫂說，你賣了這座祖宅也行，但你要把那個邊軒留給我。兒子說，我的娘哎，要賣都賣個精光，我們暫且去外面租房子住得了。你也是年紀一大把了，往後我有錢了，就給你買一塊像樣一點的陰宅。阿蓮嫂咬咬牙說，我去死。兒子把酒瓶砸在地上，喝道，你去死吧你你去死吧撞牆上吊跳井喝毒藥我都不會攔你。兒子說話聲音大一點，阿蓮嫂就會打冷顫。阿蓮嫂並不怕死，怕的是自己死後沒人給她收屍。

顧先生對阿蓮嫂的淒涼晚境深表同情，先前對她的成見也在那一刻煙消雲散了。顧先生說，阿嫂如果不嫌棄，往後就在我家住上一段日子吧。阿蓮嫂說，我來的本意不是求你接濟，而是請你出面買下我們這邊的房子。顧先生說，我現在手頭也不寬裕，拿不出這麼大一筆錢來。阿蓮嫂說，這房子好歹也是祖公業，落在別人手裡，就讓人恥笑了。房價好說，我兒子要賣給外人百來萬，我就讓他半價賣你。顧先生說，你做得了主麼？阿蓮嫂連連點頭說，我做得了主，我做得了主。顧先生沉吟半晌說，這事我還得考慮考慮，過些日子再回覆。顧先生把阿蓮嫂送出門後，臉上顯出了一抹喜色。他想：亦樵山館和亦漁山館往後又要合二為一，變成漁樵山館了。整整有三十多年，他都沒有站在亦漁山館的樓頭眺望湖光山色了。

顧樵先生手頭有一筆錢，但買房子似乎還不夠。他打定主意，向唐書記借這筆錢。電話打過去，唐書記家裡的保姆卻告訴他，唐書記見馬克思去了。

唐書記是坐在馬桶上去世的。唐書記死於便秘。確切地說，是死於便秘帶來的腦溢血。

唐書記曾立下遺囑，他死後，兒子無論如何要回來在老家住上一段時間。唐書記的兒子比顧先生那個侄兒有出息得多，而且，還是個有名的孝子，會用英文背《孝經頌》。

這位孝子聽說父親晚年喜歡聽琴，便讓人按照古琴的形制打造了一具棺材，面是桐木，底是金絲楠木，唐書記如在琴中長眠了。

顧先生聽到噩耗，就抱著琴來到唐書記的靈堂前，彈了一曲〈憶故人〉。這曲子，顧先生不常彈，只在歲朝或年暮彈上一曲，但這回，他忽然感慨萬端，就彈上了。

唐老闆聽畢，泫然淚下，跟顧先生說起了父親的生平。唐書記也無非是俗人，但他去世之後，經他兒子這麼一說，人便徹底脫俗了，成了那種面目高古、高潔若水的聖人，似乎可以放在神龕裡拜了。

唐老闆說，我要在這裡住滿七七四十九天，以後你有空，就照例過來，彈琴給我聽。如果我不在，你就對著我爹的遺像彈。我給你每小時五百塊。

顧先生說，好。

唐老闆就是唐老闆，出手闊綽果然是出了名的。他說出五百塊，也只是讓五根手指微微翹了一下。

唐老闆在香爐裡插了三炷香，拜了三拜後，對顧先生說，家父生前許過願，要供養一株古樹，保佑我們家族之樹長青。現在，我要給他還願，顧先生知道哪裡的古樹可作供養的？

顧先生想了想說，清風觀門前有一棵古樹，有些年頭了。

第二天，唐老闆就帶著當地林業局局長和顧先生，坐車來到清風觀。

林業局局長的秘書向唐老闆作了介紹：這棵樹是全縣最古老的，樹齡有八百年，樹高十五米，冠幅平均三十二米，胸圍七米，它每年可以吸收二氧化碳六噸左右，釋放氧氣近四噸。也就是說，它相當於十多畝常綠闊葉林所固定的二氧化碳和釋放出來的氧氣。唐老闆繞樹走了一圈，閉目，吸氣，然後睜開眼，指著它說，就要這一棵了。清風觀的道長出來，吩咐下邊的小道士立即去取牌，寫上供養人的名字。

正說話間，唐老闆的秘書把手機交給他，說是小羅來電。小羅是誰？誰也不知道。聽口吻，對方好像丟失了一個ＬＶ包，包裡有一枚鑽戒、幾張銀行卡等。唐老闆不停地勸慰她，說這些不過是身外之物，可以再買的。對方卻一直哭著鬧著，說那些東西對她來說不知有多重要。唐老闆咆哮了一句，你都二十歲了，怎麼還跟幼兒園的小朋友似的，動不動就哭鼻子呢？

唐老闆合上手機蓋子，道長過來，把一張單子給他，唐老闆取出鋼筆，簽上了自己的名字。這時，手機鈴聲又響了起來。唐老闆皺著眉頭對秘書說，這小女人也夠煩的，走，我們上她那兒一趟。

唐老闆走後，林業局局長笑咪咪地問顧先生，你可知道小羅是誰？顧先生說，不曉得。林業局局長說，我曉得，我曉得，就是電影學院表演系裡的一個小姑娘。

唐老闆在道觀裡供養了一株八百年的古樟樹，在外頭包養了一個二十歲的女孩子。樹與女人，皆有所養。但樹要老的，女人要年輕的。

顧先生想，這個小女孩，還只有洪素手這般大小呢。真是教人可憐。

這一天，顧先生抱著琴，如約來到唐老闆家。

唐老闆說，我打小喜歡音樂，你會不會彈奏〈春天的故事〉？

顧先生說，那是古箏演奏的曲子。很抱歉，我不會。

唐老闆問，在你看來，古箏跟古琴有什麼不同？

顧先生說，當然不同，古箏的弦少則十六根，多則二十六根，沒有一定之規，古琴的弦自孔子以來，一直是七根，沒變過，這就好比七言詩，只有七個字，多了少了，就不叫七言。古話說，彈琴不清，不如彈箏。從這話你就可以曉得琴與箏的境界有什麼高下之別了吧。

唐老闆又問，你現在就給我彈一曲〈二泉映月〉吧。

顧先生說，也不會，那是二胡演奏的曲子。

唐老闆說，我點什麼你怎麼都不會呢？

顧先生說，我們古琴演奏歷來都有固定的曲目。同一首曲子，各人彈法不同，因此就有了那麼多流派。

唐老闆說，我聽說彈琴的有一套臭規矩，不能在這兒彈，也不能在那兒彈；不能對這人彈，也不能對那人彈。不能對渾身汗臭滿口蒜味的鄉下人彈也就罷了，卻還要擺明道理說是不能對商賈彈；好吧，不對商賈彈也說得過去，卻還要把商賈跟那些婊子擺放在禁彈之列，這分明是把教書匠跟乞丐並列了。

顧先生說，聽唐老闆一席話，我就曉得你是懂行的。我不妨跟你坦白地說，這些規矩都是琴人無聊時自個兒想出來的，說著玩玩罷了。作詩碰到催稅人，彈琴遇見肉販子，固然是一件掃興的事，但我做為一個琴人，遇見唐老闆您這樣的行家，實是榮幸之至。

唐老闆摸著光頭，笑得滿臉的白肉都在有節奏地顫動。

清晨起來，顧先生打開窗戶，一陣涼風帶來淡淡的薄荷味，知道是早春雨潤，草木滋長了。顧先生去廚房煮了一壺咖啡，靜靜地呷了幾口，然後坐下來，想試一下徐三白獨立完成的一張琴。安軫上弦之後，便泠泠然彈起來。線條流暢的琴體構成了一種縱向的振動，而振動所帶來的聲音是向下的。這就對了，好的琴，聲音都應該有下沉感，就像一顆去掉渣滓的心慢慢地沉下去，沉下去。顧先生正彈得興味盎然，忽然聽到院子裡傳來轟地一聲。屋子裡的人都神色慌張地跑出來，一看，亦樵山館與亦漁山館之間的那堵牆竟豁開了一個大窟窿。侄兒的腦袋從牆洞裡伸過來，笑咪咪地對顧先生說，阿叔，剛才天上響佛（打雷），竟把我們兩家的牆打出了一個大窟窿，你看這是不是天意？顧先生看了看天說，胡扯，大晴天的，哪來的響佛？侄兒涎著笑臉說，阿叔，我聽媽說過，你要買下我們家的房子，這不，老天爺都幫了你一個大忙，把牆預先給打通了。顧先生鐵青著臉，袖著雙手進了裡屋。那一聲「轟隆」，還在他的腦子裡迴盪，竟把連日來積鬱的東西一下子打破了。他把雙手洗淨，坐到琴桌前，給哥哥留下的一份遺稿打譜。打完一段，他走出琴房，來到院子，把頭伸進那個大窟窿，對著侄兒喊道，阿叔決定買下你的房子。

沒過幾天，顧先生跟侄兒簽了一份買賣協議，打了一半預付款之後，就雇來了一班操粗使雜的民工，開始拆牆、清理園子。有一個地方，顧先生說了，誰也不許動。那裡有一張石鑄的琴桌，下面還埋著一個大甕，是年輕時兄弟倆親手埋下的。一般的琴人都知道，大甕有擴音的功效。哥哥死後，骨灰就撒在那裡面。哥哥彌留之際曾對家人說過，他希望自己死後弟弟能過牆來，給他彈奏一曲。可是，過去了那麼多年，顧先生礙於面子，一直沒過去。這是顧先生一直深覺愧疚的一件事。因此，他想在哥哥埋骨的地方再造一座琴亭，以志兄弟之情。

那些民工白天幹活，晚上就打地鋪住在顧先生的侄兒家。有個叫小瞿的民工，是徐三白的老鄉，也是顧先生的老鄉，顧先生常常把他叫過來聊天，問些家鄉的消息。問到某座九間大屋、某座廟宇還在否？某位老先生還健在否？得到的回答常常是「不在了」、「沒了」。顧先生聽了總是搖搖頭，長嘆一聲。小瞿不善言談，卻擅長手談，圍棋下得尤其好，先是徐三白輸給他，後來像顧先生這樣自稱是「業餘三段」的人也輸給他。輸了子，顧先生打量著小瞿的手說，你的手長得好，天生就是執「子」之手，卻偏偏要拿起大鎚子、鐵鍬來，可惜可惜。

有一回，顧先生跟小瞿下圍棋時，洪素手就在一邊靜靜地彈琴。一曲彈完，顧先生說，這孩子從來不給外人彈琴，唯獨你是例外的。看來，你的耳福不淺啊。小瞿說，我是粗人，對我彈琴就等於是對牛彈琴。洪素手說，你不是牛怎麼知道牛不懂琴呢？聽了這話，顧先生、小瞿以及在旁觀棋不語的徐三白都會心地笑了。小瞿走後，徐三白來到洪素手身邊，似有心若無意地問了一句，你怎麼老是對著那個小瞿笑咪咪的？洪素手低下頭說，他微笑的樣子跟我爸爸年輕時很像。

做「三七」那天，顧先生又抱琴去唐老闆家。顧先生彈琴時，唐老闆忽然站起來接電話去了，顧先生就對著唐書記的亡靈繼續彈。這世上，顧先生原本有一個半知音。一個是哥哥顧漁，後來兄弟失和，就算不上知音了；另外半個，就是剛剛去世的唐書記。至於唐老闆，連半個都算不上。現在，顧先生不僅僅是彈琴給故人聽，也是彈給自己聽。一曲彈畢，他微微閉上了眼睛。唐老闆打完手機回來，問他，彈好了？顧先生說，好了。唐老闆忽然發問，聽說你有個女弟子，彈得一手好琴，有這樣一回事？顧先生漫聲應道，是的。唐老闆說，這樣吧，往後你就帶那位女弟子過來彈琴。顧先生說，她離開了我的山館就不會彈了。唐老闆說，這年頭還有這樣的妙人兒？那我就要去你山館瞧瞧了。

唐老闆說來就來了。唐老闆是晚飯後來的，身上還帶著一股濃重的酒氣。

之前，唐老闆陪著幾個客人，一直在ＫＴＶ包廂裡泡著。他喝了許多酒，人就在歌聲的泡沫裡飄起來。有幾隻女人的手把他按住，他還是要飄起來。他對每一個唱歌的女人都報以熱烈的掌聲，並且承諾，要給每個小姐一千塊小費。小姐們都樂壞了，抱著他的光頭一個勁地親吻。唐老闆在包廂裡睡了一個長覺，酒醒後，他再也沒有提起給小姐們發一千塊小費的事。買單時，小姐們就纏著他嘰嘰喳喳。唐先生是這樣回答她們的：你們唱歌讓我悅耳，我說「給一千塊錢」也是讓你們悅耳，彼此扯平了。小姐們各自拿了三百塊小費，撇著嘴說，唐老闆說的比唱的還好聽。

唐老闆就這樣哼著小曲，醉醺醺地過來了。唐老闆要見的人就是洪素手。他看洪素手目光就像是看那些坐檯小姐。

唐老闆問洪素手，會彈什麼曲子？

洪素手不響。

顧先生在旁指點說，你就彈一曲〈酒狂〉吧。

洪素手說，我不會。

徐三白在旁插話說，像小瞿那樣的鄉下人你都可以彈琴給他聽，為什麼就不給唐老闆彈？

這一說，更是把唐老闆激怒了。

顧先生趕緊上來打圓場說，這孩子，真是的，像石頭一樣頑固，也像石頭一樣有稜角。你看看，連我也拿她沒法子了。

唐老闆大手一揮說，我給錢，你還不彈?!說這話時，唐老闆身上的酒氣猛撲過來，讓洪素手十分難受，忍不住捂住了鼻子。唐老闆忽然大怒道，怎麼？你是不是嫌老子身上的酒臭？彈琴的人自以為清高，就他媽的臭規矩多。搶前一步就把洪素手捂在鼻子上的手打開。這一回，洪素手反倒用雙手捂住臉，哭了起來。徐三白站在她身邊，嚇得不敢再說話了，擺出的，便是一副觀棋不語的樣子。顧先生看不下去了，就對洪素手喝斥了一句。唐老闆再次上來，命令她把手拿開。洪素手被嚇懵了，忽然操起一個陶制的小香爐朝他額際砸去。這一砸，就把唐老闆給砸清醒了，他摸到了臉上的鮮血，既驚且怒，立馬擺出還擊的架式來。顧先生搶先一步，走到洪素手面前，抽了她一記耳光。但唐老闆並沒有就此了事，他舉起了小香爐做出要砸的樣子。這時，民工小瞿風也似的從外面看熱鬧的人叢中衝出來，一拳擊中唐老闆的下巴，把他打了個趔趄。屋子裡頓時鬧成了一團。唐老闆不曉得自己挨了誰的冷拳，雙手在空中使勁揮舞，嘴裡亂喊一氣。顧先生連忙上去安撫，就差跪下來求情了。在紛亂中，小瞿拉著洪素手，撥開人群，跑出了山館。

從此，洪素手再也沒有回過山館了。

—A面—

徐三白聯繫到洪素手也是一年以後的事了。那天，他無意間搜索到一個名叫「素衣白領」的女子的博客，上面寫的是一些早年學琴的感想，有幾篇日誌，是寫日常工作和客居生活的無聊。徐三白很快就從文字間捕捉到洪素手的點滴信息，並且留言，稱自己是一名古琴愛好者，網名「東甌拙手」，欲與「素衣白領」交流琴藝。而她的回答是，自己疏於練琴，也懶得結交琴友，但經過幾番死纏硬磨，她還是留下了辦公室的電話號碼。徐三白把電話打過去，果然是洪素手的聲音。就這樣，他帶著顧先生的囑託坐飛機來了。

昨晚他們在陽台上站了很長時間，今晚吃過飯後，他們無處可去，又回到了這裡。一個年輕男子走進獨身女人的房間，本該有什麼故事要發生的，但是沒有。洪素手回頭熄滅了房間裡的燈，搬來兩張椅子。四周一片沉寂、幽暗。銀行大樓的背面透著黑黝黝的藍光，一張冰冷的、玻璃鋼質的臉。她忽然指著那扇窗戶說，那天我親眼看見有人從這個窗口墜落，他很平靜地落下，沒有發出一聲呼喊，我還以為是一件被風吹落的大衣呢。徐三白不知道她為什麼會突然提起這事。

一個月前，有個擦窗的清潔工就是從這裡墜落。他流了很多血，把那個小花園的一部分都弄髒了。有人擦掉了地上的血跡。但沒有人可以把它徹底擦乾淨。有一部分血跡，一直殘留在他們的腦子裡。擦窗工活著的時候幾乎沒有人注意到他的存在，但他死了之後，人們反而感覺到了他的存在。死亡的陰影依然十分頑固地盤踞在那裡，以至人們把此後發生的一件事跟它聯繫起來。事情是這樣的：一天，有個銀行老職員在同樣的時間經過那個同樣的地方時，不小心折斷了一條腿。就在人們快要淡忘那件事時，他們再次從那個老職員身上喚醒了對它的回憶。於是，這件事帶來的陰影就在無意間擴散到他們的生活之中。

誰也不知道那個擦窗工叫什麼名字，洪素手說，只有我知道，他生前還有個外號，叫「蜘蛛俠」。

徐三白說，你這麼一說，我就隱隱感到，你收藏的那些「蜘蛛俠」玩具和圖片似乎與這個人有什麼關聯。

是的，洪素手帶著回憶的口吻說，有一天，唔，我就是在這個房間的窗前坐著的時候，他突然從天而降，把頭探過來，朝我扮了個鬼臉，然後就在我的玻璃窗上寫下了五個字：我是蜘蛛俠。從那一刻開始，他就走進了我的生活。可是，我不明白，「蜘蛛俠」居然也會墜樓而死。

說完這話，洪素手打了一個寒噤，轉過身對徐三白說，每次我站在陽台上朝下看，都會有點頭暈，這是不是叫恐高症？徐三白覺得她現在是在有意表現自己的柔弱，以引起自己的憐憫和呵護。其實她並沒有恐高症，早年他們一伙人同遊某個風景區時，是她第一個穿過那條搖搖晃晃的鐵鎖橋。所以，當她聲稱自己有恐高症時，徐三白並沒有向她伸過手去。但她的憂傷是真實的。她用略顯低沉的聲音告訴徐三白：有一天深夜，我獨自一人站在陽台上，手扶著欄杆，忽然產生了一種想跨出去的衝動。不，我並不是要縱身躍下，而是要像「蜘蛛俠」那樣貼著牆飛上去。

現在輪到徐三白打寒噤了。徐三白茫然地望著七層樓以下的黑暗。那個橫躺著的影子彷彿會突然從銀行大樓的花園中站起來，穿過一堵水泥牆，緊貼著這棟公寓的牆壁，一步步地向他們爬過來。徐三白下意識地回過頭來，屋子裡也是一片漆黑。他緊緊地抓住那根鐵鑄的欄杆。洪素手問徐三白，剛才有沒有聽她說話。他沒有回答，仍然默不作聲地望著那片平地，在黑暗中丈量著自己的高度。有時候，一個人的內心難免會出現疙疙瘩瘩，就像他在平地上所見的石頭或雜草，他經常會被這些東西磕碰或阻擋；但是，當他爬到某個高處俯視時，這些石頭或雜草就不再顯得那麼突兀了，它們在放長的視線中慢慢地就會變成一個光滑的平面；也就是說，他們的內心儘管有許多疙疙瘩瘩，但只要他站到一定高度、拉開距離，一切不平的，也就會變得平坦了。徐三白是這麼想的。

你是醉了，還是醒著？洪素手忽然發問。

我是醒著呢，但我很想聽你彈一次琴，醉上一回。徐三白說。

明晚吧。洪素手懶洋洋地說。

不，今晚我就想聽你彈一曲，徐三白說，我現在就去賓館把琴取來。

沒過多久，徐三白就抱琴過來了。洪素手打開琴盒，取出一看，就知道是一張上好的古琴。因為年代久遠，琴面呈現出梅花狀的斷紋，琴底還有歷代收藏者的印章和琴銘。徐三白說，先生說過，好的木頭，加上斫琴名手，如果還能遇上妙指慧心，是一張琴的福分。

洪素手把一台電腦搬開，在桌子中央墊了一張罩電腦的絨布，然後就把古琴安放在電腦桌上。她在琴中間五徽的位置坐下，抬起頭來，笑著對徐三白說，感覺還是像坐在電腦桌前打字。靜了一會兒，她試了試琴，果然是一張好琴，聲音有一種下沉感。洪素手又站起來，在手上塗了一點油。再試音，再一次往手上塗油。洪素手帶著歉意說，很久沒彈，手指跟琴弦總是融不到一塊。還沒正式彈琴，徐三白就用雙手支著下巴，作陶醉狀。洪素手噘著嘴說，你看你，又來了。

讓徐三白遺憾的是，她沒有彈出讓他醉心的曲子來。洪素手說，你走了之後，我再坐下來試練幾遍。

徐三白回賓館洗了個澡，剛剛要躺下，洪素手就來電話了。洪素手帶著顫音說，她剛才坐下來練琴的時候，看見窗外有個人，手上拿著一根繩子，好像要破窗進來。

徐三白掛了電話後就急匆匆地趕了過去。徐三白手持掃帚，大著膽子，來到外面的陽台，發現是一條裙子不知從哪裡被風吹了過來，還有一條裙帶，隨風飄動，像是一根繩子。

沒事，只是一條從外面飄過來的裙子而已。徐三白說著把雙手搭在她肩上暗暗用勁，以便讓她感到自己的話具有一定的撫慰作用。

洪素手突然睜大了眼睛問，你知道那個墜樓的擦窗工是誰？他就是我的丈夫，也就是你的老鄉小瞿。

徐三白輕輕地「哦」了一聲，小瞿原來就是那個外號叫「蜘蛛俠」的擦窗工，也難怪，你家的牆壁上掛滿了「蜘蛛俠」。要我說呢，這件事從頭到尾難道就沒有一點嘲諷的意思？一個要拯救世界的「蜘蛛俠」卻無法拯救自己……

洪素手把臉轉向一邊，讓自己突然波動的情緒慢慢平靜下來。經過長久的沉默，洪素手說，我愛的人，現在都一個個離我而去了。往後的日子裡，唯一能帶給我希望的就是這肚子裡的孩子。等他（她）長大了，我一定要告訴我的孩子，他（她）爸爸不是擦窗工，而是那個拯救世界的「蜘蛛俠」。這樣說著，她就把手放在自己微微隆起的腹部。

從她沉靜、安詳的表情可以看得出，那裡面，沉睡著一個被溫情浸透了的孩子。徐三白的臉上頓時流露出一種既驚且喜的神色。他的目光從她腹部移開，把一隻手放在她的肩膀上，久久不語。洪素手明白他的意思，緩緩坐下，彈了一曲〈憶故人〉。彈著彈著，似乎就來感覺了，手指也變得鮮活了，如同魚游進水裡。在徐三白看來，她的手上有一層淚光似的柔和的東西，竟至透明了。但這一次，徐三白沒有聽醉。

此後幾天，徐三白都沒過來。因為他要趁這個機會走訪上海古琴行的幾位老主顧。一天傍晚，徐三白回賓館時，一位前台服務員交給他一把鑰匙，說是今天早晨有位女士過來，要把鑰匙轉交給他。徐三白問，她人呢？服務員說，她只交待了一句，說是要去一個很遠很遠的地方，有一樣東西放在家裡，讓你親自去取。

徐三白快步來到了洪素手的寓所。打開門後，發現洪素手已經搬走了。室內只有一桌一椅一床，別無陳設。那張單人床上的床單是百合色的，沒有一絲壓痕或皺摺，被子疊得像一本剛剛合上的邊角周正的書。牆壁上的「蜘蛛俠」竟然全都消失不見了，只有靠床頭的地方還貼著一張照片，照片裡沒有人，只有一張琴桌，上面有幾片鮮紅欲燃的楓葉，琴桌後面是漁樵山館的一株芭蕉葉，兩相映照，給人一種綠肥紅瘦的感覺。徐三白收回目光，看見桌子上擱著他親手帶來的那張古琴，下面留有一張紙條，寫著：徐三白收。他在地板上茫然地坐了一會兒，然後起身，抱著那張琴，退出屋子。關門之前，他又忍不住朝裡看了一眼，一縷淡而亮的光線從薄紗窗簾間照進來，整個房間素淨得像是沒有住過人，以至他疑心自己與洪素手的見面只是一場幻覺。

—B面—

半個月後，顧樵先生收到了弟子徐三白寄來的一盒磁帶，他拉上窗簾，把磁帶放進錄音機，靜靜地坐在那兒，一陣「滋滋」聲之後，錄音機裡響起了淡遠的琴聲。他依稀看到洪素手的手在猛滾或慢拂，漸漸地，她的手化成了流水，化成了煙，向遠處飄去。

一曲終了時，他看見自己在流淚，他看見自己在黑暗中默默地流淚。

二〇一〇年五月一稿
二〇一〇年六月二稿
二〇一〇年八月稿訖

二〇一三年
作品獎中篇小說獎

兒孫滿堂

一楊怡芬一

楊怡芬，一九七一年生於浙江舟山，現仍居於此。
二〇〇二年開始小說創作，為浙江省作家協會簽約作家。
已在《人民文學》、《十月》、
《花城》等雜誌發表中短篇小說七十餘萬字。
曾獲《作品》雜誌社
「魯迅文學院高研班學員作品徵文」小說獎、
二〇一〇年度浙江省青年文學之星獎，
部分作品選入各類年選年鑑。
著有中短篇小說集《披肩》、《追魚》。

二

那個黃昏很平常，和無數個夏日黃昏沒啥兩樣，從太平洋來的風千里迢迢越過東海抵達這裡，帶來涼意，長白島才慢慢活泛起來，有了自己的色彩，島中央小山上矮松林的墨綠，山南山北小平原的翠綠，四周圍岸礁的淺褐，防波堤的深灰，一層一層浮了出來。這樣的黃昏，讓我們重又眼明心亮，覺得人生在世，真是一件美好的事情。黃昏一個接著一個地來，我們一個黃昏接著一個黃昏地等，每一個黃昏都是那麼相似——這讓我們心安萬分。

你說什麼，關於那個黃昏一定有過什麼不尋常的徵兆？那麼，那麼，也許就是它吧：那晚的夕陽！它血氣充盈，鼓鼓脹脹，紅得像顆滴血的眼烏珠，連海水也染上了血腥，地平線處殺氣騰騰，海霧就這樣帶著血絲瀰漫開來。當然，你也可以把這血氣看作興旺發達的紅，紅紅火火，熱熱騰騰，那麼，紅得滴血的眼烏珠它就是顆紅瑪瑙，是滴朱砂痣，是粒紅珊瑚。你愛怎麼想，就怎麼想吧。

「小鳥崎沒了啦！小鳥崎沒了啦！」

這消息，是船廠裡的外地雇工小萬在防波堤上扯著喉嚨叫開的。

「哎呀，怪腔怪調地亂吼個啥啦，好好的，哪能沒了啊？」

「這人啊，看鬼啊怪啊碟看多啦，白日也見鬼了吧？」

還真有人跑到防波堤上和小萬一起數島，一個一個數過去，圍繞著長白島的應該是十個無人小島，怎麼數來數去只有九個了呢？

於是，一條溜網船和一條舢板出發去查看，自然，上船的都是小鳥峙人。我們從長白島各處匯集到碼頭的速度，快得連我們自己也驚訝，不到一刻鐘，兩條小船擠滿了人。現在船上的三四十人，代表著當年遷移過來的五六百人，我們手上都握著幾串鑰匙，除了自家的一串，另外幾串鑰匙的主人已經離開長白島去舟山本島或者更遠的寧波、上海了，他們就像蒲公英的種子那樣飛遠了。香君也在船上。她和我們一樣，盡力伸長脖子，朝小鳥峙的方向張望——原先很確定的位置，現在讓大家都猶疑了，「是那裡吧？」「不對，在那裡的！」船一離岸就行得急速，海風成團滾來，一開口，鼻咽通道就灌滿了風，我們只能小口呼吸。急風過耳，噼噼啪啪像是空氣被點燃了，天地之間，除了風聲，再聽不到別的聲息。香君掩面哭了起來，船上幾個女的也跟著捂住了臉。男人們到底是經歷過大風浪的，知道萬事都要存著希望，他們佇立船頭，不動聲色。

突然，在同一時刻，女人們從手指縫裡眉開眼笑了，「天啊，這不是小鳥峙嘛！」男人們也鬆開了臉，「本來嘛，哪會沒的啦！」

那怎麼剛才看不見了呢？誰也不知道。女人裡頭就有人大聲地謝觀音菩薩保佑，也有人謝媽祖保佑，也有人小聲地說感謝我主耶穌，不管謝的是誰，小鳥峙還在，小鳥峙是受祝福的被保佑的，一船的人，就都放下心來。

暮色已經下來了，海霧也在一層層增厚，島上沒有一星半點燈光，影影綽綽地，一幢幢兩三層高的小樓，黑著臉，對著我們這些舊主人無語凝望。夜霧會越來越濃，直會濃到我們迷失航向，現在掉頭回去是最明智的選擇，但到了跟前，不上去和自己的舊家親近一下，怎麼說得過去呢？「記住啊，最多半小時，不要一進家門就東摸西摸出不來了！」男人們喉音粗亮，發布著命令，內中有一個當過村書記的，又捎帶著發布了另一條命令：「誰見著方寸婆婆，就問她一聲，剛才是不是她做法了！」

書記的話音落下，我們七零八落地笑了，興許呢，方寸婆婆拜了白蛇娘娘為師了。二十年前，全島大遷移的時候，就方寸一個人留下來了。那個時候，她的丈夫和兒子，剛剛遇了海難不久，死不見屍，她說是要留下來等「他們」回來。她一定要等，我們又有什麼辦法呢？我們中沒有一個人敢對她去說破真相。一年，兩年，然後二十年，就這樣一眨眼過去了，真快啊。

從碼頭往島上伸展的路，主幹也就一條，葉脈一樣斜出去的，是一家一家樓房前的路。霧氣侵上山來，走在前面的人，薄薄的，像皮影戲裡的偶人。我們一個一個消失在各家的門洞裡，消失在越來越濃的暮色和霧氣裡了。

香君推開了自家的院門。鐵門嘎吱一聲，缺油了，但總算還好，沒有鏽住。她懶得鎖。鎖門防人，人就方寸婆婆一個，香君本就託付她時不時來開門透氣的，鎖了反倒礙事。別人家也多託過方寸婆婆的，在她那裡放一把大門鑰匙，鑰匙上貼著姓名——好歹這方寸婆婆年輕時是闖過上海灘的人，識得幾個字。香君推己及人，想著方寸婆婆必定多來她家，省事啊。房子是需要人氣的——一個人，也是人。所以，她一推院門，看到方寸婆婆端端正正坐在堂前，她一點也不吃驚。香君問：「婆婆啊，剛才是你做法了嗎？就剛才，我們這島看不見了呢！」

「那是你們瞎了眼睛啦！」方寸婆婆立了起來，抬手拎起一隻眼皮，「你們的眼睛啊，不是我說，早就瞎了的！」

她的眼皮皺摺層層疊疊，侵占了眼睛所有的地盤，看人的時候，她必得用兩枚手指拎起一隻眼皮，另外一隻眼皮，她向來懶得拎起。露出來的眼珠嬰孩一般黑白分明，又圓又亮，新得怕人。

「上回來，我就和你說了，你男人咳嗽得厲害，你回去給他帶點藥來，沒有藥，枇杷梨頭也是好的。」方寸婆婆換了話題。

「好啊，婆婆，下回來我一定買給你，那時候，枇杷落市了，就吃梨吧。」

「我才不要吃你的梨，是你自家男人要吃啊！你男人回來了，你不回來陪他？」

這事，上回清明節來，方寸婆婆就已經跟她說了，香君又和我們說了。我們勸香君，婆婆早就陰陽不分了，她愛怎麼說就怎麼說吧。方寸婆婆的丈夫和孩子就是在香君家的船上打工的。方寸年輕時名聲不好，快三十了，才把自己嫁給一個阿斗般的光棍——總也算是嫁了啊。生的兒子倒機靈得很，也肯吃苦，方寸就一天天心平氣和起來，漸漸就是一個賢妻良母的相勢。香君的丈夫明偉雇了他們的兒子，兒子說，讓我爹在你家船上做個「多人」吧。在船上，這「多人」是要眼頭活絡，看哪裡忙就往哪裡頂的，我們說，明偉船上的「多人」真是名副其實的「多」啊。可我們從沒聽香君和明偉對此抱怨過，明偉說，方寸那兒子在船上一個頂倆呢。誰想到，一翻船，父子就這樣一起走了啊，從曉得這消息起，心平氣和的方寸就立刻消失了，那以後，我們看到的，總是一肚子氣憤憤的方寸，誰也不敢去招惹她。

「這回跟著你家明偉來了一船人呢，他是帶頭老大啊，生前是，死後也是。就你啊，有眼無珠，總看不到！」方寸婆婆能把這樣的事說得活靈活現，如果你再往下問，她能把一船人的長相都告訴你。

那麼，帶來的人中，有她的丈夫兒子吧？香君不敢細問，就只含含糊糊地附和一句：「是啊，他就喜歡帶頭。」

帶頭老大，那也是二十多年前的榮耀了。那時候大家都是木船，就在近海捕魚，找魚憑的是技巧，熟悉水情，加上一雙好眼睛，三四隻船成一隊，由一隻船帶著，守望互助，也有好收成。那時候說起漁民，大家第一個反應：他們口袋裡有錢哪。這島上的小樓，大多正是那個時候建起來的。帶頭的船老大，就是帶頭老大了，一隊船，就全靠他一雙好眼睛了。明偉的眼睛能看到水下的魚群呢。現在，大家都是鐵船，抗風抗浪，越捕越遠，魚群也越來越詭異，帶頭老大的一雙眼睛越來越靠不住，現在都靠儀器了。再說了，那些水域，明偉去也沒去過，能帶什麼頭呢？

香君從抽屜裡取出蠟燭，點上了，說：「婆婆，你先坐會兒，我上樓看看去。」屋頂早就滲漏，這個梅季雨水多，不知道漏成什麼樣了。方寸婆婆一閃，擋在她身前說：「明偉天天盼你回來呀。」香君笑了：「婆婆啊，你叫明偉自己跟我來說，他自己一說，我就來。」

「他都跟你說了一百遍了，你自己聽不到，怪誰啊？」方寸婆婆扭身就走，一句話不到功夫就閃出院門去了。緊接著，香君聽到隔壁大毛老婆尖聲大叫，想必是被方寸婆婆嚇著了，再一聽，卻是在帶著哭音大聲叫她的名字。大毛老婆就愛這樣大驚小怪。上到二樓的香君推門到走廊上，門變形了，香君用肩頂開，被這股力道衝撞，廊頂上燕子窩掉下來半個，砸在香君頭上，空空的只有泥土和早已粉末狀的樹枝——不住人的樓房，連燕子也不想築巢。手上的燭火，被風拉長了，燭淚飛快地落到手上，熱辣辣的。

「香君，我看到你家明偉了，他朝我笑，那麼一咧嘴，右邊面孔那麼大一個酒窩。他就知道嚇我！」大毛老婆在她自己的院子裡，仰著頭和她說話，光看身形，就是一副受了驚的嬌弱相。明偉從前就愛把她嚇成那樣。香君很不喜歡明偉這樣做，但她從來沒對他說過。但那是從前了，現在明偉還能把她嚇成這樣？

香君撣去頭髮上的塵土，頭皮一陣發麻，好半天鎮靜下來，朝下嚷道：「你看錯了吧，這會兒就是方寸婆婆，她剛剛從你門前走過。」遠遠地，方寸婆婆不知在哪裡回應她：「我說了，你不信，她說了，你還是不信！明偉說你心裡已經沒有他了，他怎麼在你眼前晃，你都看不見！我們都看見了，怎麼你就看不見啊？」方寸婆婆中氣十足，她的腔調，如同從前有線廣播裡響亮的寧波走書。她會換種腔調，比如山東快板再來上一遍這樣的質問嗎？的篤的篤的的篤，這個也是方寸婆婆拿手的。

螢火蟲就是在這個時候出現的。大家和香君一樣，站在自家庭院裡搜尋方寸婆婆，循著聲音的方向，在舊日防波堤下的位置，那片蘆葦蕩裡，我們看到從夜霧的背景裡剪出來的一幅圖畫，一圈螢火蟲飛在方寸婆婆的頭上，飛成一個光環，幽幽綠綠，閃閃爍爍。難道方寸婆婆真得了道了？

隔了很久，還有人在說起這個畫面，說起那些螢火蟲，感嘆著，多少年了啊，沒見著螢火蟲了。我們說，是啊，長白江對面的化工廠燈光多亮啊，這麼亮的夜，容不得螢火蟲呢。我們還說，小鳥峙多黑啊，黑得沒有一星燈光，螢火蟲是給小鳥峙當燈去了。說多了，多說了，和小鳥峙那次莫名其妙的失而復得摻和在一起，和大毛老婆看見明偉了摻和在一起，就越來越像個傳奇了。好在海上從來不缺傳奇。

二

盛夏季節，我們總要等待幾場颱風，久等不來，我們會有些失落，「呀，今年咋沒颱風呢？」也許，我們是在盼著颱風改變我們一成不變的日常吧。這一回，我們等啊等啊，終於等來了這場颱風。氣象報告裡給颱風取過名兒，我們呢，一律叫它們颱風，就像我們平日裡喊人，哎哎你這個女人！哎你這男人！懶得呼名道姓。這場颱風，真的有飽滿豔麗的蓮花雲作海報，有烏黑奔騰的野豬頭雲打頭陣，我們的胃口被吊起來了，啊呀，這回總算能有場貨真價實的颱風了吧？漁船回了港，學校停了課，家家戶戶加固了門窗，連沙包也扛了出來，預備著浪頭將衝破防波堤某處脆弱缺口——雖然，嶄新的防波堤看上去是那麼堅固，可總要以防萬一啊。

對以防萬一的事情，人各有說道，心寬些的總是說，哎呀，哪會啊，怕什麼。這是我們中的大多數，但總有那麼幾個人想著「小心駛得萬年船」，仔仔細細有安排。香君的兒子，也是少數中的一個，我們說，那也難怪，寡婦的兒子嘛。有的人說得更實在些，「攤上這麼個迷糊的娘，他是得讓腳趾頭也生魂靈啊！」颱風來前，他在屋頂上爬來爬去，查看漏縫，排緊瓦片，拿磚頭壓住風口上的瓦片，特別是東邊的屋簷，他又加了一層舊漁網。忙活完了，他雙手叉腰站在屋頂上，頗有些大將軍橫刀立馬的架式，讓靠著廟牆仰望著他的香君很有幾分得意。

「平浪，下來吃飯，平浪！這颱風誰知道來不來呢。」她本來要說鬼知道的，但是她堅定地把這個詞轉移掉了。

香君做了七八個菜，油燜茄子啊魚鮝烤肉啊糖醋排骨都是平浪愛吃的，平浪說過幾回讓她別做那麼多，浪費了，說多了，也就不說了，只管敞開來吃，吃到肚子裡就不算糟蹋了。

「不上你柳翠姨家去看看麼？」香君說得興興頭頭。

「她又不在。」平浪說話向來很節儉，「她」有名有姓，他就是不肯叫，好像那名字有多金貴。

「要先討丈母娘歡心才好啊。」

平浪紅了臉，「媽，跟人家可不能這樣渾說。她要不高興的！」

香君托著腮，笑了，她就愛看他的著急樣。日子過得多快啊，手裡抱著的小娃娃都成人了，自己也得老了啊。人老心難老呢，香君的臉也紅了起來。

平浪很快把話題轉到小鳥峙失而復得的新聞上，對那天的始末，他好像知道得很詳細，連大毛老婆「見」了他爸爸，他也知道了。

怪了，這孩子，也沒見他和別人說話啊，他怎麼都知道。

平浪擱了筷子說：「這陣子我在船上夢到過爸爸，他那麼對我笑，大嘴一咧，那酒窩深得能放進鴿子蛋。」

五歲大的孩子，能有多少記憶？酒窩能放進鴿蛋嗎？當然不能。不知道你夢到的是誰呢。

香君默默收拾桌子，沒開燈，正午的屋子因為雲團蔽日而昏黃一片，電風扇無聲地搖著頭，風吹到香君身上，竟有點冷。明偉的照片不多，統共也就十來張，那是連初中畢業照這樣的合影也算進去了，整島遷移的時候，香君在船上少了一個箱子，怎麼也找不到——怕是掉海裡了。相冊就在那箱子裡。只留下一張在靈堂裡掛過的遺照，是他伯父家的大兒子照著照片畫的，那孩子說是學過這手藝的，結果，畫出來根本不像，酒窩畫得實在太深了。這麼不像，香君也懶得把他掛出來。明偉到底長什麼樣？他的身板，走路的姿勢，都記得分明，一張臉的輪廓，也模糊記得，就是五官，香君怎麼也想不起來，有時候想得急了，一閃念，倒閃出另一個人的眉眼來。

「方寸婆婆說的那些，你信嗎？」

「我願意相信。」

這話說的，願意相信?!難道我不願意相信?!

香君使勁抹著桌子，她簡直想搥桌子了！很快，她又為自己的氣惱而好笑起來，跟兒子鬧什麼彆扭啊？她就笑了，她勇敢地伸出手去，在兒子頭上胡亂摸了兩把，說：「這頭髮，該理了。」平浪偏過頭去，唔了一聲。

平浪到底沒理成髮。第二天，颱風警報就解除了，這期間，也就下了場暴雨，發了小半晚的大風，接著就風平浪靜了，「哎，連野豬頭雲也來過了啊。」我們多少有些失落，香君就更不用說了，她還指望著能和兒子多待兩天呢，她炒的新蠶豆，平浪都沒吃呢。

高興的是那些老大們，剛剛過了禁漁期，大小船隻都憋著勁要多捕幾風——造鐵殼船是什麼價錢，柴油又是什麼價錢，借的利錢是每個月都要付的，歇不起啊。平浪船上的老大看他踏實能幹，想讓他也入股，一入股，除了工資還有分成，收入高了且不說，身分也不一樣了啊，一個是夥計，一個是小老闆呢，天差地別啦。說這些話時，平浪的表情就更像是一家之主了，他說：「我們家那些錢呢，入股還不夠，我問伯伯去借，他不會不肯吧？我要學老軌去，我還要考出證書，船上離了誰都離不得老軌呢。」這是今年平浪對香君說得最長的一段話了。

說到錢，香君就慚愧，要是家裡殷實些，柳翠就不至於擋在中間，不讓平浪多和她女兒往來，平浪哪點不如人家啊？

平浪開船了，香君也把她的香燭攤擺了出來，這些年，香君就靠著這攤頭攢下點錢。

在小鳥峙，香君是做裁縫的，她做的衣衫，也曾讓我們美滋滋招搖過，我們搬到長白以後，長白的裁縫好像能讓我們更美，我們就慢慢拋棄香君了，這個過程，緩慢到連我們自己也不知道，只是在哪一天突然回過神來，哎呀，我們的衣服都不是香君做的了，「她不會立體裁剪呢。」我們也有我們的理由，還有「買的衣服比做還便宜不是？」也不知從什麼時候開始，廟裡關了自己的香燭鋪，香君就接著做香燭生意了。香君的家就在廟邊，占了天時地利，人和呢，就是廟裡的大師傅的照顧了，否則，他幹嘛關了廟裡的香燭鋪啊？我們總是很會分析的。我們這個慈雲廟，也就一個大殿，供了尊觀音菩薩，廟裡一個大和尚兩個小和尚，正好讓孩子們唱「三個和尚沒水喝」，大人們自然是要大聲喝止的，可也禁不住他們唱。這個大師傅，生得劍眉朗目，很有些氣勢，又有些凜凜然的，看著親切，卻讓人近身不得。據說大師傅出家前是個有名的木匠，會精工細雕，聽說他在夜課後就開始雕刻，一直雕到東方發白。那也只是聽說，他雕的一花一木，我們誰都沒見過。島上好多女人也都喜歡大師傅，說起大師傅來，一個個眉目含情，好像這大師傅是大觀園裡的寶玉。大師傅當然不是寶玉，聽說大師傅是那種決心圓寂後燒出舍利子來的和尚，我們對他，真是滿懷崇敬。這樣的大師傅，對香君照顧些，我們也只當是他的慈悲。可是年初來了個二師傅，他對這個香燭攤很有些看法，說「何必叫人說三道四呢？」聽說他是局裡派來接大師傅班的，我們都為香君有些擔心，偏偏香君自己木知木覺的，一點不曉得人家在為她著急，還在篤篤悠悠地進貨。

颱風過了，平浪出海，她也出島，到香燭廠滿滿當當進了一大袋貨來。隔天就是月半，是我們要隆重上香拜菩薩的日子。我們眼看著她用三輪車馱了那袋香燭，大太陽底下吭哧吭哧騎著，路上遇到人就咪咪笑，細眉畫眼，我們都不曉得大師傅是如何對這雙眼睛說出那些話的。我們只知道月半那天，廟裡原先的香燭鋪又開張了，除了香燭鋪，廟裡還多開了四五間客房，我們島上也開始有來「禪修」的遊客了，住在廟裡聽晨鐘暮鼓，二師傅說那是都市人新興的休閒方式。二師傅常說些新名詞的，二師傅用的手機是「愛瘋」的，二師傅會開車子，二師傅還會上網呢。二師傅一脫僧袍，和廟外的年輕人沒啥兩樣，不像大師傅，他那臉上的表情，怎麼看就和常人兩樣，怎麼個不同呢，我們卻也說不上來。

又過了幾天，香君就到廟裡幫忙打掃客房了。原先在廟裡幫忙的是王家大嬸，三十歲上就開始幫廟裡洗洗刷刷的，如今都六十多了，早就在嚷嚷「退休」了，這會兒來了個香君，她卻又不高興了，常跟我們嘟囔些香君的不是，比如，她就想問問清楚她怎麼停了香燭攤就能進廟來幫忙呢，可香君就只會咪咪笑，一句話都不漏。跟個悶葫蘆一樣的人在一起幹活，多沒意思啊。王家大嬸得空了就會逮個香客說話，說的無非就是香君如何如何，無形當中，原先默默無聞的香君，不知不覺就成了個人物了。有時候，我們也嘀咕，難道香君就是第二個王家大嬸不成，就這樣一年一年在這個小廟裡勞作下去？

香君呢，她還是那樣木知木覺。客房啊，大殿啊，院落啊，香君一心要讓它們整潔到能配得上大殿裡的觀音像，菩薩低眉，對一切事，好像都能體諒寬容，香君那麼點小心事，她怎麼會照應不到呢。到了黃昏，香君站在樓上看小和尚把香燭棚裡的蠟燭一支支敲下來，木棒敲在鐵架上，悶悶的，一記一記，她的身子跟著也會哆嗦。有做法事放焰口的黃昏，香君就忙碌著搬桌撤盤，經卷和金箔在香爐中燒得紅紅黃黃，光頭閃閃爍爍，著實喜人，她貪看這香灰裡閃爍的金黃，有幾回差點都摔了盆子。她的生活，本就和一般煙火人家的日常相隔，現在是更遠了，日子一天天過去，她卻感覺不到。我們都說，這香君怎這樣恍恍惚惚的呢，失了魂吧？

這一天香君突然穿上了長袖襯衫，怪了，在夏天，只有下地幹活了，為遮陽，我們才穿長袖。只不過昨晚剛下了一夜大雨，今晨氣溫低了幾度，可我們都知道，到了中午，這天馬上就轉熱，有穿長袖的必要嗎？

王家大嬸問她：「香君啊，乾嘛穿個長袖？」

香君回答：「秋天了呢。」

王家大嬸就拍著腿笑，一手的莧菜汁水把褲腿都染紅了：「立秋還沒到呢，哪裡是秋天了啊？」還沒到中午呢，這衣服就滋得香君一身汗，鼻翼上額頭上，晶晶亮都是汗珠。衣服又是剛從箱子裡拿出來，樟腦味特別衝，汗味一烘，香君都聞得出自己身上的怪味了，看到人，就遠遠躲開去了。大師傅對人家的穿著並不敏感，他反正一年四季都是袍子，不過夏天薄些秋冬漸厚，無所謂長袖短袖的，對他來說，神色比衣裝顯目。香君的恍惚，他是習見了，也不覺奇怪，因為他自己也是恍惚的。今天怎麼又躲躲閃閃的呢？他就走近香君，他問：「香君，你不舒服嗎？」這些天，遠遠近近地，香君總在側耳聽大師傅和那些女人們說話，他們雖在說著，卻都是些面上的話，這樣關切的話語，是只有自己得了吧？那麼，自己和大師傅總比別人近一些吧？

她太在乎這一點了。

在那個瞬間，她還看清了一個過往的細節，在這廟裡，大師傅從她身邊走過，都當她是自家人一般，不彎不繞，徑直而過，對那些女人，大師傅是有分寸地隔著一段距離，也說話，也笑，可都是隔著的！自己怎麼會一直沒看到呢？現在，大師傅停住腳步，湊近看她。那麼近，只要一歪頭，就能碰上他厚實的肩了。她正拿著拖把，她想用這拖把拴牢自己，但她還是滑倒了，向著她想去的方向，一片漆黑降臨，恍如夢境。難道是夢嗎？那就放心地把頭歪在他肩膀上吧，那麼厚實，堅定。她俯下臉去，雙唇觸到布面，衣上淡淡檀香，真好聞。

香君醒過來，是在醫院的白鐵床上，小護士一看她睜眼就扭頭叫：「大師傅，大師傅！」走廊裡的大師傅就走進來，在客氣的距離立住了，說：「醒過來了啊，那就好。」他站在那裡，隔著遠遠的距離，客氣地望著香君。他轉身朝小護士交代了幾句，又側過身微微向著香君躬了躬身子，翩然走了。他知道自己走在別人的眼光裡，因此，身姿就格外挺拔。香君支起身子，目送他穿過走廊，走到奶黃色的太陽地裡。

一三一

我們原以為，一年一年，香君就在這廟裡待下去了，和那王家大嬸一樣。誰想得到呢，這一暈，就讓香君離開慈雲廟了。我們都說，是王家大嬸使的壞吧？王家大嬸可委屈了，她連連念了好幾聲阿彌陀佛，才為自己辯護：「我是那種落井下石的人嗎？是二師傅的主意呢，他說啊這回暈的地兒還好，要是在樓上擦玻璃窗呢，那不一頭栽下去了嗎？他說，廟裡經營香火難道還得給她補貼啊？」

「大師傅怎麼說？」

「二師傅比大師傅喉嚨響啊！大師傅只好說，那就開個雙份工資吧。」

「誰家辭退人不給雙份啊？」我們都很失望，想著香君不知道會怎樣失望呢。離了廟，又停了香火攤，我們要不要跟她說，讓她把裁縫店再開起來？這個主意好是好，可我們真的拿不準自己會不會請香君做新衣裳。

誰又想得到呢，落井下石的，竟是命運。那個海難消息來的時候，一島的人都轟動了，畢竟，現在不是從前。在木殼船的時代，海難的消息，一年總要聽上四五回，現在是鐵殼船，又有單邊帶，又有衛星定位的，颱風還沒到，船早進了港，現在的海難，大多是運去上海的裝沙船之類的運輸船裝得太滿了，貪心啊，吃水太深，聽說有的船裝得船舷與海水一樣平了，總想著揀個好風好日出門，十回裡有九回都順利到達的，但海上的浪和浪下的漩渦，誰做得了它們的主呢？十回裡頭碰上那麼一回，就全船覆沒了。這樣的消息，一年總能聽到一兩回，正經捕魚喪命的，如今是少又有少了。

「是誰啊？平浪啊！怎麼會是平浪哪？！」雖然海難擱誰身上誰都受不起，可怎麼能是平浪呢？

「那可怎麼和香君說呢？」平浪的船老大犯難了，商量來商量去，只好叫他老婆出面去和香君講，我們這些女人也跟著她去，給她壯壯膽。

這女人說話是出了名的直，她一見香君就說：「平浪出事了。」

香君光知道問：「傷哪裡了？」她也不看看後頭跟著的我們，都來一大群女人了，哪會只是傷個腿腳的事情啊？

「平浪翻進海裡了。」

「腿跌傷了？」

「不是腿。」

「是手臂？」

「是死了。」

我們都盯著香君的臉，那一片刻，上面什麼表情都沒有。擱我們這裡一般的女人，那是馬上就要呼天搶地了。稍待片刻，她狐疑地看了看我們這群人，像從來沒見過我們似的。她悶聲不響地出了門，怕我們要攔阻她似的，回頭又望了我們一眼，這才發足狂奔。我們都跟在她後面跑，萬一她跳海了怎麼辦？萬一她跳崖了怎麼辦？可她領著我們跑進了派出所。她怎麼就知道一撥人都會在派出所呢？船上的人都在那裡，剛做好筆錄，眼圈都是紅紅的，香君一雙雙眼睛看過去，看了三遍。事後，大家說，那是一雙怎樣的眼睛啊，那裡滿滿的都是熱望，指望著他們其中某一個說平浪還活著。大家不敢把眼睛低下，也不能把眼睛移開，他們只能以眼淚告訴她，事實就是這樣了。

「死要見屍啊，平浪人呢？！」這是香君掙扎出的第一句話。大家都默默垂下頭去，死要見屍，這是陸地上的死法啊。這片洋面之下，躺著我們多少的祖先，他們都是死不見屍的，在墳墓裡葬的，不過是他們的衣冠。像香君的祖父，就在海底。香君的丈夫，是幸運的，死後隨潮流回到自己島上，但這樣的幸運者，又有幾個呢？他那一船上，就來了他一個人啊。這是一場交不出屍體的死亡，卻也是派出可以認定的死亡，有那麼多的目擊證人啊。香君總能明白過來的。

死要見屍啊，死要見屍啊！香君越說越快，快到那四個字糾纏在一起縛住了她的舌頭。說不了，她就開始動手，她撕開了船老大的汗衫，她還想再撕開他的胸口，一點也不還手的船老大被逼到牆角，他的身上都是抓痕了，他們扭在一起，這架式，倒像是一對夫妻在打架，船老大老婆的面色都變了，可她也不敢上去拉，最後。是香君的大伯子從背後抱住了她，死死地箍住她的手腳。香君掙脫不開，哭了起來。我們說，哎呀，哭了就好，哭了就好。香君邊哭邊和她大伯子說：「你知道嗎，平浪是要跟你借錢拼船的呢，你知道嗎？」她又哭著央求派出所讓她報失蹤：「再找找啊，你們託別個島上的派出所也找找啊，玉環島啊洞頭島啊，那是往南；往北的，崇明島啊煙台港啊，你們都託人找找啊。」香君的眼淚瀑布一般掛下來，香君的眼皮很快就膨脹成兩顆桃子了，我們真沒見過這樣洶湧的眼淚，我們害怕，這樣流下去，她身體裡的水分都要從淚管裡流出來了，聽說水分流光了，就會泣血了，我們趕緊說，別哭了，快別哭了啊。我們想不出還能說點別的什麼。

香君突然想到什麼似地止住了哭聲，她問：「平浪到底怎樣落海的？」船上人一五一十地告訴她，聽著聽著，她居然笑了起來，她說：「就這樣啊？那我家平浪會回來的，死不了！真的，死不了！真的，你就看著他回來吧！」她笑得這樣開心，又把我們都駭住了；她那自信，把派出所也鎮住了。他們真的就把平浪認定為失蹤了，他們真的立了案。

接下去的日子，她像祥林嫂一樣，見人就說平浪。她會詳詳細細告訴人家，平浪的失蹤是個意外。機器的搖手柄打到他額頭了，鼓起老大一個包，一定是把他打得昏頭昏腦了，這孩子，他本該在艙裡靜養的，他還把這頭暈說得輕巧，沒事沒事，怎麼會沒事呢？這孩子就是太要強了啊，夜班的活，也不肯請別人幫，他出船艙穿過甲板向機艙走，風大，船是斜的，他腿一軟，就翻出船了。老軌就走在他前面，聽到落水聲，才回頭。你說，他要是走在後面就能攥住平浪了不是？你看，平浪也就是翻出船了，怎麼能說他死了呀！海上的風，你也知道，來得快，去得也快，耐心熬上半夜就歇了，平浪水性好，他一定有辦法找到避風礁石，現在啊，說不定他還在哪個小島上呢，他在等啊等啊等，他在那裡叫喊呢。他們都找過了？對啊，是找過了的，但萬一他們找的不是地方呢？潮流能帶人出去老遠的，他們找的不是地方啊！

聽的那個人，頭越垂越低，不敢和她熱切的眼對視。再後來幾天，我們看見她就有點想閃避。香君畢竟不是祥林嫂，她很快就住口不提了。她縮在屋裡，像隻滿懷希望的小獸，卻不知道該跳到哪裡去。廟裡託王家大嬸來安慰過她，王家大嬸說是大師傅和二師傅的意思，又暗示她該過去謝謝他們，香君也就垂頭聽著，她看到大師傅從她門前經過，停下了朝裡面張望，有一回，他幾乎就要走進來了，但他低頭看了門檻半天，還是走了。至少他可以出聲喚一下她啊，只要他呼喚一聲，她就一定應聲而出。她終於等得失望了，她開始怨恨自己不該等，怎麼可以等呢？讓平浪不見，或者就是菩薩給她的懲戒吧？這個念頭一產生，它就像條細麻繩一樣勒住她了，越掙扎，勒得越緊。

船老大一家著急要賠香君錢，他們都給夥計保了險的。先讓保險公司賠，要是嫌不夠，我們再商量添補，船老大的老婆這樣和香君說。香君說，「我們平浪又沒死！」保險公司的也說：「還沒宣布死亡，我們不好理賠的。」我們真的開始疑惑起來，這平浪，難道還會回來？據說落海的人，即使死了，也知道回家的路，千辛萬苦，總會隨潮流過來。那麼，到底哪裡是平浪的家呢，是小鳥崎還是長白島，這個問題，我們還要思忖一下，在香君那裡，答案是唯一的。

於是，有天清晨，香君和兩個大口袋一起回小鳥崎去了。送她去的是她的大伯子。他一回來就被我們圍住了，我們問他，那地方怎麼住人啊？連電也沒有啊。她那大伯子搖著頭說，她說方寸婆婆能住她也能住！我們猛然一驚，原來，我們早就把方寸婆婆不當「人」了啊，方寸婆婆一直住在她的「活墳」裡，她早就不是人了啊。船老大的老婆說：「怪了，既然她說平浪沒死，那幹嘛去小鳥崎等啊？」我們你看看我，我看看你，都搖頭了。

就這樣，香君走出我們的視線。她會在那裡待多久呢？

一四一

日頭會曬醒我，月光會撩醒我，再有，滿山的蟬聲會震醒我，不管我怎樣醒來，半夢半醒當中，我總得默想好一會兒，才能確信，我回來了，回來了。我在自家的小樓裡，這是我和明偉的家，沿山坡再走上一百米，那是我出生的石屋，好好的，也在那裡。它們都在這裡等我，都等了我二十年了。我默想之中，總覺得四面牆壁在向我逼近，越來越近，直到我不能動彈。

我為什麼回來呢？我想過萬一方寸婆婆問我，我該如何作答，可她根本就沒問我，她只說，早該回來了！是啊，她早就在催我回來的。我把平浪的事說給她聽，她一點兒也不驚訝。難道，她早就知道平浪會出事？

這些天，她從沒有拎起眼皮看我，哪天，她拎起眼皮了，我一定問她。如今，我也懶得多說。在長白島上，我說得太多了，我碰到誰就說，我說得太多了，那些話，都把我的心掏空了，心空空蕩蕩，只有大海洋在裡頭晃盪。我的平浪，他在水裡睜著眼睛看我，沒理過的頭髮一天比一天長，和水草糾結在一起，我真想伸手進去將它解開啊。更多的時候，我的平浪，他在海面之上，有時候他抱著一根圓木，有時候他踏著一隻油桶，有時候他在一個比籃球場還小的島上，他在擊石取火引燃一堆乾草，可他總是辨不到。我真想遞一盒火柴進去啊。我的平浪死了嗎？死了他將隨浪來；我的平浪活著嗎？活著他將乘浪來。我在岸邊看浪頭，潮起潮落，一天又一天，我的平浪總不來。

來得最勤快的，是雷雨。或在黃昏，或在深夜，雷雨來了。屋頂漏雨，我放了個木桶接著，水滴從屋頂落下來，落進桶裡，只看到一圈小波紋，沒有聲音——聲音都被屋外的大雨蓋住了。慈雲廟裡簷頭的滴水聲，倒一聲比一聲清晰地傳到耳朵裡，香燭在雨中悶悶的焦香，也一縷比一縷濃地飄過來，這樣的時候，我就恍惚起來，似乎只要走幾步，就可以看到大師傅了，他在做什麼呢？雷聲對準我這個念頭劈了下來，白光裡，我看著自己裂成了兩半，一個飄去慈雲廟，一個沉落海底，劈開處，皮肉冒著白煙，在雨水和海水中滋滋作響。清晨醒來，窗外寧風靜日，自己也還是完整的，不曉得昨夜的雷雨是假的，還是此時此刻是假的，難道兩個都是真的？

我發現，我正在失去對日子的概念，今天是幾號是農曆初幾，我已模糊了，至於是星期幾，那更是早就忘了。有一日，方寸婆婆說：「你回來兩個月啦。」我問：「有兩個月了？婆婆你怎麼記得的？」

方寸婆婆說：「日子一天一天過著，實實在在的，能不記得？等你的心踏實起來，就會看到日子了。昨天就是中秋啊，我不是讓你吃圓圓的番薯餅了嗎？那是我們倆的月餅啊。」

「你怎麼不告訴我呢？他大伯怎麼就忘記給我們送月餅呢？」

「就怕你這麼惦記人家記不記得我們，我就索性不說了。」

我低下頭去。往年，我們有誰想到要給她送些月餅來呢，有誰惦記她一個人中秋怎麼過呢？因為愧疚，我不敢再搭腔了。

這個島上就我們倆，可除了巡潮，我們在一起的時間不多。一個人和自己待久了，就越想一個人自己待著吧。她也是，我也是，在每一個可能相遇的路口，我們都會刻意回避。奇怪的是，方寸婆婆找我，一找一個準，我找她可費力了，我大聲叫喚，她不出聲，我就沒轍。「你身上有人味兒。」方寸婆婆這樣解釋，我聽得汗毛都豎起來了，她又說：「你在這待上一兩年，你也會聞了。」

「好聞嗎？這人味兒……」

「你的還行。」

過後很久，我一直在琢磨這「人味兒」是怎麼回事。

每日漲潮時分，我們沿著岸兜一圈，希望洋面上出現一團黑乎乎或者白乎乎的東西。黑乎乎，那是臉朝下；白乎乎，那是臉朝上。當年，明偉就是這樣順著潮頭過來的，他像個白色巨人那樣出現潮頭之上，海水泡大了他，他的肚腹鼓起如島。讓我想想，他的身上有「人味兒」嗎？我抽動著鼻翼拚命回憶——當時，我聞到的是魚味兒。

你瞧，這會兒，我說得多平靜，像聊天似的，可那會兒啊，我哭得死去活來。可他們說，別哭啦，能回來，就是幸運的了。當年，方寸就是這樣勸我的，她說，比起我，你看，你多幸福了，你哭什麼啊哭。

這「幸福」的意思，我也是在如今這樣日復一日的巡潮中才明白過來。

除了潮頭，還有洋流啊盤水啊，這樣海面之下的水流比潮頭更有勁道，更能把人從太平洋帶回來。所以，我們隨身帶了長竹竿，在潮水退去的時候，伸到各個岬洞和礁縫裡敲敲打打。方寸婆婆從來不問我在找什麼。天知道潮水會帶給我們什麼東西，除了浮木，我們還揀到過一頂帽子，帽帶子是連綴的七彩木珠，一隻完好無損的西瓜，一隻簇新的鉛桶，一頂嶄新的猩紅色安全帽，一盒沒有啟封的避孕套，這些都是小驚喜，我們甚至還揀到了一整桶的柴油，沒辦法把它從卵石灘弄到半山腰我們住的地方，最後只好推進一個廢棄的碉堡，等著下回平浪他大伯給我們送米送油來的時候，讓他帶去。

一個人的時候，才會知道，自己真的是個活生生的人，會餓，會髒，得餵自己吃，得把自己弄乾淨了，「自己」會折騰你啊。所以，醒來我一定洗臉，吃飯，打掃屋子，開始像模像樣的一天，為了飽暖和潔淨，我有許多活要做，得提著一口氣。填飽肚子不是難事。當年鬧大災荒的時候，海岸線上就有好多人家攜家帶口渡海而來，落腳小島靠海吃海。丘陵上土薄，種點番薯還是能旺收的。泥塗上有跳跳魚有海瓜子，礁石上有牡蠣有苔條，像毛娘這樣的小貝類，它們像苔蘚一樣密布礁石上。這還是不用下水的，若會潛水，那就可以採淡菜，若會踩水，那就可以晃魚撩蝦，若有條小舢板，就可以流網拉魚了。方寸婆婆能在島上獨守二十年，海——這菜地的肥沃，功不可沒啊。

我還是經常哭，我都害怕我會被自己的淚水沖走。方寸在一邊抱緊自己，雙肩一抖一抖，抖了半天，她說：「多好，你還哭得動，哭得那麼痛快，我不行啦，不行啦，哭不出來啦。」她緊抱著自己，留著長指甲的雙手像極了鳥爪，蜷成一團的她，也像個失群的孤雁——我們小時候偶爾能在懸崖邊上看到這樣的孤雁，牠縮起脖子，收緊翅膀，也是在抱著自己吧？

這島上，多的是停走了的鐘，它們端端正正地在牆上俯瞰我，我害怕和它們對視。當初那些留下鐘的主人，是想著要經常回來看它們的吧。它們都被辜負了啊。手錶也用完電池了，我靠著太陽的移動算時辰，到了陰天雨天，一日吃兩餐是常事，沒有「時間」，連腸胃也好像忘記蠕動了。長久下去，大概是連眼睛也會忘記轉動，手腳會忘記運動，變成泥塑木雕的日子，也就不遠了吧，變成泥塑木雕了，腦海裡舊時今日攪在一起，會翻動得更厲害了吧。

我得找到時間，屬於今天的時間。

我開始算日子等平浪他大伯的船來，說好的，每隔十天半月，他給我們送些米油鹽和肥皂來，我得讓他幫我配手錶電池。但這說好的日子，不是鐵板釘釘的，一颳大風，這日子就得後延，海裡的日子，是說不定的。

這一天，我又在碼頭邊等船。

朝南的海面上，航道密集，有去上海的快艇，也有去嵊泗和岱山的快艇，它們在白天裡熱絡地往返，它們只管飛快地掠過小島嶼，船上的導遊會對他的客人們說，喏，那是個無人島，這片海域上有一千多個無人島呢，一千多個哪。

平浪他大伯的豆殼船，走了靠北的海路，遠遠地避開這些快艇啊大船啊，它們激起的浪頭太大太猛了。沒想到，這回同船來的，還有小萬，就是那個嚷嚷小鳥峙沒有的人，那天黃昏，是我和他一起在防波堤上大叫。千真萬確，那一刻，小鳥峙真的不見了。我一直想不清楚這是為啥，雖說那時候海上有霧，但還沒有濃到可以裹住一個島啊。

「我想自己過來找找原因。」小萬笑起來一臉憨相：「我沒撒謊呀，那會兒，小鳥峙是沒了呀，可怎麼又回來了呢？」他想試驗真假似的，狠狠地在碼頭上跺腳，風化了的水泥塊在他腳下碎裂。我們的碼頭也是年久失修了啊。

「這陣子船廠淡季呢，小萬橫豎沒有多少活兒，到我們這裡住，省兩個月房租也好啊。」平浪他大伯大概是怕我不答應，「讓他幫我們修修老屋吧。是真得好好修修了。」

他大伯都這樣說了，我絕沒有回絕的理兒，就是不知道方寸婆婆聞不聞得慣他的味兒。我從腕上解下手錶，說電池用光了配粒新的吧，他大伯笑了，說：「等你回長白了再換電池也來得及，這裡你看看日頭就夠了啊。」

「有陰天雨天呢。」

小萬說：「以後啊，你就問我吧，我沒手錶，可我有手機啊，手機一樣可以看時間的。」

「島上沒有電呀。」

「我有這個！」小萬從兜裡掏出一個電筒樣的東西，說是手搖充電器。

「你看，小萬想得多周到！有他來陪你，我們就放心多啦。」大伯滿嘴說著小萬，就是不提我最想知道的消息，那麼，我也不用問了。小萬也就比平浪略大幾歲，正是力氣滿身的時候，船上的水泥石灰之類的修補材料，不一會兒，他就都搬到大伯家了。大伯家就在我家前面一幢，也許，大伯是怕我有個三長兩短，特意叫小萬來看住我也未必，這樣的荒山野嶺，哪個年輕人要來啊。荒山野嶺，我被自己這想頭嚇了一跳，我是這樣定義我的小鳥峙的嗎？

這個船太小了，放不下我們揀來的那桶柴油。大伯說，下回得借條大點的船來。大伯還要小萬好好估算一下，還得要幾包水泥幾包石灰，算好打電話給他，下回來時好一並帶來。

小萬給這個島帶來了人聲。有一個黃昏，他一唱歌，棲在後山松林中的鳥都飛了出來，在半空裡盤旋了好一會兒，才確信如今島上真有如此響亮的人聲。奇怪的是，自此以後，鳥叫得就比從前多樣，也響亮。難道這些鳥兒聽得懂小萬用家鄉話唱的歌？

小萬唱著歌在島上轉悠，指指點點，除了方寸婆婆家遍布爬山虎的樓房不能去動，初定下了至少有十個院牆需要修補。到底還需要幾包水泥幾包石灰啊，我們還需要些啥啊，他不停來找我商量，不由自主，我也跟著他忙碌起來，指點他沒想到的，比如，補漏比修牆要緊，先該整理一下屋頂上的瓦片才是。沒有瓦片？哪會啊。每家的院牆腳下，都堆著幾摞呢。

這一棟棟空樓房，都是青瓦的尖頂，海灣裡沒有像樣的土地，種水稻更是不可能，樓頂就不必要平成曬場。這是和長白島不一樣的地方吧？那麼曬魚乾呢？曬魚乾啊，魚乾大多是吊起來曬的，看到廊簷前的一排排掛鈎了嗎？還有海灣口那些礁石，也是天然好曬場呢。有一年烏賊旺發，門頭廊前，山頭礁石，到處都是黑黝黝的烏賊鯗，一天一地烏賊香，饞死人了。你不知道吧，老祖宗給島分過等級的，大的叫山，再小點叫嶼，還有就是峙了，還要小啊，那就礁啊坑啊，我們好歹是個峙呢！

小萬好脾氣地聽我嘮叨，像已經聽我說了一百遍的樣子，或許，在長白時，我們那些小鳥峙搬去的婆婆就都拉著他和他說了又說吧。小萬是個好聽眾。等我說到誰家的女兒長得水靈的時候，他才有了勁頭。那天，正好修到我們小鳥峙最水靈的女孩家的院牆，她的水靈啊，不是我誇，比作海龍王的女兒啊鮫人啊美人魚啊，都不過分的，一雙眼睛水汪汪的。小萬啪啪地拍實青石縫隙裡的水泥，那架式，好像那姑娘明天就要回來看他這修補一新的院牆。等他忙出一頭大汗，小萬才夢醒：「她——今年多大了？」我一算，說：「哎呀，都四十出頭啦。」我們倆就都笑了起來，我都笑出眼淚了。

小萬說：「那我該叫她姨啦。還有啊，我奶奶說，眼睛水汪汪那是腎虛，這樣的女孩兒中看不中用，可不能娶回家。」

「你才不會聽奶奶的，對吧？」

「聽的，誰願意自己的老婆病病歪歪的啊，我要找個結結實實的。你再想想，有沒有又結實又好看的小姑娘啊？你可別又說個老姨給我聽。」

「看你說的！老姨也年輕過啊，年輕的也會變老姨呢。這一茬的女孩兒裡頭，柳翠家的孩子又結實又好看，做事麻利，脾氣和順，我們家平浪頂頂喜歡她了。」

說到平浪，我們停了說笑。我眼前都是平浪那天上屋整理瓦片的樣子，風把他的頭髮都吹亂了，都怪那颱風，本該把頭髮理短了再走的。男孩兒板寸頭才精神啊。

沉默像一個大浪過來，壓住了我們的舌頭，惶恐中，我們都把眼光投向那個廢港——我終於承認這是個廢港，而不僅僅是個美麗海灣。良久，我嘆了口氣，說：「小萬啊，趁風小，我們還是先去修屋頂吧。」小萬說：「那哪行啊！拌好的水泥，今天得用掉。」——跟平浪一樣，都是不容分說的口氣，篤篤定定的。剛長成的小男子漢都喜歡用這種口氣？

他執拗地照自己的計劃行事，一週之後，島上的院牆就都換了新顏。老天保佑，這七天沒有下過一場雨。

那天午飯後，陽光明亮又平和，天藍得又輕又薄，掛不住一絲雲彩。秋天來了啊。小萬拉上我，立到柳翠家的院牆上，要我看看他的成績，他說：「你看，多新啊！」

小萬挑了個好位置，站在這裡，正好能把島上的樓房都收在眼底，從前，我們也喜歡站在這院牆上，扯著嗓子喊人來做麻將搭子。此刻，除了蟬聲，就是風聲。院牆是新了，那些舊的，卻被襯得越發舊了——所有的窗戶都是灰濛濛的，不是缺了一角，就是豁著大口，全都失去了反射陽光的能力。那些院子的中央，風旋起來的落葉，一堆堆，像墳冢。那些曬籩，原先大概是堆在廊前的，主人既不想帶走它們，也不捨得丟掉，它們就這樣被不棄而棄了，風一來，東一隻西一隻，滾動一番，風停它也停。還有幾頂漁網，皺皺巴巴地，有的貼在牆角，有的纏在樹上，一副蔫樣，最神氣的是有些院子裡耷拉著的電線，風一吹，搖搖擺擺，像個得意的海怪，可是，沒有電的電線，神氣個啥呢？這是小萬說的，他叼上一支菸，老氣橫秋地說起自己的村子來，他的村子在大山深處，還是近幾年才通的電，但有電又怎樣呢？電燈照亮的都是老頭婆婆和小孩，活潑潑的年輕人，像他這樣的，離家都老遠。你們不過是搬到江對面去了，那麼近，你們怎麼就不經常回來照管一下自己家呢？

我被他問得無話可說。這些年，我們都怎麼啦？我在忙什麼啊，我在忙著把平浪拉扯大。還有別的嗎？真的沒有別的了嗎？只不過隔著一條江，我們就把這個家忘了啊。

小萬緊連著抽了三支菸，沒等到我的回答，他的神情無來由憤懣得很。最後他嘆了一口氣，自顧自走開了，那天的晚飯都沒和我一起吃，我滿山找他，最後是在大伯子的樓房裡找到了他們，方寸婆婆給他做了滿滿一桌菜，方寸婆婆一個勁地給他夾菜，兩個人看都不看我一眼。這些天，我都忙得沒有時間和方寸婆婆一起去巡潮，她也在生我的氣了吧？方寸婆婆跟我說過，她受不了小萬身上那麼濃的「人味」，她才不要和小萬一起吃飯。那，這會兒又是怎麼了？他們倆埋頭在那裡吃菜，好像一個人長了五個胃。我倚在門邊，站得腳都瘦了，他們就是不回頭看我一眼。

在接下去修補屋頂那幾天，小萬依然賭氣不理我，就像平浪那樣，擺出一副「我和你沒啥好說」的面孔，說來也怪，這樣一賭氣，倒顯得我們比聊天時更親密些。本來嘛，人就是跟自己親密的人才會耍脾氣。況且，我們是為著「小鳥峙」在賭氣。在長白的時候，常有人問我，你是哪裡人啊，我回答說，小鳥峙啊。他們就笑。這笑的人中，也有小鳥峙人，我就和這幾個人生上氣了，有好一陣子，我都懶得搭理他們。可現在，是小萬為小鳥峙和我賭氣了，他看這小鳥峙比我還看得重啊，想到這點，也讓我心頭一暖。

—五—

方寸婆婆說，這下好啦，就是來「太子暴」也不怕了。這天清晨，我們倆如同陪伺祖母，陪方寸婆婆看了修整好的院牆和屋頂，她給我們倆的成績下了這個評語。破天荒地，這一路，她都拎著兩隻眼皮，更難得的是，平素那又冷又圓，黑白分明的眼珠，這一路，都放著暖光。繞島一圈，末了，她和我們一樣，爬到柳翠家的院牆上，依舊舉著雙手拎著眼皮，打量整個海灣。她說話了，說出這個評語之後，沉默了一會兒，她又說：「啊，我有多久沒好好看我們小鳥峙了啊。」然後，她像看到不可思議的事情一樣，指著屋頂上那些綠茸茸的青苔問：「這是什麼？」我連忙回答：「這些是瓦片上刮下來的青苔。」她嘆了口氣，放下了眼皮，說：「我說呢，我們的屋頂哪會長青苔啊。太子暴一來，它們就要全被沖走吹走啦。」

從那天起，方寸婆婆把兩隻眼皮都提了上來，天知道她用了什麼方法，反正她讓層層疊疊的眼皮回到它們該待的地方去了。她說話的調門，也變得軟和了，甚至有了和她的年紀相符的嘮叨。對這即將到來的「太子暴」，她翻來覆去，說了又說，我看著她，心裡直嘀咕，原來的那個方寸婆婆到哪裡去了？說實話，我真的不適應，我很想出聲阻止她的囉嗦，有一回，我都已經張開嘴巴了，可我的脖子像被什麼卡住了，無論如何也發不出聲音來。小萬倒是好脾氣，每回都是大睜著眼睛看著方寸婆婆的新眼睛，一臉小孩子聽故事的熱望表情。

「太子暴」是農曆十月廿一前後來的風暴，方寸婆婆要小萬相信，這風暴是龍太子出遊的儀仗，風裡雨裡，都是海中的仙和神，最榮耀的，當然數龍。她又翻來覆去地告訴小萬，所有的魚都可能是未來的龍，只要牠們肯吃苦，熬得過天火燒尾巴的痛，那就能魚躍龍門。「我奶奶也這樣，一件事情說了又說，說了又說，」小萬後來跟我說：「這方寸阿太，真像我奶奶。我想我奶奶了。」說到最後，他幾乎就是哽咽了。

「太子暴」如約前來。我們收了工，關好門窗，在風雨中靜享安寧。海灣裡白浪騰起兩米多高，外海的浪早已經竄上了天，整個海都在晃盪，擺出一副要顛倒乾坤的架式，可我們都知道，其實，它連一滴海水墜落的方向也改變不了——地心引力牢牢吸住了它。我因此而十分放心，地心引力，它當然也吸得住平浪，無論海水怎樣翻滾，平浪和他的繭也不會被拋出海去。海面上大浪滾滾，那只是龍太子的威風儀仗，海底正在張燈結彩，等著龍太子出遊歸來呢。海葵珊瑚，還有那些千奇百怪的魚，牠們都頭面燦爛，把自己弄得像天天在過節，我的平浪呢，他滿身金光，鱗片一片疊著一片，每一片都有金箔光澤，它還在長，順著背順著脖子，一片一片長上去……

下意識地，我屏住呼吸。我也沉在海底。窗外，大風呼嘯著進入海灣，被礁石和松林撕裂，撞在東牆上，嗚咽，呻吟。

方寸婆婆在屋角生起火爐，爐子口煨了幾條番薯，焦香撲鼻，等我醒覺，香味已充滿了整個房間。小萬把火熱的番薯左右手拋了幾個來回，才交到我手裡，說：「吃吧吃吧，腸胃暖了，整個人都會暖。」我撕開番薯皮，皺縮而焦黑的表皮之下，金黃燦爛，像燃燒的金箔，我小口小口地吞嚥，周身慢慢暖了過來。

風暴近黃昏時就歇了。

風暴來去之間，方寸婆婆在火爐上做出了一桌菜。這會兒，我們吃飽了，收拾好了，三個人坐在半山腰的樟樹下閒聊，身後的林子裡，鳥兒們也收起各自的腔調，湊在一起光會嘰嘰喳喳。小萬咯吱咯吱搖著他的手機充電器。他很在意他的手機，時不時摸出來看看。只有一格了啊，就趕緊充電，在那裡搖啊搖，搖半天。最近的閒聊，都是小萬起的頭，這回他說：「在電視新聞上看颱風報導，真是嚇人，真到了島上，也就那樣啊。像太子暴這樣的大風，更沒啥好怕啦！」我們聽著直點頭，就是這樣的，小萬啊，你已經變成長白人了。小萬糾正我們：「我是小鳥峙人哪。」方寸婆婆說：「對啊，就我們三個是小鳥峙人。」她朝著長白島的方向，吐了一口唾沫，算是把另外那些小鳥峙人都唾棄了。我們就都笑起來，恍惚間，小鳥峙島就是座世外仙山，它突然消失或突然出現，都是再自然不過的事情。

這一兩個月，從夏末至深秋，正是東海上最宜人的季節，我們仨過的也可算是神仙日子。這時節，螃蟹啊螺啊魚啊，飽滿肥潤，在泥塗和礁石邊捕獲牠們，唾手可得。山地裡，青菜南瓜也長得喜人。一日三餐，海鮮菜蔬，有滋有味。現在雖已深秋，山上那些松林依舊青翠，野花也仍在零零星星地開，再加上天藍得清澈，人的心境也跟著高遠起來，好像還可以去做很大很重要的事情，比如，對於我來說，是趕緊駕駛一條船，一個島又一個島，去搜尋我的平浪。再或者……再或者什麼呢？我不敢想了。方寸婆婆潑我的冷水，她說：「都四個月過去了，你想想，海水裡待四個月，還有什麼呢？在水裡你能待多久？水越來越冷，血管裡的血都會凍得越流越慢，人就越來越麻，越來越木……」

「你凍過？」

「凍過一回，就再也不想凍了，還是活著等吧……」

「明知道那樣，那你這麼些年在這裡等什麼啊？」

「開頭，我等的是老公兒子；後來，我在等你們，等你們清明來，過年來；再後來，你們來不來，我也不在乎了。什麼，非要我說出在等什麼啊？那就是在等死了。我好好活著，等著『死』自己來，不著急。」

奇怪，說到死，方寸婆婆竟那麼平和，難道等待比死還難過嗎？我凝望著眼前的海，在這片海面之下，躺著我的許多親人，有至親，有遠親，平浪要是真的也在這個海面之下，那麼，這海就跟家一樣溫暖了。本來，這海灣就是家不是？我好像多少懂得方寸婆婆剛才的話了。可是，分開了那麼久，經過了那麼多事，這家，還認我們嗎？

我們在香樟樹下一直坐到對岸的燈光亮起，最亮的是一個化工廠的燈火群，它面前的半條江就成了不夜海。遠遠近近，還有幾團稍弱些的燈光群，那是附近幾個島上的工地，小萬指指點點告訴我們那個工地裡有他叔叔的兒子，那個工地上呢，有他大姑的兒子，那裡，那裡，好多村裡的年輕人呢，過年回來後就沒聚過呢，還真想他們了。

「叫他們過來走走啊！我們家裡多的是房子不是？」方寸婆婆拍拍我們倆的肩頭說：「我們剛剛整修了一番不是？」她的手在我肩頭停留了一會兒，手心暖而乾燥，指甲剪短了。

事情就是這樣起頭的。

小萬一個一個給他的朋友們打電話，我在小鳥崎呢，你過來玩好不好啊？電話那頭大多會好奇地問，小鳥崎，哪裡有小鳥崎島啊，你不是在開玩笑吧？

方寸婆婆在一旁搖頭，怎麼會不知道有個小鳥崎啊？怎麼可能呢？我們小鳥崎很有名的啊。她挨著小萬，她的話夾雜在小萬的話裡：「一定過來啊！能帶老婆來嗎？當然能！做客當然要全家來，你們都來啊，我們有的是房子！真的，有的是房子呢！」她喊了一通，喊得臉色紅通通的，嘴角翹得半天高，鼻翼邊皺紋開花，藏在眼皮底下的眼珠子想必也都是笑意——可惜，看不到。她拍拍我的肩膀，說：「明天開始，你曬被子被褥吧，每家都有，都留著呢，每年梅雨季一過啊，我挨家晾霉，二十年了哪！你想想看，那些搬走的人，這二十年來有誰在這裡過了夜？」

我垂下頭去，愧疚又來了。

從前，誰家來客人都是大事，來的客人多了，分配到鄰居家睡，都是自然而然的事。小鳥峙的好客是遠近聞名的——實在是因為客人來得少，來一回客人，都像是過節。

這些天，我們也在準備「過節」。你說，這二十年沒洗過的被子，光曬曬，能讓人蓋嗎？方寸婆婆抱著硬邦邦的棉花胎，一條一條，掛到新修的院牆上。她提著條小木棍在那裡嘭嘭地敲打，二十年的板結啊，她使勁兒打，從東牆走到西牆，從西牆走到東牆，在敲打聲裡，唸唸叨叨，唸唸叨叨，聲音時高時低，像在數落，像在訴苦，有幾聲，倒像在撒嬌。

紅紅綠綠的被面被裡裝進籮筐，小萬來回挑了滿滿兩擔到水井，他打水，我洗，洗好了一起絞，忙了整整一天。有幾條是一入水就爛了，有幾條是在絞水的時候裂開的，有幾條是曬的時候，風一吹，就破了，那些結實的又結實得過了份，乾了後硬得像瓦片，我不停地搓揉，直到它們柔軟起來，直到我的雙手發紅發癢。

縫補是必然的事。幸虧，我在家裡留了一包針，我居然清楚地知道二十年前它們被我放在哪裡，我藏得仔細，油紙和塑料布纏了一層又一層，謝天謝地，它們都還亮閃閃的。我細密地走著針腳，從天濛濛亮到天昏昏黑，我把花與葉接在一起，把紅寶書與胸口接在一起，把鴛鴦的頸項接在一起，一直縫到右臂的經脈隱隱作痛。

於是，這些薄薄的秋被還過魂來，一條條柔軟地偎在各家的床上——自然，床也都擦洗過了，灰塵一層層的，都是十五年的時間在證明自己的存在，水換了一桶又一桶，倒掉的也都是時間。我提水桶的手就有些發軟，這些灰塵和瓦片邊緣的青苔一樣，都是自己離開這麼久的證據。真的有這麼久了嗎？

這一天真是晴天好日，風平浪靜。客人說是在黃昏時分能到。我們三個人坐在碼頭邊的礁石上已經等了大半天了，小萬一個勁地踢腳下的碎水泥塊，說，接下去我們修碼頭吧。我們倆都不敢接腔。修碼頭？這可不是修院牆和屋頂。任由這孩子自說自話吧。我們就聽著他一個人嘀咕到底該多少水泥和沙子呢，光有水泥和沙子不夠，還得有鋼筋，混凝土，還要什麼呢，他想不出，瞪著眼睛問我們，我們伸長脖子看遠方，耳朵也隨著到遠方去了。

我不知道新來的客人們會怎樣看待這個小島，他們會看到什麼呢？就這麼一個小山丘，它向大海無望地伸出兩條手臂，臂彎就是海灣，它就這樣長年累月地抱著這一彎自顧自漲落的海水，它能抱住些什麼呢？一個島該有的一切，比如一小彎沙地，一小彎灘塗，一小彎卵石灘，或者，一小片懸崖，它這裡都有，可都是那麼無依無靠，它們被無垠的大海團團圍住，客人們會說：「看哪，一座孤島！」他們也許已經在這樣嚷嚷了。孤島，這是外人給的稱謂，我們是說「懸水島」的，懸著，沒著沒落的，比孤單更難受。

船進入我們的視線，船頭上的人向我們揮舞一條圍巾還是一件外套，看不真切。我朝長白島的方向看看，有點緊張，幹嘛要這樣？讓人看見多不好！

可我沒法阻止他們，就像我沒法阻止即將發生的許多事。小萬也跳起來，甩著外套，嗷嗷地尖叫起來，我看了一下風向，謝天謝地，西南風不會把聲音傳到長白島上去。那邊的燈光已經亮起來了，這時節，他們已經吃好晚飯了，防波堤上會有人在散步嗎？方寸婆婆不像我這樣東張西望，她的臉只對著客人們來的方向，她就一點也不怕長白島上的人知道我們請了那麼多客人嗎？

很快，我的擔心也消失了，長白島上的人早把我們忘了吧，他們不會朝我們的方向張望的。大師傅，他會嗎？晚課前到防波堤上走上一圈，他會眺望這個方向的海嗎？

客人們到我跟前的時候，那杏黃長衫的身影才從我眼前消失。方寸婆婆斜了我一眼，黑白分明的瞳仁明確無誤地都是不滿，怎麼可以對客人這樣冷淡呢？我應該熱呼呼地笑著迎接客人才對。

在飯桌上，我笑得很用力，可他們說的那些話，一次次又讓我恍惚起來，笑容也就消散了。我打碎了一隻盆子，倒翻了一罐鮮菇湯，方寸婆婆別過頭去，故意不看蹲在地上收拾的我。其實客人們能說什麼呢？無非是拉雜說這一路來的情形，他們說著他們雇的那艘船——沒有正常航班到小鳥峙島，他們只好在民間碼頭雇一隻漁民的木船。

「那漁民說他對這片海熟得都能閉起眼睛來駕駛呢，他果真就閉了好長一會兒呢！」

「那漁民還說，二十年前，小鳥峙可富了，富得周圍島子的人都眼紅，小鳥峙上的女人啊，一個個打扮得像上海女人，白白嫩嫩，那時候，他做夢都想娶到一個小鳥峙女人呢！」

這漁民，哄哄這幫毛孩子們也倒罷了，乾嘛還說起我們小鳥峙女人呢？

二十年前，正當令的小鳥峙女人，不就是我們這一撥嗎？我們曾經那麼讓人眼紅過嗎？我們的父兄和丈夫用海鮮換來現錢，我們起樓房，我們置新裝，日子好像紅紅火火才開了個頭，轉眼怎麼就沒有了呢？日子，在別的地方，自然還在，按說，應該更精采吧？可是，再怎樣，落魄還好，發跡也好，總歸是和小鳥峙不搭界了。

方寸婆婆終於看我了，她盯著我看了好一會兒，指著我說：「看看吧，當年她是那一撥裡最白最嫩的。」小萬笑了，說：「真的嗎？」大家也跟著一起笑，特別是裡頭那兩女孩兒，都笑得捂起嘴巴，眼睛笑成一條縫了。

我已經很久沒照鏡子了。那個白白嫩嫩的我，留在鏡子裡。

我縮到角落裡，聽他們繼續說話。在美孚燈幽幽的火苗旁，一個男孩兒問：「既然那麼富，幹嘛要搬走啊？我們都是窮得沒法子才背井離鄉的，對吧，萬哥？」

「這裡沒有好學校。我們留不住好老師。」這是我們這些做了媽媽的人對外人解釋的理由，我在燈影裡說：「我們有些富了，我們自然希望自己的孩子會讀書，有出息。」

「有出息就是不用捕魚了，對吧？」那男孩兒問得不依不饒，「捕魚人會死在海上，對吧？」

小萬想攔阻他這樣發問，但是遲了，話起頭了，收不回了。我的新傷疤自然是一碰就疼，我抱緊了自己，方寸婆婆一頭白髮也顫抖了一陣，我們的視線跳過這些年輕人，在半空裡相依。原來苦難是需要同伴的，一樣苦，兩個人同受，這苦於我，就不是唯一的了。這一點，在這一刻，我才明白。

方寸婆婆鎮定下來，說：「照我看啊，他們不光是為了孩子，他們是想過更好的日子，這裡的生活太渺小了，留不住他們。」

「那你幹嘛不跟著去？」

方寸婆婆笑了，笑得暖暖的，「你這孩子，怎麼跟我家兒子一樣呢，事情一定要弄得明明白白的，婆婆告訴你，人和人不一樣的嘛，我的日子都在這裡，外頭沒我要過的日子。」

小萬說：「求你了，小屁孩知道什麼呀，住嘴吧，多喝點桑椹酒吧，婆婆做的呢。」

「你的日子和別人家的很不同嗎？」阿鵬嘴裡含著桑椹酒，挨到婆婆身邊，仰著臉。他挨得那麼近，他身上熱烘烘的，這些年來，從沒有人那麼近地挨近婆婆過，婆婆抖索著，把手先搭在他的肩上，試探著，又沿著脖子挪到頭頂。阿鵬配合著她，讓自己挨得更近些，到最後，他幾乎是趴在她的膝上了。

「你的後腦勺上也有一塊突起呢，和我那孩子一樣。」婆婆又轉向我：「你看看，他和阿永多像！」

怎麼說呢，我把小萬看成平浪，他們的身形上還有些相像，可眼前的阿鵬，是個小個子，細細長長的，阿永卻是高大的身架，甚至稱得上魁梧，這兩個人，怎麼可能相像呢？

可我還是點了點頭。

那一晚，婆婆和阿鵬就這麼挨得近近的，一個說，一個聽，把這二十年的日子都說了。他們說得輕輕的，大家也懶得多聽這樣的事情——這有什麼好多說的呢？也就顧自散開去打牌了，叫牌的聲音震天響，夜那麼安靜，會傳到長白島嗎？我知道這絕無可能，可還是禁不住這樣去想。只有阿鵬就這樣伏在婆婆的膝蓋上，仰著頭，雙眼都是淚光，在那裡聽啊說啊。

「阿鵬的爹和哥哥是在礦下沒的，我揣摩他大概把這些都說給婆婆聽了。」小萬湊到我耳邊說，「你看，婆婆都快把他抱在懷裡了。」

傷心人總是能找到傷心人的。

後來，阿鵬說：「婆婆，我住你家吧，不，我們回家吧。」婆婆就張大嘴巴呆在那裡了，我第一次看到了她那七零八落的牙，它們就像個島礁鏈，固定在暗紅的牙床上——原來婆婆真的是老了啊。

婆婆的屋子，我們私下裡都叫它「活墳」。方寸婆婆常活靈活現地說，一到半夜，他們爺倆就會回家來，和她一起說笑。有人真聽到過她家裡夜半說笑聲呢。漸漸地，她的家，無人敢在黃昏後登門，就是大日頭底下，也是能避則避。說也奇怪，她家牆上的爬山虎一日比一日茂盛，一層疊一層，掩蓋了屋子的四方形狀，變得圓鼓鼓的，活像一座墳。

現在，居然有人想住到這活墳裡去！方寸婆婆回過神來，也著慌了，她的臉龐燒得緋紅，連連說：「不行，不行的！我那地方，不好住人。」阿鵬說：「怕啥？我連橋洞也睡過，我還睡過墳拜台呢。」

那晚，阿鵬就抱著一條被子跟著方寸婆婆去了。我給了他一條最新的被子，被面上，是鮮紅的牡丹，大朵大朵地開著。

安頓好客人睡下後，我站在自家二樓的廊簷下，看前前後後幾幢樓房裡的燈火，原先灰黑的窗口，如今泛出奶黃色來，這情景讓我有些恍惚。小萬在幾幢樓房之間跑來跑去，把他在尺八鍋裡燒出來的熱水一瓶瓶送過去。我想著明天的早飯該吃什麼呢？在尺八鍋裡燒一鍋番薯粥吧。想到這個，我趕緊睡下，熬粥是要花功夫的，明天要起大早呢。這一覺，我睡得特別踏實，原來，人有必須要做的事，心才會踏實。

—六—

客人們在小鳥峙上做的第一件大事，就是除掉了方寸婆婆樓房上的爬山虎。他們有的割，有的拉，有的扯，碧綠的葉子鋪滿了院子，他們還不罷休，他們鋤啊刨啊挖出了爬山虎的根，泥土深處的腥味和爬山虎汁液的味道，足足兩天才散去，或許，在他們登船離開的那天，他們的手上還留著爬山虎的氣味吧。

接著，他們把方寸婆婆的桌椅板凳都扛到院子裡，挑了井水來沖刷，放在太陽底下曝曬了一日，他們本想把方寸婆婆的七彎涼床也拿出來這樣處置，但那床實在太大，那床板上精細的雕工也嚇住了他們，所以，他們只敢把床墊啊席子啊被子啊都背了出來洗曬，阿鵬說：「天哪，簡直是地底下住著，被子都能長蘑菇了。」

方寸婆婆坐在院子當中，看著他們這樣忙碌著，面上的表情，怎麼看，都是有些喜洋洋的，好像她養了那麼多年的爬山虎，就是為了今天這樣被撕扯挖刨的。

她卸下了七彎涼床的一塊板，上面雕的是小方卿趕考，送給了阿鵬，說：「你讓人估估價去，這個材質，這個做工，一整張七彎涼床值多少錢。」

「好的，姆媽。」阿鵬這樣稱呼方寸婆婆。如果非得認個親，論年紀，阿鵬應該叫她奶奶才對。可方寸婆婆眼睛裡的阿永就一直是阿鵬這樣的年紀，從來沒有長大過，她能想像的阿永的樣子，永遠是這樣的一個小伙兒。

小萬到底有些悻悻的，但也不好說什麼，也就跟著我伺候這一群客人們，他熱絡地張羅著，是個主人的樣子。偏偏阿鵬比他更像這裡的主人，因為他已經把方寸婆婆喚成姆媽了。他這麼一叫，小萬也不肯叫方寸婆婆了，否則，就是亂了輩分了，他和阿鵬，本就是堂兄弟。因為這層關係，他也不好給阿鵬臉色看，只好窩火了。不過，有所失必有所得，在這樣的情勢中，小萬和那兩個女孩子中的一個好上了。一上岸我就看出，那女孩兒的眼睛一刻不曾離開小萬，即使她看著別人，眼睛的餘光，還是跟隨著小萬。我太懂這樣的跟隨了。小萬這小小的窩火，她自然是早就看出了，她跟小萬說：「阿鵬他真是做得出哦。」她朝著她的夥伴們扁扁嘴巴，那會兒，他們正在擦洗方寸婆婆的樓房呢，提著大桶小桶，大呼小叫，髒啊髒啊真髒啊。

這女孩兒就跟在小萬後面，幫他切個菜啊遞個盆啊，和小萬貼得近近的。他們倆就這樣熱乎起來，很快，他們就當我空氣一般透明了——本來，戀人就是這樣的，全世界就是他們兩個。阿鵬在那邊熱火朝天，他們倆在這邊熱火朝天，整個島都在熱火朝天。小鳥峙好像甦醒過來，有白天有黑夜有一日三餐，有男孩子女孩子的衣服在晾衣繩上飄。當小萬和那個女孩子睡在一起的那個晚上，小鳥峙就更歡騰了。方寸婆婆黑白分明的眼睛，也看到了這場戀愛，那天晚上，她神神秘秘地過來跟我說：「要是這女孩兒今晚受孕了，那就是我們小鳥峙的孩子！」我笑了，這是哪兒跟哪兒嘛。「我有二十年沒見過小嬰兒了，真想聞聞小嬰孩兒身上的奶香啊，哎呀，小拳頭小腳踢騰踢騰，多好啊……」聽了這話，我就笑不出來了。

第二天早餐桌上，大家喝著玉米粥，吃著我做的煎餅——這頓早餐我做得特別辛苦，因為那兩個小幫手睡懶覺了，小萬說：「我和荷葉有個計劃。」他故意地停頓，直到一桌人都鴉雀無聲，他說：「年前，我們倆想在這裡結婚。」於是，先是驚呼再是尖叫，從此，桌上的話題中心就從阿鵬那裡轉到了小萬這裡，難道，還有比結婚更大的大事嗎？七嘴八舌的，結婚這樣浪漫的事情一討論就俗了，無非是酒席啊湊份子啊還要請誰啊，另一個女孩兒尖聲說，無論如何，婚紗總是要的，婚紗啊。倒是兩個當事人，牽著手躲在角落裡你看看我，我看看你，再不說話了。

方寸婆婆說：「荷葉，得要個聘禮吧？」她從懷裡摸索半天，摸出一隻銀鐲子，讓大家傳給荷葉。好沉啊，真亮啊，哎呀花紋雕得也細緻啊。傳了一圈，鐲子才到了荷葉跟前，荷葉推辭起來，說無功哪能受祿啊，方寸婆婆說：「拿著，論起功來，小萬修牆鋪瓦，功勞大著呢，一個銀鐲子算什麼啊？」一句話，說得小萬眼眶都紅了。

方寸婆婆繼續說：「這裡啊，我最大，怎麼結婚，就聽我的吧。第一要緊的，是把兩家的大人都請了來，最好是親戚們也請了來，我們這裡有的是房子，對吧？熱熱鬧鬧，才是結婚的樣子啊，婚紗呢，你們自己想辦法去，旗袍呢，我箱底裡還有兩件，讓你們香君姨改一下，就成了。吃的，喝的，燒的柴火，還有兩個月，我們好好準備，也是來得及的。」

這事情就這樣越鬧越大了。

客人們走了，帶走了方寸婆婆給他們的任務，比如阿鵬，他分到的就是把那塊床板出賣，賣得的錢，買婚宴用的好酒。「鑲象牙噴金粉的，只要外面還是人的世道，這床板，就有人會出好價錢。阿鵬啊，你千萬留個心，可別賤賣了！」方寸婆婆說著這些的時候，神采飛揚：「當初，我從象山港把這七彎涼床裝了來，我可是花了老價錢的啊！」這塊面板，用床單裹了一層又一層，阿鵬抱在懷裡，就是和我們揮手作別時，他的另一隻手還把它緊緊護在胸前，方寸婆婆在我耳邊說：「你看阿鵬這孩子，多實誠，多熱心，跟我們家阿永一模一樣！」我這才明白，原來，婆婆看到的是外形之外的相似，她的兒子，我家船上的雇工阿永，確實是這樣的，把人家託付的事情看得比自家的還重。是海龍王缺少得力人手，他才忙著把阿永啊平浪啊都叫去吧？

那天以後，神采飛揚，就一直是方寸婆婆的表情。籌備婚禮這件事，就跟我這些天每天必須準備的飯菜一樣，實實在在。連她的視線，也有了堅定的方向，一改往日裡晃晃悠悠神神叨叨，一切都有了目標。我們之間，終於有了「將來」可以談論。船廠開始忙碌了，船主們要趕在帶魚汛前把船修結實，小萬猶豫了幾天，還是回去了。婆婆也趕他走，她說，一個大男人，就得掙錢養家，你這樣和我們待在一起算什麼呢？我呢，大概對他說了足足三遍，千萬不可以和他們說在這裡結婚的事情，就是來過客人這回事，也還是不要說的好，記住了啊。

小萬知道我說的「他們」是誰。我們三個，已是同謀了。

小萬雖然走了，但因為他的到來而漸漸組成的家卻沒散，我和方寸婆婆一日三餐還是在一起，在屋子裡，坐在桌子旁，像模像樣地對坐著吃，商量著婚禮的種種細節，聽著海——潮頭打在礁石上，如鐘擺的聲音。我們傾聽著這聲響，時間就在海天之間走著，一天一天走向一個目標。黃昏漲潮的時候，我們聽著，知道海水在小口小口地吞沒我們的小島，如果它一時興起，來一大口，那我們也能在水底下了，那我們就不用再在岸邊巡潮了。在靜默對坐中，我們的心思好像也歸到一處，直到夜色吞沒我們。即使在黑暗之中，方寸婆婆的眼睛依然是急切地亮，因為急切，她甚至開始擔心：萬一那對小戀人反悔了，不結婚了，怎麼辦？

有時候，我說，哪會呢？鐵板釘釘的事情！看他們好得一個人似的呀。有時候，我也會跟著擔心起來。

平浪的大伯還是十天半月地來，可我已經很久沒去碼頭等他了，他倒也不急，邊將船靠岸邊敞開喉嚨喊：「平浪他媽——」整個海灣就都是他的回響，慢悠悠點上一支菸，坐在船頭，等我到。他為什麼不上岸呢？都到自己家門口了，他怎麼就不上岸呢？我們新修了院牆，我們翻整了屋瓦，他都不想上來看看嗎？他打量小鳥屿，就像打量一個墓園吧？一幢一幢的樓房裡埋葬著舊時光。他只要坐在船頭，遠遠地憑弔一下，就可以了。

我很想告訴他，很快就要有一件「活」的事情要辦呢，我們要張羅一個婚禮，你想想看！

可我沒法跟他說這些，我只能說，幫我把家裡的煤氣灶和煤氣罐帶來吧，麻煩你把煤氣罐送煤氣站去充滿了，滿罐拿來。他驚訝得把沒抽完的香菸扔海裡了，他說：「難道你真想長住下去啊？」我把錢一張一張數給他的時候，他又說：「大師傅來問過你了，他說香燭攤你要開你就來開吧，真不行，開個小雜貨鋪也行啊。那麼，這個煤氣罐，你真的還要去充滿嗎？」

我的心剎那間回到長白，在杏黃色的廟牆之前，我攤開四肢貼住牆面，似乎我就可以這樣穿牆而過，無形地站在他身邊，跟隨著他。無形地跟隨，這就是這些年我對他做的事情，即使此刻，這樣遠離著，我不也一樣在跟隨他嗎？他要的，就是一個「無」吧？他要在「無」中靜養他的舍利子，我，除了無形無影的跟隨，還能有什麼呢？

我說，要的，把煤氣充滿吧。於是，隔了幾天，一個風平浪靜的午後，大伯把煤氣罐和灶頭都送來了，一起來的還有小萬和他的大口袋，還有他的女朋友。「你們給這孩子施咒語了吧？剛修完一隻船呢，他就忙不迭要來。」大伯還是沒上岸，匆匆就走了。難道他真的沒看出整修之後，這個島已經新了一點嗎？再有，方寸婆婆那幢活墳已經不見了，他也看不到嗎？如果他連這些都不在意，我還那麼小心幹什麼呢？他們對小鳥峙，根本就視而不見嘛。

大伯的疑惑也是我的，難道小鳥峙對小萬真有某種魔力嗎？或者，他已經知道了我們的擔心，預先要把他的新娘寄存在這裡？

「我是小鳥峙人了。在長白，我天天想著這裡。」

「在這裡我們好住寬敞的樓房呢。」荷葉說：「他在長白住的，那只能算個狗窩。他能不想著這裡嗎？」小萬嘿嘿地搓著手笑起來，十足一個怕老婆的丈夫。

我和方寸婆婆對望一下，笑了，看來，我們不用擔心他們變卦了。

他們帶來了三罐藍色油漆，說是想把新房刷成這樣顏色。新房到底應該在哪幢樓呢？小萬說：「就我住的那幢吧，我們住習慣了，不要換來換去了。我爸媽來，也跟著我們住。」

「新娘要另外住一幢的。」方寸婆婆想得仔細：「不要住太近，總得在路上放幾個鞭炮才熱鬧，太近了，連放個二踢腳都來不及。」

我很想說，不要放鞭炮了吧？但我終於沒說。或許，「他們」不會在意的，「他們」的眼睛和耳朵，早就不對著小鳥峙了。

婚禮的準備，就這樣細細密密地進行了。小萬住了兩夜，就用手機聯繫了平浪的大伯，讓他出船的時候順便來拐一下，把他捎回長白去。他把新娘留下了，留下布置他們的新房。小鳥峙上沒有商店，我們只好一家一家地翻箱倒櫃——二十年了，還留在箱子裡的東西，誰還會再要啊？集合了十幢樓房的窗簾，我們給新房裝上了窗簾，我們甚至做出了椅子墊，桌布，這些花花綠綠，遮蓋了桌子椅子上的蟲洞和裂縫，還有劃痕。我們還找出了好幾幅貝雕畫，都是兩米多長一米多寬的大尺寸，用玻璃和黑木框裝幀好的，上面用紅漆寫著祝賀新居落成之類的話，那是我們那些年熱火朝天一幢接一幢造樓房的遺物，你家送了我家貝雕畫，我家再送你家貝雕畫，配上火紅的對聯，每家的堂前高高地掛起，看上去就是個紅火的富貴人家。

我們鏟掉了那些紅字，用布擦得一點痕跡也不留，在牆面上高高低低地掛了起來。這當中，荷葉又乘平浪大伯的船回了長白，和小萬一起進了城，拍了一張婚紗照，牛皮紙包得密不透風地帶了回來。

婚禮上到底穿不穿婚紗呢，荷葉和方寸婆婆商量了大半天，最後決定還是不穿了，婚禮就紅紅火火地照我們小鳥崎的老規矩來，新娘子就一色地穿紅吧。方寸婆婆讓我在旗袍裡襯上棉花，其實，也就是件棉袍了。紅色的緞面和棉花，都是拆了一條秋被做成的，方寸婆婆壓箱底的旗袍，到底她沒有拿出來，不知是不捨得的呢，還是終於想到了我們是不祥之身。

一日一日，事情越來越齊備了，方寸婆婆也越來越興奮，她開始數客人到的日子，還有十天，還有九天，一天一天倒數下去。她盤算的還有酒，「要一醉方休呢！」方寸婆婆是有好酒量的。「阿鵬能換到酒嗎？」她問我好幾回，我說：「那可說不準。」說不準的事情算不了數，於是，方寸婆婆架起了大蒸籠做起了番薯燒酒，起了這個頭，就停不下來了，她不知從誰家找出了一副石磨，「我們做年糕，做團子，做豆腐。」為了這些，我又讓大伯子帶來了糯米、紅豆和黃豆。「你們兩個能吃那麼多？」大伯子問得沒心沒肺。我什麼也沒跟他說。我真的不知道，要是他看到他的樓房如今成了婚房，他會怎麼想怎麼做。我們的新娘荷葉天天在伺弄那幢樓，原來荷葉還做過漆匠的，帶來一整套的膩子粉啊石膏啊木砂石砂，上到二樓的內台階，漆成藍色的了，門窗的棕色上又都加了層清漆，毛糙的一幢樓一日日細膩起來，細膩得我都不敢把腳踏進去。不知又從山上的哪個角落，荷葉移來了一株茶花，儘管現在不是移植的好季節，茶樹還是活了，每天都有茶花開，每天都有茶花落，院子的那一角，就有些落英繽紛的意思了。

看她活潑潑地忙碌著，有時候，我就恍惚起來，好像這孩子天生就是在這裡長大的。讓她試穿紅棉袍的時候，我問她：「荷葉，你們那裡產荷花嗎？」

「我們那裡哪有荷花荷葉啊，沒有才想有嘛，爹媽就給取了這個名字。我一心奔著荷花荷葉來你們這裡的，我住了一年才想明白，大海上不長荷花的，我上當了啦！」

是啊，我的平浪，不就是想著永遠風平浪靜嗎？那是不可能的。想要平浪，結果，死於大浪。慢著，我在說什麼，死嗎？

那是我第一次說到平浪的死。平浪死了。死了。我提著紅棉袍的袖口，忍住了眼淚，試嫁衣的時候，不能見眼淚的。

不能哭，明天，客人們就要到了，有一大堆的事情在等著我呢。我有很多必須要做的事情。在一個你有許多必須要做的事情的地方，你才活著。

一七一

消息傳來的時候，我們都不相信。

「整整一船人呢，少說也有二十個，在西碼頭包了船去的，說是去吃喜酒，還帶著嗩吶呢。」

「真的是去小鳥峙嗎？」

「千真萬確。」

於是，我們互相打電話，打手機，發信息，說的都是同一件事情，我們得馬上回小鳥峙！近年闖，在外讀書的，打工的都回來了，長白島正是人丁興旺的時候。轉眼之間，在碼頭就集中了一船人了。這船，不是平日裡在長白江面對付的豆殼船，正正經經是出發遠洋的大鐵船。

船行到江中間，我們聽到了鞭炮聲，嗩吶聲，冬季的西北風把這些聲音往太平洋上吹，所以，那些膽大妄為的外地人才敢在我們眼皮底下這樣大張旗鼓吧？我們船上的一些老大已經在憤慨地用書面語罵這些外地人了。平常，我們才不用這些文縐縐的詞呢，只有在要緊的場合，我們才動用它們。有些想得長遠的，說，是不是這些外地人知道我們小鳥峙要開發了，特地來住上霸著，再讓政府發他們遷移費？很快，就有人回應他：你腦子進水了吧你？又有些喜歡回溯的，特別幾個經歷過上世紀武鬥的老大，他們說，這些外地人，他們這不是在搶占我們的革命堡壘嗎？年輕人就哄笑起來：什麼堡壘啊？還是女人們想得實在：天知道他們把我家折騰成什麼樣了啊，這些天殺的！

不管怎麼說，船還沒靠岸，船上就滿是火藥味了，不過，節慶的時候放鞭炮，不也是一片火藥味嗎？我們不確定，我們登船以後，該怎樣和他們面對，對這一點的好奇，也讓我們對登岸充滿了急切。可事情總是越急越糟糕，一心急，我們居然沒算對潮水，潮只漲到一半，這個水位，豆殼船能靠上去，這大鐵船可不行。我們急啊，只好又打電話從長白島借了兩隻豆殼船來。我們從舷邊放下繩梯，一個一個小心地從大船下到小船，從沒有用過繩梯的女人怎麼也不肯下來，她們就待在船上等潮水漲滿海灣。

男人們除了大副留著，其餘都上了岸。嬉鬧聲起哄聲，空氣中酒的味道，柴火在噼噼啪啪，有兩根煙囪上炊煙裊裊，天哪，這不是我們的往日場景嗎？

平浪的大伯在人群裡唸叨著，這怎麼可能呢，這怎麼可能呢，我剛剛來過的啊，我怎麼沒看到！說這話的時候，他已經看到自家那幢已經變得耀眼又細膩的樓房了，緊接著，他又看到了方寸婆婆除去了綠色爬山虎的樓房。這怎麼可能啊？他說得很大聲，他怕說得不大聲，人們就會把他當同謀。

我們到的正是時候，新娘子正走在麻袋上，麻袋顯然不夠鋪路，前頭就有小伙子麻利地從新娘子的身後翻到身前，我們知道，這麻袋的寓意是「代代相傳」，可是，這些外地人，他們在我們的小鳥峙「代」什麼「代」呀？

我們看到了方寸婆婆，她也像是從很早的光景裡走出來的，一頭白髮梳成了髻，穿著件暗紅色的棉袍，還有，一雙丁字皮鞋，這是她多久遠的打扮了？方寸婆婆一抬眼就看到了我們，馬上就笑著和我們招呼：「哎呀，你們來了呀！」好像我們說好了要來的一樣，好像她就是在等我們一樣。

平浪的大伯衝她喊：「方寸婆婆，我一趟一趟地來，你們怎麼就不告訴我啊？」他是那麼委屈，聲音都碎在風裡了，尾音都顫抖了。

「年輕人，你一趟一趟地來，怎麼就不上岸來看看我呢？你不來看我，我又怎麼告訴你呢？」

這個被叫做「年輕人」的五十多歲的男子就更委屈了，他滿場找香君，可怎麼也找不到。也許，香君早就打定主意，如果出現這個場面，她就絕不現身。香君是會這樣做的，她從來就是這樣迷迷糊糊，她總是不能把事情說得很清楚。要不然，她怎麼會不告訴他這些事情？對了，暗示，可能有過，他來的時候，她總是不斷回頭看身後的那些樓房，她好像希望他看到些什麼，他總是懶得看。這個女人，她怎麼就不會把話說得明白些呢？他也害怕和她多說話，每回面對她期待的眼神，他就很害怕，難道她真的還在等他帶回來平浪的消息嗎？

他抽抽鼻子，他總不能當著大家真的哭起來吧，他就不說話了。自己的樓房，被別人用作新房了，新得他都不敢認了。幸虧他老婆被潮水阻在船上，要是她看見了，她是饒不了他的。

方寸婆婆示意翻麻袋的繼續翻麻袋，吹嗩吶的繼續吹嗩吶，她自己走到這群男人面前說：「讓孩子們在這裡熱鬧，你們到我家去坐一會兒吧！有什麼話，和我說。他們都是我請來的客人呢。」

去活壙嗎？

人群中有人輕輕嘀咕了一聲，沒有人肯挪步。男人們開始張望海面，潮水已經漲得足夠高了。

女人們出現了。她們尖聲說話的聲響比她們的身影早到了，她們在主幹路上分手，各自進入葉脈一樣的小路，她們先衝進自家的屋門探了個究竟，於是，尖叫聲此起彼伏，這尖叫聲裡就都是怒氣了。所以，等她們氣勢洶洶地衝到方寸婆婆面前時，方寸婆婆的面色終於也變了，她的嗓門也尖起來了，她說：「你們叫什麼叫什麼！都是你們不要的東西，這被子，這窗簾，這樓房，這海灣，這個島，你們早就不要了的！你們叫什麼叫！」

阿鵬站到她身邊，攬住了她，低低叫了聲「姆媽」。耳朵尖的女人們聽到了這聲叫喚，她們就更不依不饒了，她們說：「方寸婆婆，你認了個孫子輩的做兒子，我們也不好說什麼，可你不能把我們託付給你的家隨便交到外人手裡糟蹋啊。」

「說清楚一點，什麼叫糟蹋了？」阿鵬抬起頭，說得一字一頓。

小萬出來打圓場，說：「叔叔阿姨啊，說話不要難聽嘛，我都幫你們修了院牆，整了屋瓦，這你們總看到了吧？我們只是住住你們的房子啊，我們又沒把你們的房子怎麼了。」

平浪的伯母剛從他家嶄新的樓房裡出來，她饔聲饔氣地說：「好啊，我要裝修，也得我請你吧？你問都不問我，就這樣把我家塗抹成一片藍汪汪算個啥？」

她面上的神色，是惱火的，可這惱火裡，她又有些喜滋滋的。她已經看到了，整個小鳥峙的精華，如今都在他們家了。但是她必須惱火，她不能讓人看出她的喜滋滋。可是平浪的伯父只看到了她的惱火，他就對著小萬大吼了一聲：「你個崽子，我把你送來，不是叫你來這麼折騰的！」

這就讓人委屈了。小萬當場抹眼淚了，想想自己的新娘子正看著呢，他就又放下抹眼淚的袖子，可是，他的肩頭在一抽一抽，誰都看得出他哭了。

方寸婆婆的身子仍在顫抖，這顫抖也傳到阿鵬身上了，他擼起毛衣袖子，露出裡面的刺青，他說：「折騰了，又怎麼著？」

「他們早就不要這裡了。」方寸婆婆止住阿鵬，「讓他們走吧。」

「你們聽到沒有？走啊！走啊！」阿鵬已經走到廊下，提起了小萬劈柴的斧頭，在手裡漂亮地顛了一下，或許，他只是隨手這樣顛一下罷了，可是，這一顛的後果是嚴重的，兩邊的男人們就扭著打起來了，他們都嚷著，打人啦打人啦。阿鵬的面上當即就挨了一拳，眼看著第二拳就要來了，他在猶豫著要不要舉起手中的這把斧子。

香君就是這個時候出現的，她一把奪過阿鵬手上的斧子，大聲吼著：「小鳥峙人，小鳥峙人！你們在幹嘛？你們還把自己當主人？！哪有這樣待客人的？」

小鳥峙人。我們有多久沒有這樣叫自己了呢，我們被這個陌生的稱呼震住了。我們真的在把自己當主人嗎？如果我們篤定自己是主人，我們又何必恐慌呢？他們只不過是我們的客人。難道，我們已經不把自己看成主人了嗎？

暮色已經下來了，小鳥峙面目模糊，萬物單只剩下輪廓，就像我們的記憶。

點上燈吧，把樓房都點上燈吧。平浪的伯母第一個開開心心地說話了：「剛才還沒拜堂呢，快去拜堂吧，哎呀，別讓客人們在外頭凍著呀，我們快進屋吧！」她在角落裡找到了小萬和他的新娘，賠了許多好話，把他們勸進屋了。新娘新郎就位，中斷的婚禮繼續進行，可是，嗩吶吹得再響，也聽不到喜慶了，怎麼聽怎麼蒼涼。

「不過就是借我們的地方結個婚嘛，我們怎麼這麼小氣啊？」人群中有人回過神來。「哎呀，差點出人命了啊。」人群中有人又想製作傳奇。「要是潮水全退完了，那我們今晚就回不去了。」人群中有人回到了現實。

於是，我們回到大船上，只有平浪的伯母留下了，她說她要好好賠罪，張羅客人們。平浪的大伯已經看出了，這是她想多看一會兒自己的新樓房呢。其實，我們也都看出來了。

船開出海灣的時候，樓房裡都點起燈來，雖然是燭光，卻也足夠把一幢樓房與另一幢分別開來。我們的樓房啊。人群中有人這樣大聲感嘆。

「剛才怎麼沒見到方寸婆婆？」

「她被她那乾兒子扶自己家去了，這回啊，她氣得不輕。」

「她本來就夠會生氣的。」

「剛才聽他們說哦，方寸婆婆交給她乾兒子一塊床板，讓他賣掉買好酒，那孩子外頭問了一圈，說是貴得他不敢賣，又拿回來給婆婆了。他自己掏錢買了酒呢。這孩子是個好孩子。」看來，我們中已經有好幾個人和客人們聊過天了。

「明天我們也送點禮過來吧，豬肉啊羊肉啊，我看他們缺這個。」於是，我們開始在回程的時候討論明天的禮物，給客人們的，給新娘新郎的，七嘴八舌，主意很多。

第二天，香君電話來了，她要我們帶別樣的禮物，「你們能帶些小孩來嗎？越小越好。婆婆有二十年沒見過小嬰孩了呢。她看到小孩子，保準開心了。」

暖陽高照，風平浪靜，再沒有比這更適合回家的日子了，我們一船的人說說笑笑，帶上了大魚大肉，帶上了鞭炮煙火，還有一船小孩子的哭聲，笑聲，奶香，尿騷味。我們又走在記憶裡了。

方寸婆婆看到孩子們的時候，她瞪圓了眼睛，她拍手跳腳，高興得像個發嗲的小姑娘。她辨認著孩子們的臉，啊呀，這個長得像福全呢，這個活脫脫就是滿翠嘛，這個又像誰呢……她半蹲著，抽動著鼻翼，她想把鼻子伸到嬰孩的後脖子上，半道上又停住了，她就那樣央求地看住我們。我們說，沒事，湊近點啊，你聞吧，聞吧。

看到最後，她說，這可真好。過了一會兒，她又說，這可真好。在午飯桌上，她還是在說，這可真好。她喝了好幾杯糯米酒，那是我們用長白島上的糯米和水釀的。她大聲地對著忙碌來忙碌去張羅我們吃飯的香君說，這才是過年哪，兒孫滿堂！香君，這才像過年哪！

那一天，是我們二十年來在小鳥峙上最長的停留，我們很快就把方寸婆婆忘在一邊了，我們走過松林，爬過海灣，攀上礁石，拜過祖上的墳，我們和孩子們講，我們是小鳥峙人。

方寸婆婆倦了，坐在她的藤椅上曬太陽，曬著曬著，她就睡過去了，這一睡，再沒有醒來過。我們猜想，她是聽著孩子們的笑鬧聲睡過去的。整個小鳥峙都被孩子們鬧翻天了，他們在山路上飛跑，在樓房裡藏貓貓，他們把院子裡的廢匾當飛碟扔，他們還敲碎了兩隻盛天落水的大缸，他們在地板上抽陀螺玩，沒有一個大人跟他們說這個不行那個不行，就連抱在手上的孩子，也被帶動得舞手踢腳，呀呀尖叫……

二〇一四年
《當代》文學拉力賽獎

白鴨

—艾瑪—

艾瑪，本名楊群芳，一九七〇年生，湖南澧縣人，現居青島。法學博士，曾做過高校教師、兼職律師，現為山東省簽約作家。二〇〇七年開始小說創作，曾獲首屆茅台盃《小說選刊》年度排行榜獎、山東省第二屆泰山文藝獎、第三屆蒲松齡短篇小說獎、第六屆中國作家鄂爾多斯文學獎等，有多篇小說被各類選刊、年選轉載。著有小說集《白日夢》、《浮生記》。

—上—

通判大人後來一直記得，他初到氣候濕熱的C城時的情景……他命人勒馬停車，然後用一把白絹玉骨山水畫折扇，挑起車上天青色薄紗的簾子，隔著一條護城河打量C城。

C城一如他料想的樣子，灰撲撲的屋瓦上方，是霧濛濛的天。

通判大人到C城赴任的那天，城裡的富商大賈精心準備了為他接風洗塵的盛宴。通判大人風雅的名聲比他本人先行一步到達C城，宴席上為通判大人準備的洗手盤裡漂著一朵晨露未乾時採摘下來的梔子花，擦手的錦帕上用複雜的摻針與不同色階的絲線繡著翻捲的五彩祥雲，宴席上的每款珍饈都有一個饒有趣味的說頭，C城最負盛名的歌姬懷抱琵琶坐在珠簾之後，準備為通判大人一展美妙歌喉。身為從五品文官的知州大人，為了表示對卸任正五品左春坊右庶子之職來C城屈就正六品官階的通判大人的歡迎，特地穿戴整齊，帶了一隊衣冠整肅的隨從，去城外恭候通判大人的馬車。不過，知州大人撲了個空。載著通判大人和他的家眷的車隊，已先行一步駛入了修葺一新的通判府，一個面容姣好的得力親隨，手持通判大人告乏的親筆書信來拜謁知州。三天後，由通判大人從京城帶來的廚師主理的家宴，還有兩罈御賜美酒恰到好處地慰藉了知州大人和豪紳們的失落。不久，關於通判大人外表的俊雅以及他不好接近的傳言在C城的官紳階層流傳開來。

通判大人也漸漸聽聞了這些傳言。

初到C城，通判大人選擇深居簡出，靜候人們對他的好奇淡下去。通判大人知道，無論人們的好奇心多麼強大，一成不變的事情總是能輕易將之消解。來到C城後，通判大人少有宴樂交遊，平日裡通判府總是大門緊閉，每隔兩天，通判大人就搖著那把白絹玉骨山水畫折扇，坐在掛著天青色薄紗的涼轎裡去衙門與知州共簽文書。一路上，通判大人看到的人情風物與京城有著極大的不同。因為炎熱多雨，C城麻石鋪就的街道總是濕漉漉的，空氣裡瀰漫著梔子花的甜膩香氣，百姓灰色的屋瓦上遍布鳥雀的糞便，而藤蘿順著石砌的矮牆漫牽，處處葳蕤一片。男人們大都短衫赤腳，他們矮小結實、異常靈活的身軀讓通判大人驚奇不已。婦人們身材瘦削，皮膚白裡透出青色，烏黑的發髻上簪著隨處可見的野花，眼神粗野而大膽。孩子們則像初生的野馬般不知拘束，他們在人群裡竄來竄去，大呼小叫，偶爾也會被失去耐心的大人們揍得鬼哭狼嚎。看到通判大人路過，喧鬧的人群會一下變得安靜起來，大家相互推擠著讓出一條路來，人人好奇地立在路邊，汗津津的脖子前伸，肆無忌憚地往涼轎裡張望。沒有人攔轎喊冤，衙門門口的大鼓上也滿是塵埃。C城百姓嗜好辛辣刺激的食物，看上去也像缺乏些教化，但似乎鮮有鬥合爭訟，顯得十分太平的樣子。通判大人也曾赴過知州大人的夜宴，通判大人看到的知州大人，性情爽直，善飲，好狎歌姬，與他人無異。通判大人不免疑心聖上的多慮。聖上曾用一把象牙折扇指點著帝國疆域圖上東南角的這一隅，說：「朕即位六年來，此處從無憂報……」通判大人的曾祖父做過先皇的帝師，餘蔭惠及，通判大人曾於年少時入國子監，陪還是太子的聖上讀過一段時間的書。出於對聖上的了解，通判大人立馬悟到C城多年來淡淡的「太平」二字已使勤政的聖上不安。國事大約如常人的私情，是聖上最幽深的隱私。C城多年的太平二字讓聖上覺得不被需要，甚至生出了要失去這片疆土的擔憂。這擔憂似隱疾，滿朝文武，除了通判大人，聖上又能向誰提及？

通判大人認為自己此生最大的使命，就是替聖上分憂。

通判大人自知無甚大的才華，因而在仕途上亦無大的志向，多年來安心於左春坊右庶子的閒職，偶爾應詔入宮，陪嗜好收藏玩賞書籍的聖上鑒賞珍籍善本解悶。聖上每得了某孤本秘籍，必召通判大人一同賞玩。他們在一塊聖上親手書寫的「天祿琳琅」的牌匾下，共同消磨了許多好時光。通判大人看到的聖上，是那些每天要上早朝的重臣們永遠也無從知曉的。通判大人無比珍惜。英明的聖上也沒有虧待他，左春坊右庶子歲俸一百六十兩白銀，但聖上每年給他的賞賜，倒比那些正一品大員所得要多。通判大人出身世家，並不會把金銀當個什麼，他甘願放棄掉遠大前程，是因為他知道聖上有一種孤獨，是治國平天下的大臣，還有後宮的三千粉黛都無法慰藉的……通判大人和聖上都曾有過年輕的時光，出了國子監，年輕的通判大人如魚歸水，呼朋引伴，踏青遊，醉扶歸，更別說中秋月照花林，上元夜來闌珊……每一場熱鬧都是笙歌徹夜，燈火連宵，左粉白右黛綠，微醺裡把多少香豔詩詞歌賦作了。一個太平盛世裡世家子弟的青春，怎麼過都不能說是虛擲。而尊貴的聖上呢，卻身陷在那寂寞的金瓦紅牆之後。多少回，年輕的通判大人從陌生的紅綃帳裡醒來，想到那修長的著杏黃四爪蟒袍的孤寂身影，心裡就會生出一種無法言說的憐惜。年輕時的通判大人也曾希望有不平凡的一生，幼而學，壯而行，上致君，下澤民……如今，通判大人蓄起了一把盈盈一握的美髯，偶爾獨處時憶及這些，會有不易為人察覺的拈鬚一笑。通判大人後來明白，致君澤民是分憂，而進宮陪聖上把玩古籍秘本，也是一種分憂。當然，來濕熱的C城，就更是分憂。

通判大人那掛著薄紗的涼轎在C城的街道上走過十多個來回後，C城的百姓恢復了往日的從容，他們忙於買進鬻出，不再擁擠在道邊往大人的涼轎內張望。人群散開後的街道就像一條瘦下去的河，通判大人看到了袒露在街道兩邊的茶坊酒肆，米店肉鋪，漿衣婦與苦力男，行腳僧與相術師，絲麻絹紗與珠寶香料，油鹽醬茶與香燭紙馬……著薄綢長衫的紳士倚著茶樓的欄杆，一邊打量市井一邊聽賣唱的少女咿咿呀呀唱著小曲；採買的婦人忙著討價還價，無暇去扶已歪倒散亂的發髻；趕馬車的車夫手握長鞭，技藝高超地用鞭梢擊打馬背上的蚊蠅……通判大人來到公廨，與知州大人共簽的文書堆在朱漆案頭，大多是錢谷、戶口、賦役之類，責罰分明的文書不聲不響地從案頭流過。衙役們無所事事，摟了油黑錚亮齊眉長的水火棍在陰涼的公堂下打著哈欠……而公堂外蟬鳴悠遠，景象太平。

一日，通判大人到了公廨，與知州大人寒暄了一陣後，通判大人對知州大人說道：「大人治下有方，去年的洪水，距C城百里的木城毀田千頃，人畜傷亡無數，C城三縣，十九萬八千人丁安好，在下佩服得緊啊。」知州大人手裡托著一把小巧的金胎掐絲琺瑯仙鶴紋鼻煙壺，笑了笑，起身走到窗邊。知州大人看著窗外，兩手抱拳衝頭頂一側舉了舉，道：「聖上福澤庇佑，老天亦顧念C城百姓。」通判大人看著知州大人的背影，不由點頭。共事一月有餘，知州大人晝決公務，事不留庭；夜則宴飲，鬥酒不醉……想來勤勉、強幹，皆是百姓福音。通判大人素來不喜歡那些一本正經、假模假式的命官，他們總是戴著張正人君子的面具，從不顯露一點兒真性情，就像通判府紫藤架下的那口老井，望之洞黑如墨，深不可測。通判大人簽著文書，愉快地想，知州大人即便不是召父杜母再世，至少也是恪盡職守的，到時，按約上給聖上的秘制匣裡大約也只能書寫平安二字了，若果真如此，豈不是國之幸民之幸哉！

「C城百姓知禮守節，是聖上最忠實的子民。」知州大人轉過身來，指著通判大人的案頭，道：「諸如此類鬥毆惡案，並不常有。」

通判大人順著知州大人手指的方向，側過頭去一看，只見那堆文書邊上擱著薄薄的一冊案卷。通判大人拿過來，乃是一份C城轄下合縣命案的審結文書。通判大人翻了翻，案情很簡單，合縣男劉流兒與羅友文因口角生嫌，劉流兒尋機懷揣尖刀，尾隨羅友文到僻靜處，將他亂刀捅死。縣主判曰：審得凶惡劉流兒，洩憤行凶，俱皆招出，極刑大辟，處決秋時。

通判大人看審結日期，乃是自己抵達C城的同一天。過了一個多月，才送到州府……或許是在州府壓了一個多月？通判大人心生疑惑。通判大人也曾熟讀過幾本前人的斷獄佳作，《洗冤集錄》、《秘冊匯苑》、《折獄龜鑒》……知道獄事莫重於大辟、大辟莫重於初情、初情莫重於檢驗之理。通判大人於是翻開那案卷查看檢屍格目。正兇劉流兒年甫十六，身高六尺二寸，羅友文四十有三，身高七尺五寸，兩者年齡身高相差甚巨。但據驗狀所載，死者羅友文全身傷如披鱗，竟多達二十餘處——看上去非一人所能為。通判大人沉吟了一會兒，把案卷放下，起身對知州大人道：「昨夜雨擊屋瓦，聲如飛瀑，一夜不曾安睡得，今兒竟覺頭痛不支，下官先走一步，待來日再理。」

知州大人起身恭送，道：「無妨。」

通判大人出了公廨，上了涼轎，喚那面容姣好的年輕親隨近前來。通判大人問道：「你日日在茶樓酒肆進出，可知那合縣有何出產？」

那親隨施了個禮，道：「回大人，合縣多崇山峻嶺，地多瘠薄，所產不豐，唯有水好，故出得好酒，名喚玉泉。」

「酒?!」通判大人搖著扇子，笑了。通判大人道：「極是，在知州大人家飲過幾杯的，口感清冽，回味綿長，比得上宮用美酒。過幾日是小夫人的生辰，明日你到帳房去領取銀兩，去合縣買幾擔上好玉泉酒回來。」

那親隨自是領命不提。

過了兩日，通判大人再次到公廨，命人從獄中提出劉流兒復詢。衙役們鷹拿燕雀般，將戴著長枷扭鎖的劉流兒提到了堂前。通判大人一看，只見那劉流兒跛著一足，人格外瘦小，鎖在枷板上的手和腦袋都是細細小小的，像是自小不曾吃過飽飯的樣子。人往堂前一跪，只得小小一團，彷彿還沒有枷鎖重。通判大人曾在京城的大街上見過衣衫襤褸的乞兒，也曾在災荒年月路遇羸弱不堪的飢寒流民，他們卑微如帝國的塵埃，通判大人何曾多看過他們一眼？而此刻，跪在大堂之下的這個小小賤民，卻像一個令人畏懼的衡器，似乎就要道破帝國良心的秘密。

通判大人打量了劉流兒一陣後，問道：「足有何疾？」

劉流兒答：「回大人，生來跛足。」

通判大人又問：「你如何殺了羅友文？」

劉流兒滔滔汩汩，從頭到尾講了一遍，所述竟與案卷所載分毫不差。通判大人又命他重述一遍，依然是不錯一字。

通判大人笑曰：「何其熟練也！」

通判大人搖著扇子，將那劉流兒好一番打量。通判大人又問：「為何捅他這許多刀？」

劉流兒答曰：「恨極。」

「羅友文乃一米商，與你有何嫌隙，竟恨他至此？」

「回大人，小人曾去他米店門首乞討，羅友文為富不仁，不但不給小的粒米施捨，反驅使惡狗追咬，故此恨極。」

「你去過他的米店乞討？」

「小的不敢誑大人。」

「那米店開在合縣何處？」

劉流兒支支吾吾，竟不能答。

通判大人拍桌怒喝：「大膽刁民，竟敢欺瞞本官！那羅友文乃酒商，並非米商！」

劉流兒伏地不起，道：「小的一時記岔了，還望大人明鑑。」

通判大人嘆道：「螻蟻尚且貪生，你如何只一心求死？認下這不相干的殺頭之罪？」

劉流兒抬頭看了通判大人一眼，垂首不語。

通判大人再三開導，劉流兒始垂泣稱冤道：「大人真乃青天也，小的並不曾殺人。」

「既如此，又為何自認為凶犯？」

「大人，小的因自幼有足疾，從來不曾為父母分得半絲兒辛勞，倒費了雙親許多柴米。身體髮膚，受之父母，本不敢輕賤至此，只是，君要臣死，臣不得不死，父要子亡，子焉得不亡？這一番，也是欲遂父願，捨卻這身無用皮囊，報答高堂養育之恩。誰承想被大人識破，小的不敢欺瞞，只得如實招供。」

「你可知真凶為何人？」

「回大人，小的只是聽從老父安排，卻並不知所替何人。」

通判大人又細細盤問了一番，乃知在C城，頂凶案極多，富者殺人，傾一半身家給貧者，代之抵死。似劉流兒這般抵死者，人皆稱之為白鴨。在C城，此風由來已久，先皇時盛極，後竟成一種習俗，流傳至今。

通判大人吃驚不小，問道：「你年紀尚輕，如何知道這許多？」

「回大人，小人雖年輕，又有足疾，但耳目尚聰明，亦有所見聞。以白鴨而富者，吾鄉間即有二三家。有人子賣身為白鴨救父於病困者，族中感其孝，諱其實，為其請立三間四柱青石孝子牌坊一座。」

通判大人聽聞了這些，只覺似在雪天被澆了涼水，人坐在肅穆的公堂之上，眼望著儀門外日影裡的青牆烏櫟、朱紅廊柱，以及寥廓的麻石街道，半晌無語。

通判大人那面容姣好的親隨買得好酒回來，也將別的幾樣事情打聽得真切。那劉流兒之父原是合縣一個小小解鋪，為人極為刻薄好利，專好做些便宜勾當，也曾算計巧取，積得些薄產。後因貪利解了幾件贓物，捲入一樁人命官司，家產皆沒入官府，由此敗落而不可收拾，落得個走村串巷，賣些針頭線腦、胭脂水粉勉強度日。劉流兒之父除劉流兒外，還有一子，比劉流兒年長兩歲，四體健全，後賣與某大戶家為奴。不日前，劉流兒之父突然時來運轉，鹹魚翻身，不但為長子贖回自由身，更費了許多銀兩添房置產，購買田園，眨眼間家成業就。

馬無夜草不肥，通判大人由此更加斷定劉流兒不是枉供。

通判大人知會了知州大人，將劉流兒一案駁回合縣更訊。以知州大人為首的合府同僚皆盛讚通判大人斷獄如神，他們交口稱讚通判大人，臉上的笑容卻都像被微風吹皺的水面般意味深遠。他們的目光一旦遇到通判大人的目光，立馬就變成了一尾尾受驚的游魚，忽地向水面下的幽深之處游去，很快真蹤難覓。通判大人感到疑豫，但暗忖此案並非什麼疑難雜症，不致引火燒身。因為要了結此案並不難，只需將那劉流兒之父拘捕到案，何怕那出金之人審不得出來？

考慮到劉流兒之父最是奸頭猾腦，為防他聞風躲避，通判大人暗地裡出了個廣捕文書，著落那親隨帶了幾個得力應捕趕赴合縣見機行事。

通判大人思前想後，自認為毫無疏漏，於是放下心來，單等那合縣捕得真凶，審得清白，一並將案情上呈。孰料沒過多日，卻從合縣傳來苦主家屬圍聚縣衙、喊冤申訴的傳聞。離秋決之日不足兩月，駁回更訊，真凶無著，致使苦主以為伸冤無期，故而憤憤，日日在那縣衙前擊鼓鳴冤，圍觀者日眾，喧嘩一時。此時知州大人也以母親病重為由告急假返鄉，合縣縣主的告急文書輾轉送到通判府時，通判大人與愛妾正在後花園涼亭中飲酒賞花。盛夏時節，一池荷花開得正好。

通判大人那愛妾不但姿容出眾，且才藝頗佳，詩詞歌賦，擊鞠彈棋，凡少年場中事，沒有她不會的。更兼出身風月之地，最是見多識廣、通曉世故。通判大人但凡出外遊行，沒有不帶她同去的。C城濕熱，比不得京城舒適隨意，此番來C城，通判大人把父母妻小皆安頓在京中，只帶了愛妾一人同行。

那愛妾見了告急文書，對通判大人低語道：「因小案而引民嘩，這可是要犯大忌的啊。」

通判大人端嚴肅穆地答曰：「不公不義，才是大忌。」

通判大人的愛妾低了頭，用一把絹扇半遮了面，笑了。聖上要的是忠心，人們的忠心才能使江山永固，而大人呢，卻在這兒尋求公義。當然，通判大人的愛妾也知道，衣履潔淨、渾身散發著淡淡木槿薰香的通判大人就像她身上這件玫瑰紫飾片金花紋的綢裙，離開繁華的京城之後，顯得很有些不合時宜。C城貴婦愛著大紅或月白的紗裙，在京城王公貴族的後宅中極為流行的玫瑰紫色被她們視為怪異。

於是通判大人的愛妾勸慰通判大人道：「公義之說，總是有所參照。就白鴨而言，亦有公義之處。傾一半身家買白鴨，一人縱然富可敵國，亦不可一而再、而三行殺人之不義事，而貧家亦可捨一人而富。白鴨所以通行日久，量是它不傷根本，所以人皆能容。老爺起先看C城，不也覺得物盛民安、詞清訟簡，甚是太平嗎？」

好一個不傷根本、人皆能容！通判大人無言以對，沉吟良久，把一杯美酒一仰而盡。通判大人手裡把玩著空空的酒杯，無比失落地對愛妾道：「合縣美酒，今之價勝往年十倍，可見去年的水災，C城八成是十田九毀啊。」通判大人想起了聖上所贈的秘制匣，倘若一年期滿之後，他不能把一個真實的C城裝進秘制匣裡奉獻給聖上，今後他又有何面目去面聖？通判大人心裡十分疑惑，此一案，為何會久決不下，以致苦主不滿、嘩眾喊冤呢？

通判大人命人傳那送告急文書的親隨進來，問道：「合縣縣主可有拘捕劉流兒之父過堂？」

「回大人，劉流兒之父早早就給拘在牢子裡了，不承想那廝卻是個老橛子，認打不認罪。頭一回過堂，皮開肉綻也不承認受金頂罪，後挨不過板子，當堂就瞅了個機會，觸柱而亡了。」

通判大人愣住了。血濺公堂，不可謂不慘烈！這一招實在是出乎意料，一時間通判大人委實有些不知所措。

沉吟間，只聽那親隨又道：「劉流兒之父死後，劉流兒之兄日日披麻戴孝，領劉氏族人來獄中責罵劉流兒，『爾乃翻供，害死老父，即便出獄，必處爾死』。如此恫嚇，再加上那劉流兒也經不住三拶兩夾的，還是照前番供述，一味只承認洩憤殺人。縣主一時為難，遂拖延不決，以致民嘩。」

劉流兒之父死了，真凶顯然一時難以查尋，堅持查下去，弄不好落個枉縱凶犯、帶累良民的口實，這傳出去，何人擔當得起呢？通判大人揮退眾人，悶悶不樂地喝起酒來。

通判大人的愛妾起身走到通判大人身邊，道：「老爺，您看那一池蓮花如何？」

通判大人且去看那一池蓮花。但見一池晴翠間，蓮花亭亭，似千嬌照水，只恨沒得言詞可比。通判大人在京城也曾賞過荷花，和C城的比起來，京中的荷花無論是顏色、香氣、模樣還是風致，哪樣兒都要稍減幾分。單拿那荷葉來說吧，C城的荷葉格外肥碩壯大，恣意忘性，充滿妖嬈的野性之美，顏色也更濃綠，眼看著就要淌出來一般。相比之下，就顯得京中之荷清新簡素，克制有度。

通判大人拈起長鬚，沉吟良久，對曰：「自然也是好的。」

此時日隱西山，茫茫暮色中，成群的蜻蜓在那一池荷花上翻飛，預示著一場大雨即將來臨。通判大人驀然間明瞭，正是C城這樣炎熱而多雨的天氣，孕育了那些肥壯而蔥蘢的植物，它們飛揚跋扈地生長著，有著令人畏懼的生命力。

通判大人的愛妾搖扇低語道：「瞧，這長勢好的荷田卻不見半星兒雜草，老爺可知為何？」

「為何？」

通判大人的愛妾拉著通判大人走到荷塘邊。愛妾微微俯身，一手托著衣袖，一手用扇子輕輕撥開荷葉來，但見重重翠蓋下，蛛網疊疊，蟲子蠢蠢，浮萍纖草叢生，另有一番天地。

「再美的荷塘也有雜草，隨這些雜草怎生妄為，只要不高過蓮荷去，不礙觀瞻，就由它們去，自古荷塘皆如此。」愛妾看著通判大人，意味深長地道：「眼不見為淨，豈不好？」

通判大人半晌無語。末了通判大人只得提筆在合縣縣主的告急文書上批道：

秉公執斷
清明風氣
但立直標
終無曲影

通判大人知道，這四句話批在告急文書上，很有些不倫不類，看上去倒像是對自己先前將案件駁回更訊的辯解。不過，此種情形下，除了這幾句，通判大人一時還真沒有更合適的話語好說呢。

合縣縣主更訊的案卷送到州府時，通判大人終耐不住酷暑病倒了。恰逢知州大人完假回府，看那案卷，只覺此番負責文案的書吏甚是老練，口供、案卷都做得滴水不漏，無懈可擊。提訊劉流兒，所供與案卷嚴絲合縫，於是照縣衙審定的案情定案上呈，並擇期將劉流兒發回合縣收監，待秋後斬決不提。

通判大人的病情一直沒有好轉。

氣候不宜，水土不服，再加上思鄉情切，使通判大人清減了不少。已有很久沒有去公廨履行職責的通判大人，偶爾在愛妾的陪同下到竹影婆娑的書房去，提筆在手，半晌卻不著一字，往往以一聲長嘆收場。通判大人的愛妾親自打理大人的日常飲食，可惜玉泉美酒不解愁，瓊漿玉液難入喉，眼見著通判大人形容消減下去，通判大人的愛妾心急如焚，便使那面容姣好的得力親隨四處蒐羅奇異珍玩，以增通判大人之精神，可無論那親隨弄來什麼，通判大人皆興致寥寥。

一日，那親隨進獻了本古書，卻使通判大人兩眼一亮。

此書系保存完好的古抄本，紙張異常精美，乃是市面上早已絕跡的構皮花紙，柔潤密實的白底上隱隱凸現出花鳥造型，甚是華美。縱使時光久遠，紙張的顏色已變得暗淡無光，但細膩滑潤的手感依舊。書中文字，乃是一種古文，極像古漢字篆文，且墨色沉潤，有異香。通判大人仔細辨認，疑為是失傳已久的《九丘》，於是喜不自禁，喚那親隨進來細問。那親隨羞紅了面皮，半晌方道：「此書乃是一土司之子所贈。」原來那親隨帶應捕去合縣督辦劉流兒一案時，在合縣縣主的家宴上與一苗疆土司之子相遇，土司之子年僅弱冠，生得面如美玉，兩人一見如故、彼此傾慕，廝混多日，臨別時土司之子以此書相贈。

通判大人問道：「可知此書有什麼來歷？」

那親隨垂手答道：「不知詳情，只聽得說是什麼楚左使倚相家世代傳下來的古書，後被土司購得，但合族皆識不得書中文字，只因書紙味道好聞，公子才將它放入書篋中隨身攜帶。」

通判大人大喜，斷定是《九丘》無疑，病立時去了九分。所謂《九丘》，即九州之志，言九州土地所出，莫不屬至高無上的天子所有，民情風物，莫不順天承運而生。浩如煙海的史書中有過一次關於此書的記載，即古楚國的左使倚相讀過此書。後此書失傳，再無人提及。倚相祖籍地靠近苗疆，想來是民間遞傳，才終不致此書湮滅。通判大人手捧寶書，幾欲淚下，憶起聖上也曾多番提起此書，常恨此生不能一見。此番卻在C城這樣的僻遠之地出現，真可算得上是國之祥瑞。C城臣民對聖上的忠心，唯有此書可表！通判大人重賞了那親隨。

秋決之日很快來臨。

劉流兒頭顱落地的那一天，通判大人命那面容姣好的年輕親隨帶著裝有寶書的秘制匣出城進京。

此時黃葉委地，天氣新涼，想來京中必是白霜鋪地，通判大人開始思念紅泥爐火暖西窗的京城。他想聖上開了秘制匣，必定會龍顏大悅，疑豫盡消。召他回京，也是一定的了。通判大人登上高樓，目送那親隨上馬絕塵而去。他看著那親隨越來越模糊的背影，開始屈指掐算自己回京的行程……從C城到京中，三千四百里路程，越三山，經四水，過五湖，著實不易。不過，天下太平，料想應是一路無虞。

—下—

他把車停下來，為自己點了支菸。

他一邊抽菸，一邊打量河對岸的C鎮。C鎮還是老樣子，灰撲撲的屋瓦上空，是霧濛濛的天。

抽完一支菸後，他伸手拍了拍他的妻。他的妻雙眉微皺，整個身子蜷縮在座椅靠背與車體相接的地方，看上去似乎睡得很香。

他與妻是在五年前的一次旅途中認識的。

那時他的日子剛剛好起來。他自由了，也平生第一次手上有了點兒錢。有了點兒錢以後，他想幹一件以前沒有幹過的事——旅行。如果有人了解他這些年來的生活，一定會理解他的——他在一個異常狹小的房間內待了整整十年，那間房子整日裡散發著腥臊的味道，窗戶上裝有拇指粗的鐵條。好在並沒有什麼人了解他的過去，他的身邊沒有朋友，也沒有親人。

到哪裡去旅行呢？他想起了他的學生時代。對校園生活他並無什麼印象，不過初中地理課本上那張關於黃果樹瀑布的照片卻令他難忘。「黃果樹瀑布：中國最大的瀑布」——照片旁邊有這麼一行小字。他還沒有上到有關瀑布的那一課就退了學。有了點兒錢的他決定去看一看這個中國最大的瀑布。事實證明這趟旅行對他來說真是很值得的——儘管他最終並沒有看到什麼瀑布。在去黃果樹瀑布的途中，他就聽說由於乾旱，瀑布已變得非常細小。但他還是堅持過去看一看，已經走了一半的路程了，他覺得還是過去看一看的好。進了景區，他發現走幾步就能看到一塊插在路旁草地上的小木牌，上面寫著：「因本地區乾旱特別嚴重，景區嚴重缺水，大瀑布等景區水量較小，若給您帶來景觀方面的不滿意，敬請諒解為謝」——果然是這樣，他有些失望，也很有些不滿。瀑布變小了，可進景區的票價一分錢也沒有少。他不滿，可他也不打算跟他們理論。現在的他不比從前，從前他就像個火藥桶，一點就著的。

他在一塊圍有漢白玉欄杆的空地上徘徊，猶豫著要不要跟著擁擠的人群順著同樣圍有漢白玉欄杆的石階走到谷底，好去看看這個中國最大，也可能因乾旱已變成最小的瀑布。空地的四周是修剪得格外平整的金葉女貞，與欄杆一般高，不至於遮擋遊人的視線。他把手搭在漢白玉欄杆上，眺望遠山。如果沒有乾旱的話，他應該能聽到從谷底傳來的瀑布的轟鳴。妻也是一個人出來旅行的。就像一條狗發現另一條狗，一頭狼發現另一頭狼，他從眾多的遊人中一眼就發現了她。她跟隨著新一波的遊客來到這個空地上，一隻雙肩背的背包鬆鬆地掛在一側肩頭，她的腳步遲疑，越來越慢。她離開人群，慢慢走到欄杆邊。她把手搭在漢白玉欄杆上，眺望遠山。

他認定他們是同一類人，她的身上有著他熟悉的氣味，長期的孤獨生活所滋生的抑鬱而冷漠的氣味，這氣味猶如一層隱形硬殼，將她與周圍的一切分隔開來。他走過去，邀請她一起去看另外的一個瀑布。

「那裡還沒有旅遊開發，距這兒五十里，天氣預報那兒昨天還下過一場大雨。」他機智地給這個寂寂無名瀑布取名「紅果樹」。

與以往任何一次經驗都不同的是，妻並沒有對他右臉上那條像鋸子鋸出來似的傷疤和殘存的半個右耳表現出驚訝或是嫌惡，她的目光平靜如水，這讓他倍感輕鬆。他們看過紅果樹瀑布後，繼續往西走，在結伴看了大大小小十幾個瀑布後，他們決定在一起生活。在異鄉一個塵土初歇的黃昏，他們攜手走進了路旁的一家小酒館。在那個骯髒破敗的小酒館裡，擠滿了操著各種方言的討生活的人。他們很慷慨地請那些衣衫襤褸、神情疲憊的陌生食客喝酒——一種當地的帶酸味的啤酒。那些素不相識的人臉上帶著拘謹而謙卑的笑，舉起手中的啤酒對他們說：「祝福這對新人！」他非常開心，這輩子似乎都沒有這樣開心過，因為他非常喜歡「新人」這個詞。他決定做一個新人。那個晚上他用自己的身分證在一家小旅館登記了個房間，度過了自己的洞房花燭夜。

後來，他買了輛二手捷達，開著它，帶著妻去看各處的瀑布。水的歡快的流淌，突然的跌落，粉身碎骨，然後又是歡快的流淌……瀑布經歷的一切令他們著迷。他們看過許多的瀑布，形形色色的瀑布，有的瀑布很大，有的很小，有的很美，有的很普通，有的只是細細的一股流水，順著岩壁緩緩而下，根本就不能算是瀑布。他們去過那麼多的地方，卻從未想過要在某處停下來，在路上的日子對他們來說相對容易，似乎正是那些他們不停奔走的道路延長著他們的生命旅程。也正是在旅行中，他們彼此逐漸多了些了解。他知道妻在東部某個城市有套不大的房子，是她的母親留給她的，學區房。她靠房租生活。他告訴妻，自己販賣過蟲草和藏羚羊皮，手上有點小錢，暫時衣食無憂。在一起後沒多久，他就發現妻很容易受驚。有一次，他和妻到北方的一座邊遠小城看冰瀑，他們在一個小旅館住下後，他忙著整理行李，妻捧著一杯熱茶，站在小旅館的窗邊看外面飄飄灑灑的雪花。他突然打了個噴嚏，聲音並不怎麼大，只是一個還算正常的噴嚏而已，可是妻驚得連水杯都掉到了地上。他到現在還記得妻張著空空的兩手，滿眼驚恐地扭頭看他時的情景，雖然只是短短的幾秒鐘，可是讓他難以忘懷。那一次後，他慢慢發現妻也經常會從夢中驚醒，比如在寂靜的深夜，只要從馬路上遙遙傳來汽車的急剎車聲，或是別的什麼稍微異樣點的聲響，不管睡得多麼沉，妻都會一個激靈，驚慌地從枕上抬起腦袋，片刻之後，妻似乎明白了自己處境安全，腦袋重又重重落下，再次進入睡眠。他不知道她為何會這樣，她經歷過什麼。他和她都不是能言善道的人，在共同生活的這段時間裡，彼此都把從前不提，箇中原因他也無從知曉。他只是會在夜裡把妻摟得更緊。

他的手一觸到妻的肩頭，妻驀地張開雙眼，全身都抖了一下。他看得真切。他用手掌繼續輕拍妻的肩膀安撫她。

「到了。」他說。

妻帶著一絲驚恐的彌散的眼神慢慢匯聚成一線，最終安靜地落在他的臉上。妻的身子鬆弛下來，她輕輕地嘆了一口氣，伸出一隻手，握住了他停留在她肩頭的那隻手。妻用一根手指摩挲著他手背上的一道疤痕，對他笑了笑，把頭伸到車窗外去。

「就是這裡呀。」過了很久，妻說道。

他附和妻子道：「就是這裡……」

此刻在他們面前的，是一條瘦瘦的河。出了這個地方，應該很少有人知道它，是那麼小的一條河……細細的一抹流水，在村莊和肥沃的稻田裡默默穿行。唉，這條河，只合在心裡想一想，提起來也不大會有人知道的吧。可不提歸不提，人到了外面，心裡還是會想著這條河的。不管離開多久，他對這條河都不會感到陌生。不管何時何地，只要他願意，閉上眼，就能真切地看到它流淌的樣子……河底長滿柔軟的水草，大部分時候，河水清澈，河面看上去像墨玉一樣滑潤。當然，一年中也有那麼幾天，雷聲轟隆、河水暴漲，這條小小的河會變得混濁、凶險，它面目猙獰地，像一條吞噬過度的巨蟒，在稻田中無聲地扭動著向前……暴雨過後，小鎮上的孩子們常常赤了腳，把褲管捲到大腿根下，踴踏著河岸上的積水，去察看河水從上游一路裹挾而來的東西，除了枯枝敗葉，偶爾會有一隻淹死的小豬，或是小羊。它們在河水中忽隱忽現、翻滾不停，宛若再生。而那些碗口粗的木材，則會引起成年男人們的爭搶。孩子們站在河岸上，看他們駕著小船在波濤中漂來蕩去，並將一根一端綁著鐮刀的竹竿伸到水中去勾撈他們想要的東西。他們裸露在外的大腿和胳膊都粗壯有力，爬滿了令人敬畏的蚯蚓一樣的青筋……這些場景，是他無論如何也無法忘記的。有一年，也是一個這樣的暴雨過後的陰霾天氣，他去河邊，為了救一隻順水漂來的小狗，他差點淹死在這河裡。後來……後來他長大了，卻並沒有因此得到什麼便利……所以他一直是那樣活著，只是那樣活著，什麼也不想，一天過完算一天，連夢也懶得做一個。再後來，他到了那樣一個境地，卻偶爾會在夜裡做個夢。他竟然做過幾個彩色的夢。夢到的景致，都與這條河有關：春天裡被野草染綠的河岸；夏天，河邊草叢中那些擠擠挨挨、漫生一片的魚腥草和紫蘇；秋天是另外一幅景象，枯萎的雜草一點點矮下去，金黃的野菊滿河岸蓬勃地開起來……他這樣的一個人，這樣的色彩繽紛的夢，說出來，又有誰會信呢？那扇高高的裝著鐵條的窗戶向西，夏日的凌晨四點左右，被鐵條分割成一塊塊的月光會挪到他的鋪位上。有許多回，他在夢中睜開眼，以為自己躺在銀亮亮的水裡，他心花怒放，屏住呼吸，把四肢都打開，想讓自己在這水裡漂起來，就像從前他在這河裡常幹的那樣，讓自己舒舒服服地漂起來……當然最終他並沒有讓自己漂起來，挫敗感讓他澈底清醒過來後，他明白自己並不在水裡。明白過來後，他常常會因此變得有些憂傷。

妻打開車門，向河邊走去。

這是五月的傍晚，天氣和暖宜人，小河兩岸，滿目蔥綠，有風吹過，能聞到空氣中濃濃的野花香。河對岸的小鎮，遠遠望去非常安靜，小鎮上方的天空中，飄蕩著一層薄薄的灰色霧靄。他不用費神細想就能知道，在這若有若無的霧靄下，是小鎮人熱氣騰騰的生活，街上喧鬧異常，人來車往，雞鳴狗吠……

他看著妻的背影，小女孩一樣單薄而落寞的背影。

「五歲的時候，父親去世了。十六歲的時候，媽媽和繼父吵架……」她略微遲疑地，「媽媽殺死了他。後來媽媽因心臟病突發死於獄中。」有一次他問及妻的家人，妻這樣告訴他。簡短的幾句話，就交代完了前半生。果然她如他一樣，在這世上沒有親人。他不由對她生出了一絲憐惜。

他還記得一個深秋的夜晚，他和妻宿在距壺口瀑布不遠的一個小鎮旅館裡，那晚他到夜深也沒有睡著。白天，一路上他都在看黃河兩岸岩壁上層層疊疊的被流水沖刷出的痕跡，是黃河曾經在山腰流淌，後來才跌入深深的谷底，還是兩岸的山在不停生長，從而使河水深陷？他不明白，也不想弄明白。只是那些層層疊疊、深淺不一的流水的痕跡讓他一下看到了一條河的前世今生，他不由感慨萬千。晚上，他躺在小旅館硬邦邦的床上，妻在身邊發出均勻而柔和的呼吸聲，他看著窗外灑進來的月光，想到了自己……小時候還是很開心的，所以，如果他也有這條河一樣的人生軌跡，那麼最上面那層應該叫快樂，接下來，也還算平常，再接下來……他這樣想著，很晚都沒有睡著。後來，寂靜的夜裡突然傳來了一聲淒厲的鳥鳴，妻一個激靈，噌一下抬起頭來，一隻胳膊支在床上，似乎在側耳聆聽著什麼，片刻之後，妻嘆了一口氣，腦袋重重落回到枕上，重新進入了夢鄉。那一刻，他靜靜躺著，借著朦朦月色，靜靜看著他的妻。他突然想起來，在妻極為簡短的關於她前半生的敘述裡，竟沒有一句是關於妻自己的，也許她刻意省略掉的，就是她為什麼會在深夜驚醒的原因？

「你膽子不小啊。」有一次他喝多了點酒，指了指自己臉上的傷疤，調侃他的妻：「頭一回見面，就敢跟這樣一個人去看紅果樹瀑布——哪裡有什麼紅果樹瀑布嘛！」他得意地笑。

他的妻也笑了下。她垂下眼簾，低聲道：「我這樣的人……有什麼好怕的。」他沒有追問她所說的「我這樣的人」，到底是什麼樣的人。

「蟲草知道嗎？不知道啊，沒關係，以後會知道的。藏羚羊皮也沒有見過？哈，真應該留一張給你的。這些東西很值錢，我以前販過蟲草，也偷偷販過藏羚羊皮，唉，現在呢，一是做的人多了，二是國家管得緊，不好做囉。」他曾這樣跟妻講他以前的生活。他喝了酒以後會變得話多。他噴著酒氣，打著哈哈，很開心的樣子。他不是成心要欺騙她，在獄中的十年，他常常把自己想像成一個行商，走南闖北的，有很不尋常的人生。

「你也過來吧！」

妻站在一棵柳樹下叫他。

他躊躇良久，終究還是推開車門走了出去。路邊有一堆新鮮的牛糞，長滿盤根草的河岸踩上去異常柔軟。他把兩手都插在屁股後的褲兜裡，慢騰騰走到妻的身邊去。對面的河岸上開著一大叢野薔薇，有許多開著粉色和白色花朵的枝條垂到水面上，在水中留下了油畫般朦朧而富有質感的美麗倒影。對岸的小鎮還是黯敗的灰色，一如多年前那樣。

他伸手折了根柳條，放在手心熟練地揉搓起來，很快做成了一支短短的柳笛。他很小的時候就深諳此道。一鎮的孩子，只有他能用柳笛吹出悅耳且富於變化的曲調。他曾因此很為自己感到自豪。

「你在這裡住過多久？」妻問道。

他把柳笛咬到嘴裡，慢慢品味那股子細細的青澀味道。

「——好像不短呢。」他說。

妻淡淡地「哦」了一聲。

他本來無意要經過這裡。兩天前，他們開車從鄂東的一個小山城過來，一路往南開，看到路上的指示牌：距津市還有二十里。他這才發現他們已來到了距C鎮很近的地方。他看到「距津市還有二十里」的指示路牌時，不由自主地踩了一下剎車，妻在一陣劇烈的搖晃中醒來，有些驚慌地問「怎麼了」。他告訴她，他看到了一個熟悉的地名，這附近好像也有個瀑布。他沒有告訴妻，他們實際上已來到了他家鄉的地界上。

「這附近有個小鎮，我很熟……」當時他這樣對妻說。

那晚他們在津市住了下來。他帶著妻滿大街找一種叫五十錦的滷菜。記憶中這滷菜主要以豬、牛、羊的雜碎為主料做成，是醇香四溢、油光滑亮、清脆可口的。吃的時候拌以辣椒、豆蔻、肉桂、茴香、蔥、薑、蒜及麻油，實在是一種很難以用語言描繪的美味——記憶中是這樣。但他和妻把整個小城都走遍了，也沒有看見賣五十錦的，問到的人，也是一臉茫然的樣子。一時間他很有些疑惑，懷疑自己是不是跑錯了地方，是不是真的來到了津市。後來他到底還是在一個叫「滙利齋」的小熟食店裡買了一份滷羊雜，並沒有什麼特別的，只是鹹得驚人。就這樣，偏還是惦記著一本萬利，叫個滙利齋！他吃著吃著不免冷笑。

五十錦，覓無可覓的五十錦！

他嘴裡咬著柳笛，四肢伸開躺倒在草地上。暮色漸濃，天空中的雲彩半明半暗，不時有蝙蝠和白鶴從頭頂無聲劃過。

記憶是個很奇怪的東西。車往津市開的時候，他無端想起了他十二歲那年的一個傍晚。他以前很少會想到這個傍晚……天很快就要黑了，他坐在廚房那油膩膩的松木飯桌邊，等著姆媽開飯。父親回來了。那時候他們家住的是一套裡外三間的房子，臨街的那間最大，是母親的雜貨鋪。他的父親是個老師，在遠離小鎮的鄉村小學裡教語文、數學還有政治。那所小學包括父親在內，只有兩位老師。他去過父親任教的小學，那所小學比鎮上的小學要破舊得多，所有的學生，無論男女，一律都赤著腳。

一間草房子就是教室，教室帶著個偏廈，父親和另外一個年長的男老師就住在那間偏廈裡。學校沒有電鈴，半截破犁頭掛在那間草房子前的桃樹上，由父親和那位男老師輪流敲響它，提醒對方下課或者是上課。那個傍晚，十二歲那年的一個傍晚，他坐在飯桌邊等著開飯，忽然看見父親佝僂著腰身，跨過了家門口那塊很高的栗木門檻。父親穿過長長的昏暗的走廊向他走來，手裡用荷葉托著一個很大的油紙包。父親走到飯桌邊，把這個大紙包擱到了他面前的桌子上。父親微微彎下腰來，仔細而又鄭重地一層一層打開那個油紙包。昏暗的燈光下，父親的十指顯得又白又長。

「——吃吧。」父親把那個油紙包打開後，溫和地對他說。

油紙包裡是五十錦的滷菜，光看色澤就知道。那個時候小河上每天都有不少拖沙的小船跑津市，C鎮的人偶爾會搭個順風船去津市。人兩手抱膝，就坐在一堆黃沙上面，小船吃水很深，從岸上看過去，人比水面高出不了多少，似乎隨便一個浪湧過來，就會連人帶沙給打到河裡去。可是無人因此而擔心什麼，隔不了幾天，就會有人照這樣跑一趟津市，批發斑馬牌蚊香和塑料雨披之類的東西回來。手頭寬裕的人，自然也會買上或大或小的一包五十錦。回來的路上，人隨著空空的小船吱吱呀呀地搖，不知不覺地，滷菜裡的油就把紙浸得很透。臨下船，得彎腰摘一片荷葉，或掐上幾葉蘆葦，像托著包點心一樣把五十錦托在掌心裡，穿街過巷地往家裡走去，凡路過的街道都香氣四溢的……不過，他們這樣的人家，父親只是個窮教書匠——父親的工資不完全是錢，有時候會是雞蛋、大米，有時候是一袋紅薯，有時候是一袋玉米——母親守著個生意清淡的小雜貨鋪，日子一直都緊巴巴的，一年四季是難得吃上幾回五十錦的。所以，那個晚上，當父親把那個油紙包打開後，他簡直有些不敢相信自己的眼睛。他刷地挺直了小身子，兩手緊緊地扣住桌子邊，兩眼大瞪著，大氣也不敢出一下。那誘人的香氣令他非常興奮，面對著這一大包意外的美食，他有些不明所以地緊張地看著他的父親，那個有些佝僂，且寡言少語、瘦弱蒼白的男人。父親臉上露出一絲微笑，往後退了幾步，一直退到燈光外的陰暗裡。父親一隻手按在胸口上，抬起另一隻手往桌上指了指，再次溫和地對他說：「吃吧，快吃吧，孩子——」

「孩子——」

如果他沒有記錯的話，這應該是父親生前對他最為親暱的稱呼。在他的印象中，父親從不打罵他，可是也不怎麼親熱他。父親很少在家，即使在，也總是很忙，埋頭備課，埋頭批改他的學生們那些潦草敷衍的作業，而話卻是少得可憐的。現在他躺在草地上，望著頭頂上方越來越暗的天空，想到他的父親，不禁有些酸楚。現在想來，那一次，父親，應該是在跟他告別。沒過幾天，五十錦的香氣還停留在舌尖，父親就投河自盡了。人們花了兩天時間才將他打撈上來，原本瘦削的父親就像個被泡壞了的饅頭，胖大得完全走了樣。他還記得當時他看到以一種奇怪的姿勢一動不動躺在長滿盤根草的河岸上的父親後，他驚訝、難過得都忘了哭。那時他就明白，死亡對死者來說，不過是一瞬間的事，而對活著的人來說，卻是如此不堪、令人心碎。

父親的死，也讓他頭一次知道了錢的重要。

「倘若家裡有兩萬塊錢，倘若有，他又怎會尋短見啊……」母親曾多次這樣傷心哭訴。原來只是兩萬塊錢的事。父親得的是肺癌。

所以，後來，開狗肉館的恩伯找到他的時候，他沒有想太久就答應了。

「一年六萬，十年六十萬，我問過律師了，這種事情，最多也就判十年。」恩伯說。

他蹲在恩伯面前，用根樹枝在地上劃來劃去。母親死後，逢年過節，他都是在恩伯家過的。恩伯的兒子小豪比他大兩歲，他們從小玩到大，就像兄弟一樣。那晚小豪在黑漆漆的電影院為爭座位捅傷人，他也有責任，如果那晚帶刀的是他，而不是小豪，那捅人的也一定會是他而不是小豪。是小豪，還是他，有什麼分別呢？再說了，他到哪裡能一年賺他個六萬？六萬呢！夠他那可憐的父親死三回，六十萬就是三十回……那時候他二十五歲了，還從未有過什麼正經工作，也從未有過什麼正經女友。母親死後，把那個雜貨鋪留給了他——他還那麼年輕，一輩子守著個沒什麼生意的雜貨鋪又能有什麼出息？

恩伯說：「要不是小豪他已經結婚，媳婦又大著肚子，我是不會跟你開這個口的，小豪要是進去了，這個家，只怕也就散了。你知道的，你就像我自己的孩子一樣……」說到後來，恩伯的聲音變得顫顫的。

「我知道，恩伯。」他抬起頭看著恩伯，飛快地說道，「這樣吧，我不要六十萬，給我五十萬就行了。五十萬，我不要錢，要黃金，買值五十萬的黃金給我吧。」他知道恩伯的狗肉館也就值個五十來萬的，他不想恩伯傾家蕩產還要負債累累。這是他這輩子到目前為止做過的最大的一筆生意。

後來，他每每想起這件事就會有些得意，十年後，五十萬的黃金翻了好幾番，而錢呢，卻貶值了好幾倍。他認為自己是很有些做生意的潛質的。後來他也湊巧在報紙上看到篇文章，說蟲草還有藏羚羊毛貴比黃金，所以他也從不認為說自己曾是個販賣蟲草和藏羚羊皮的商人是在欺騙妻。

「這小鎮上的煎餃非常好吃……」他坐起來，指了指河對岸的小鎮。

他入獄後，恩伯年年都會去看他。恩伯最後一次看他，是他入獄後的第三年，那時他已完全適應了獄中的生活，覺得日子也還過得下去。恩伯老眼含淚，隔著一張鐵欄杆，伸出一雙抖抖索索的手去觸摸他臉上新添的傷疤。

他把頭一偏，躲開恩伯的手，道：「恩伯，算不得麼子，要狠嘛，誰不會！大不了一命換一命。」是的，他的臉上落了道疤，半個耳朵不見了，可是他也突然不再像從前那樣害怕了。想想看，最糟糕的事不過就是被人將頭踩在便池的水泥稜角上碾，有什麼好害怕的嘛。「根子……」恩伯喊著他的乳名，「……對不住啊！」他垂下頭，一句話也沒有說。恩伯滿身油煙味，一臉苦相，咳咳喘喘的，又老又窮，似被人洗劫了一般。他都不忍心看他。恩伯就在那一年過了世，再也沒有什麼人來看過他。

「是嗎？有好吃的煎餃啊……」妻喃喃回應道。

「是的，有條小巷子，家家做煎餃。」

那年恩伯賣了他的生意紅火的狗肉館，也在那條小巷裡開了家本小利薄的煎餃店。現在他有些想知道，小豪是不是還在經營那家煎餃店，他過得好嗎？

他的妻看了看那個小鎮。

他們在天黑以後進入小鎮。

他把車停在進小鎮的公路邊，帶著妻朝小鎮走去。過了那麼多年，小鎮還是老樣子，不過就是將那幾條石板路，換成了清一色的水泥路。街道照樣擁擠不堪，水果攤、雜貨攤一直擺到馬路上。人們也還是老樣子，只需把家門口的垃圾往馬路上掃一掃，就可以心安理得地坐在門前的小竹椅上吃飯聊天。空氣中滿是塵土的腥氣，一如多年前那樣。他在經過他家以前的房子時，放慢了腳步，屋子裡沒有開燈，黑漆漆的，一個小男孩在門口玩耍。許是剛吃過晚飯的緣故，男孩的小肚子圓鼓鼓的，褲子掉到了大腿根，看上去可愛極了。他一時有些難過……他原本也可以有這樣大的一個兒子的。

他沒費什麼勁就找到了恩伯那家煎餃店，原來就叫「恩伯煎餃」。以前恩伯開的狗肉館，叫「恩伯狗肉」。恩伯死了，牌子卻還在。一溜兒小房子，在窄窄的小巷兩邊排開，「恩伯煎餃」占了其中的一間。屋內擺了四張桌子，一個簡陋的櫃台。一塊骯髒的油布從屋檐下扯出來，下面也擺著幾張桌椅，幾個男人圍坐在一張三條腿的圓桌邊喝啤酒。他仔細看了看，居然一個認識的人都沒有。油布下靠牆的一側掛著個燈泡，發了胖的小豪就站在那盞發著黃光的燈泡下煎餃子，嗞嗞直冒的熱氣與油煙遮住了他的面容。

這一巷子的小店都是煎餃店，不用看他也知道。格局也都和「恩伯煎餃」差不多，甚至是小店屋簷下的油布，油布下的桌椅，還有那些來吃煎餃的客人，也都差不多，沒有什麼特別的。

他和妻坐在最外面的那張桌子邊，他面對小豪坐著。隔著那幾個喧鬧的食客，他打量了下小豪。光是胖了些。那幾個食客似乎和小豪很熟，他們打趣小豪，開著令人臉紅的玩笑。小豪把一條毛巾搭在肩上，一手握鍋鏟，一手握著雙奇長的筷子，一刻不停地在一隻碩大的雙耳平底鍋裡忙活，他笑著，回應著那幾個食客，無暇顧及他人。小豪的女人坐在爐子前包餃子，這時站起來熱情地招呼他和妻，手裡卻依然忙個不停。小豪的女人扯著嗓子衝屋內喊了聲「大妹」，一個面無表情、身材豐滿的女孩從屋裡走出來，端了兩杯發黃的茶水朝他和他的妻走來。女孩從那幾個食客身邊經過時，他看見有個矮個子的黑瘦男人伸手在女孩的大腿上捏了一把，女孩哎喲一聲叫了起來，那幾個人嘿嘿地笑了。小豪和小豪的女人各忙各的，像是沒有看到，也沒有聽到一樣。

「不要臉！」妻低聲罵道。

女孩走到他們桌邊，他這才看清了她臉上尚未消退的稚氣。她大約也就十三四歲，卻已發育得很好了，胸脯鼓鼓的。這個季節的夜晚還帶著些涼意，而她卻穿著條滿是油污的棉布裙子，光著兩截白而圓的小腿。當年小豪妻子懷上的那個孩子，若長大也就在這個年紀。可是他知道她不是。他入獄後的頭一年，恩伯去看他，告訴他那個孩子沒了。算命的說，小豪命硬，和自己的孩子間，得隔一個外人。恩伯說小豪夫妻倆打算先去鄉下抱一個回來。這個女孩大約就是恩伯說的「外人」，他想。他還記得當時聽說那個孩子沒了後，他很有些不安，彷彿沒道理再占恩伯的便宜。他搓著手，隔著一道鐵柵欄低聲對恩伯說：「這樣啊……生意還做嗎？也可以不做的。」當時恩伯笑了笑，看了站在門口的警察一眼，老練地答道：「不做怎麼行？只是欺騙政府的生意是萬萬不能做的，政府知道了，那是要人財兩空的。人財兩空！」

他給自己要了份鮮肉餡的煎餃，給妻要了份白菜蝦仁的，最後他又要了瓶啤酒。那個叫大妹的女孩把煎好的餃子給他們端上來時，妻突然抓住她的一隻手，壓低了聲音一字一句地對她說：「誰再欺負你，你就拿把刀，殺、了、他！」女孩愣愣地看著他的妻，好像不明白她在說什麼的樣子。這時又來了兩桌客人，女孩把手抽出來，走過去招呼他們。小豪一直站在那盞發黃的燈泡下忙碌，其間他伸長了脖子問他和妻：「朋友，餃子的味道怎樣？」他的妻沒有吭聲，她低著頭大口吃餃子，大口喝啤酒，看上去像是和誰賭氣一樣。他抬起頭看著小豪，大聲回了句「很好吃」。小豪同樣沒有認出他。但他的普通話引起了那桌食客的注意，他們不約而同地扭頭看過來，看看他，又看看他的妻，有那麼一會兒，他們誰都沒有說話，後來他們中的某個人咳嗽了幾下，於是他們回過頭去接著喝酒，接著開粗俗的玩笑。他猜想他們應該是附近一家煤礦的工人，看上去比他和小豪都要年輕。以前他也認識不少煤礦工人，他們拿到了薪水，頭一件事就是要跑到鎮上來胡鬧的，似乎拿命賺來的錢，就得這樣玩命地花掉。十多年過去了，那些他認識的人都不知道去了哪裡。

那個叫大妹的女孩忙著給客人上煎餃、拿啤酒。坐在圓桌邊的那幾個男人不停地支使女孩幹這幹那，一會兒要碟花生米，一會兒要她過去倒啤酒，一會兒又是要茶水，沒有消停的時候。每次都有人趁機在這女孩身上摸摸掐掐。後來那個矮個子的黑瘦男人借著酒勁一把把女孩摟過去，一隻手飛快地在女孩的裙子裡撈了一把。他把那隻手拿出來後放到鼻子上聞了聞，涎著臉對女孩說：「大妹，好啊！好個大妹！」

女孩好像早已習慣了這一切，一聲不吭地掙脫出來，一聲不吭地接著做自己的事情。小豪和小豪的女人埋頭各忙各的。

他的妻把他面前的那瓶啤酒抓過去，頭一仰，咕噥咕噥就往嘴裡灌起來。他趕緊起身，把酒瓶從妻的手裡奪了下來。他從未見妻這樣，不免有些緊張。那幾個客人也安靜下來，看著他和他的妻。

妻滿臉漲得通紅，大聲罵道：「不要臉！」

周圍的人都看了過來。坐在隔壁煎餃店門口的客人，也扭頭看了過來。他的妻誰也不看，站起來接著罵道：「不要臉！」

那個矮個子的黑瘦男人也噌地站了起來。

他趕緊起身把妻按坐在椅子上。他回到自己的座位上坐下，手裡提著那隻啤酒瓶，不動聲色地看著那個矮小的黑瘦男人。

小豪帶著小跑，端著一碟剛煎好的餃子過來了。

「剛出鍋的煎餃，羊肉的，快嘗嘗兄弟！」小豪對那個黑瘦的男人笑道，「這一鍋我用的是花生油，花生油煎羊肉餃子，我送各位的，快！快快快！涼了就不好吃囉。」小豪的女人也站了起來，她吩咐那個叫大妹的女孩：「去看看弟弟妹妹睡了沒有。」女孩把手裡的茶壺放到一張空桌上，扭頭進屋去了。

「不要臉！」妻兀自怒罵著。她兩手交握撐在下巴下，身子抖得像打擺子一樣。

他知道，如果要息事寧人，他應該給妻一個耳光。這鎮上的男人在這種情況下都會這樣，管好自己的女人，管好她那張嘴，就什麼事都不會有。可是他不想這樣做。他覺得妻是對的，也隱約覺得妻這樣生氣一定有她的理由。於是他把一縷頭髮抿到那殘存的半個耳朵後，身子後仰，只用椅子的兩隻後腿撐住整個身體的重量。他把一隻手擱在肚子上，一隻手緊握酒瓶垂在身體一側，就那樣靜靜地看著那個黑瘦的男人。

那個黑瘦的男人端起酒杯一飲而盡，對小豪說：「放心，我不得在你這裡搞事。」他往地上啐了一口唾沫，把錢扔到桌子上，起身離開。另外那幾個男人也站了起來，他們瞪了一眼他和妻，跟在那個黑瘦的男人後面走了。

小豪端著那碟餃子，呆立在那張凌亂的圓桌邊。

小豪把那碟餃子放到他們桌上，拖過來一把椅子坐了下來。小豪憂心忡忡地看了看他，又看看他的妻，問道：「朋友，從哪裡來？」

他坐正了，把兩隻胳膊都支在桌子上。過了一會兒，他拿起筷子夾了隻餃子送進口中，說：「我們原本打算去看瀑布的。」

「瀑布？是黃龍洞那個瀑布嗎？」小豪笑道：「哎喲，那你們可是繞了道了。」小豪收起笑容，沉默了一會兒，又道：「一會兒出了小巷，記得要走大路。」

小豪的女人過來給他們添茶水，他的妻端起茶杯一飲而盡，小豪的女人端著茶壺等在旁邊。妻喝完後，她又給她續上一杯。妻又一飲而盡，小豪的女人再次給她續上。

他本想問問小豪生意怎麼樣，是不是好做。可是好不好做，難道他沒有看到麼？於是他只有默默地吃起東西來。他吃完餃子，又要了瓶啤酒來喝。

他的妻突然把茶杯往桌上一頓，伸手一把抓住了小豪女人的一隻手。

妻抬頭逼視著小豪的女人，說：「你是她的媽媽，不是嗎？」妻的胸脯劇烈起伏著，她死死抓住小豪女人的手，看著她說：「你應該拿把刀，剁掉他們的髒手！你是媽媽啊！拿把刀……」小豪的女人漲紅了臉，把手掙脫出來連連道：「……有什麼嘛！有什麼嘛！」

他看著他的有些失常的妻，突然想起了她在夜裡的驚醒，她三言兩語中刻意省略掉的過去……他隔著張桌子，用力握住了妻子的一隻手。

小豪也像喝多了，頭臉漲得通紅。小豪說：「他們不算是壞人……就是喝了點兒酒後，喜歡胡鬧。」這句話聽上去就像是在為他自己的懦弱辯解。他扭過頭去看著小豪。也許是羞愧，也許是他臉上的傷疤嚇著了他，小豪都不敢看他的眼睛，他把兩手支在膝蓋上，慢慢低下了頭。過了一會兒，小豪忽然又抬起頭來，直勾勾地看著他。

他連忙別過臉去，掏出一張百元大鈔放到桌子上。他有些心酸地對小豪說：「不用找了。」他開始後悔過河了，他原本可以把車開得飛快，瞬間內就能把這個小鎮甩在身後的。

「兄弟！」小豪沒有去拿錢，他就那樣直直地看著他。過了一會兒，小豪開始把身上那件濺滿油污的背心慢慢往上捲，一直捲到了腋窩下。小豪指著肚子上一道鐮刀樣的傷疤，對他說：「兄弟，我若早知道……」小豪的一根手指就那樣在那道傷疤上點啊點，噎住了似的說不出話來。

他沒有料到會是這樣。他看著小豪肚子上的那道疤，怔住了。

過了好一會兒，小豪似乎是緩過來了，他接著說道：「我老爹死去前，中了個風。只是中個風，我就差一點兒連這個小店也保不住了。我賣了一個腎，三萬塊。兄弟，一個腎，三萬！別人一頓飯，也可以吃三萬的麼！人窮，氣短，我一家五張嘴……我也是個男人！如果我能再把自己換點錢，不管心、肝、肺、腸，但凡能換得了錢……」小豪說著話，把有著駭人傷疤的身子向他傾過來，「不要說是金子，但凡能換得了錢……」

他心驚肉跳起來，不等小豪說完，連忙起身帶著妻離開。他摟著妻顫抖的肩膀，深一腳淺一腳地往巷口走去。他裹挾著妻，跌跌撞撞地、飛快地往前走著，一時忘了該走大路，還是該走小路。小豪的聲音鞭子一樣追著他：

「不要說是金子，但凡能換得了錢……」

二〇一四年
紫金・人民文學之星短篇小說大獎

讚美詩

—鄭小驢—

鄭小驢，本名鄭朋，一九八六年生於湖南隆回。北京市作協簽約制作家，現任《天涯》雜誌編輯，《深圳特區報》、《方圓》等報紙雜誌專欄作家。曾獲第二十六屆湖南青年文學獎、第五屆毛澤東文學獎、首屆希望盃・中國文學創作新人獎、上海文學新人佳作獎、二〇一四年紫金・人民文學之星短篇小說大獎等。著有小說集《一九二一年的童謠》、《癢》、《少兒不宜》，長篇小說《西洲曲》。

二

她搬過來的那天，他記得剛好是立夏。天氣已經燠熱起來了，熱浪湧來，讓人隱隱地躁動不安。那天下午一絲風都沒有，連羅望子葉片都沒抖動一下。她來到樓下，才給他打的電話，「……噢，能下來幫我提下東西嗎？謝謝！」她大概連他叫什麼都忘了。那會兒他正在午睡，電話響起的剎那，一個鯉魚打挺就起來了，奔去洗漱台洗了把臉，又抓起剃鬚刀匆匆刮掉凌亂的鬍子，然後飛快地從六樓衝了下來。他看到一個長髮女孩穿著一身素潔的套裙，正給出租車司機付錢。

第一次見她是一星期前，她看到他在「58同城」上的合租帖，按圖索驥趕了過來。當時她站在房間裡四處瞥了幾眼，只說了一句：「這房子戶型好奇怪。」他問怎麼了，她笑著說：「像把手槍。」他探頭探腦觀察了一番，表示佩服她的觀察力。她沒說一定要租，也沒說不租。她說這兒離她上班的地方倒很近。那天她穿的高跟鞋，不緊不慢的，下樓的時候，鞋跟發出好聽的聲音。他驚愕，她怎麼長得這麼像劉若英，特別是笑起來的時候。

他拎起一隻編織袋往樓梯口走。東西比他想像的要沉一些。她幾次提出來幫忙，但是他拒絕了。女孩跟在後頭，他盡量做出輕鬆的樣子，一口氣爬上了六樓。

「看你瘦，力氣可真夠大的。」她撩了一下耳際的髮絲，微笑著道了謝。

他臉頓時有些發燙。

他將她的東西搬進了那間房，滿頭大汗地出來了。他聽見她一頓乓乓乓後，啪的一聲關了門，掛在門上的那幅卡通畫輕輕地抖動了一下。不久，從她房間裡傳來打電話的聲音，偶爾咯咯地笑，聲音清脆。他站在空寂的客廳裡，像進了別人家，有些不自在。

每個禮拜天的清晨，窗外都會傳來誦唱讚美詩的聲音。住在這裡三年多了，他也搞不清這聲音到底是從哪裡傳來的。這兒沒有教堂，那些虔誠的信徒們不知在哪個地方，將悲憫而清越的福音傳遞到他的耳邊。後來他問女孩聽見了沒有，她困惑地搖了搖頭。她迷茫的眸子真可愛。他真想問，有人說過你長得像劉若英嗎？話到嘴邊好幾次，都及時地打住了。

偶爾他也想起讚美詩，比方在寂寥的夜晚。夜風將窗外的懸鈴木闊葉吹得窸窣作響，那時他想，這會兒能聽聽讚美詩該多好。窗外除了噪音，什麼也聽不見。午夜十二點，一列慢車會準時咣當咣當拉著汽笛從不遠處經過，持續一分多鐘。能聽見火車聲，說明他又失眠了。他坐在黑暗中，菸頭一閃一閃的，有時很想往自己手臂上燙一下。

他之所以記得她搬來的這天是立夏，因為那天是他生日。今天二十八歲，立夏，天氣漸漸熱了起來。他的日記已經越來越簡單，除了記記天氣和日期，很多東西已經可寫可不寫。該改變的東西已經不多。二十八歲，一晃就到了，孑然一身，一事無成。那天他是這麼寫的。略遲疑了一下，他又記下了這麼一筆：

今天搬來一位女孩，長得像劉若英。

他的耳機每晚都流淌著這位台灣明星的歌，他喜歡她大概有些年頭了。他總覺得，她和她們有些不一樣，給人一種清新脫俗、乾淨透澈感。他喜歡這種與眾不同的異質，它們彷彿為他而存在。

二

他起床的時候，他確定她已經出門了。他不知道她什麼時候走的，似乎一點動靜都沒有。怡薇——他在心中念了這兩個字，有些惆悵。這需要告訴她嗎？他記得合租的第一天，他們一起在小區旁邊的一家雲南菜館吃了一頓晚餐。「希望以後合租愉快，相互包容；各自生活的空間，互不干涉。ＯＫ？」她伸出手，兩人握了握。她的手有些涼。冬天得多吃羊肉狗肉。他憨憨笑了笑，又低著頭吃東西。他實在不知道該講些什麼，都是她一個人在說。大學畢業，工作不好找，這份工作還是家人托親戚找的，在工商局，目前暫時屬於臨聘人員。家人準備讓她在這座城市留下來，打算給個首付，讓她先在這邊按揭一套小戶型。正在考駕照，還差場外沒考，計劃年底先買個代步車。凱越？世嘉？你覺得哪個適合我？

他都默默地聽著，偶爾點點頭，又搖搖頭。

「先這麼混著吧！」

她的自信讓他自慚形穢。

「大哥，你呢？」

他一下子不知道該怎麼說好了，有些窘迫。

「你在58同城上說是藥劑師？」

他嗯了聲。

那是多少年前的事了？不過他大學的確學的是這個。

「那你現在哪家醫院？」

他又沉默了一下，說：

「安仁醫院。」

她表示沒聽過。他喜歡她迷茫的眼神。

出門的時候，他回頭環顧了一下客廳，發現飲水機沒關，於是過去摁上了開關。她那只鋼化玻璃杯擺在茶几的邊緣，裡面還盛著半杯水。他忍不住握了握，將水杯挪到茶几中央。

上午的複印店比較清閒。他掏出U盤，詢問打印簡歷的價格，打印了幾份。從複印店出來，他順便去旁邊的早點鋪買了一籠肉包子當中午飯，又去對面的手機店充了三十元話費。太陽的光芒穿透懸鈴木和香樟樹密集的樹葉，刺得頭皮發燙。回去的時候，他在隔著柵欄的別墅區，發現花園的一處角落裡長出了幾株昭和草。長得很茂盛，有株還靠近柵欄，伸手就可以摸到。小時候鄉下的夏天，他常見到這種植物。記得一九九七年夏日一個炎熱的正午，他興高采烈地一路往村支書家跑去，手裡握著的就是幾株旺盛而鮮豔的昭和草。村支書家的黑白電視機前擠滿了人，大家聚集在這裡，村民們叼著菸斗，大聲爭論什麼時候澳門回歸，這讓他印象深刻。自那以後，他焦慮而迫切地等待著澳門的回歸。他相信國家會一天比一天強盛，他憂心忡忡，又滿懷期待。

在別墅區也能看到這種低賤的昭和草，他有些欣喜。通常別墅區都種植著一些多頭鐵樹、大型仙人掌、蝴蝶蘭，很多名貴進口花卉，他都叫不出名來。

若不是花園被柵欄圍著，他想拔幾株昭和草回來。花園不遠處停著一輛最新款的凱迪拉克，旁邊是一頭在警告他的藏獒，令他不敢再走近。

他坐在客廳裡將包子吃完，喝了一大杯水。她依然沒有回來。今天是休息日，他猜她大概是逛街去了。飲水機偶爾發出咕咚咕咚的響聲。在這幾天中，他頻繁地投寄簡歷和應聘。他很少得到回覆，偶爾有，也限一面之緣。一見面，他就猜他們會問什麼。

「你的眼睛……」

「哦……小時候受過傷。」

他們還會問些別的，但是已經無關緊要了。他們會很客氣地送他出門，讓他在家等電話，然後叫下一位。一出門，他立刻戴著墨鏡。全世界只有墨鏡不會歧視他那隻難看的眼睛。天生的，有什麼辦法呢。眼球突出，而且，比另外那隻正常的眼睛大了許多。有時他恨不得將這隻眼剜掉。它百無一用，醜陋地將他置於難堪之境。他已經習慣了人們頭一次見到他時，暗藏於色的驚詫。那隻眼像巨大的磁場，牢牢地吸引著他們。不到萬不得已，他從不和鏡子打交道。

他坐在那兒，既沒有開電視，也沒有開風扇。午後的陽光透過窗台，照進了客廳，正好罩著她的鋼化玻璃杯。牆上的鐘滴答滴答地走著，有時他的思維被它的節奏打亂，陷入一片胡思亂想。那隻鐘已經影響到了他的睡眠，深夜裡，他幾次想把它摘了。但摘了又能怎樣呢，它依然會在這座房子裡不疾不徐地走著。那是房東的東西，他只能讓它繼續在牆上待著。

下午五點鐘的時候，他很想給她發個短信過去，問她回家吃飯不。這個決定可能會置他和她於尷尬的境地。他將手機放在茶几上，緊挨著那只鋼化玻璃杯。他看到玻璃杯裡的水輕輕晃動了一下，沾在杯壁上的水珠又緩緩流落下去。那一刻他想到了宿命。

七點整，她彷彿是踩著點回來的。「以後別等，我不在家吃飯。」她朝他微笑了一下，他便覺得這一切的等待，都是值得的。她進了自己的房間，門啪的一聲關上了，房間陷入一片寂靜中。他起身去廚房煮麵條。過了一會兒，她回到客廳，打開電視、風扇，接水，換台。她的房間總是出奇的安靜，他猜不到她在房間裡做些什麼，她靜得像空氣，連手機鈴聲都沒響過。

—三—

他盡量不在她單位的周邊活動。早晨她出門的時候，他都會醒來。中午飯她會在單位食堂解決。晚飯基本上是在外面吃。她穿三十六碼的鞋，Tata或者達芙妮、百麗。她用的錢包是米奇。她的手機手勢密碼是一個L形。她喜歡吃小天鵝火鍋——這些是那次吃飯時他無意中知道的。她的床頭擺著一隻泰迪熊，天熱她也會抱著它睡。她可能還沒有男朋友。她喜歡汪涵、王菲，房間裡偶爾傳出王菲的歌聲。他不知道她喜不喜歡劉若英。她喜歡讀饒雪漫的小說，正在讀《糖衣》。從折頁看，她每天讀二十到三十頁不等，然後沉沉睡去。她幾乎不吃早餐，踩著鐘點跑去隔著兩條街區的單位上班。這讓他憂心。她喜歡各種明星八卦，知道誰最近和誰好，誰又被誰甩了。她手機裝了陌陌，還有微信。她喜歡夜裡起來喝水。她每天都是十二點過後才睡。

如果需要，他能統計他們之間一共說了多少句話。一切都歷歷在目，每一句他都能回憶出來。如果沒有必要，他們一天都可以不搭話。她很少主動找他，他更是。在她面前，他基本上都是低著頭，盡量不去看她。她越美，他越是不敢直視她。午夜的汽笛聲悠長，暴烈，蠻橫。他躺在床上抽菸，聽見她出來接水。拖鞋的聲音。飲水機咕咚咕咚的聲音。他的心跳聲。有一次，他撞見她穿睡袍的樣子，嚇得他慌忙轉身進了房。她倒被他弄得有些尷尬。那天她買了一些新鮮荔枝回來，放在茶几上，邀他一塊吃。他有些受寵若驚，臉都紅了。她就笑他。「都是新鮮的，剛從廣東運來的，別不好意思，多吃點……你看你的皮膚……以後記得每天吃一個蘋果！」說完水汪汪地望著他。那一刻他有種想擁抱她的衝動。

有時他會選擇在夜晚出門散散步。夜晚的暑氣漸漸消退，難得的月夜，無私地映照著這塊大地，每個人都能公平地得到月光的沐浴。這個世界上，只有陽光、空氣、月色還有父母的愛是無私的，不求回報。散步的時候，他突然想起父親。他記不得父親的模樣了，只知道他死的時候比較淒慘，夜裡給大貨車軋斷了雙腿，司機跑了，父親躺在馬路上慢慢死去。父親下葬的時候，家裡窮得連棺木都買不起，用紅磚砌了個墳。很長一段時間，他視家裡的赤貧為恥辱。

他愛他的母親。這位目不識丁的女人憋著一股子勁，拚了命也要供他念書考大學。他是家裡唯一的男人，母親和三個姊姊一起供著他從小學一直到念完大學。每次想起母親，他就想哭。她以為兒子考上大學後，就能改變家裡的命運，誰知結局並非如此。

路燈將香樟樹葉照得泛黃，人行道上已經沒有多少行人了。只有這個時候，他才覺得整個世界都是他的。不會有人來與他爭工作，也不會有人窺視他那隻難看的眼睛。他看見不遠處的加油站，加油工正和一個女人在閒談著什麼。一輛寶馬車的到來，中斷了他們的談話。車上下來一個女人，朝他這邊瞥了一眼，顯然詫異這人為何深夜還戴著墨鏡。

十二點一刻，他轉身往回走。

客廳的燈關了，她房間的燈也滅了。他輕輕地走到她的房間門口，屏息凝神地聽了一分鐘，裡面沒有任何聲音，她也許睡著了。他輕輕敲了敲門，沒有回應，門輕輕一碰就開了。他猜想她一定是起來喝過水。他的心臟猛烈地跳了一下，聲音巨大，裡面像鑽進了一隻青蛙。他站在門口，看見月光越過窗台，侵入了房間。他努力克制住顫抖，平靜而安分地盡量多望了她幾眼。她睡得很香。S形，側著身。泰迪熊已經落到了地上。房間有點亂，顯然平時在家都是她母親照顧她。床頭櫃上擺著翻開的書和水杯、手機。他就那樣一動不動地站著，細心地欣賞、凝視著她。一切都是完美的、無瑕的。她美得像天使，像聖女一樣貞潔。他感覺鼻子有些酸楚，想哭。

四

她似乎並沒感到異常。早晨她咚咚咚地踩著高跟鞋走下樓梯，那一刻他立馬睜開了眼。新的一天，並不會有新的起色和變化。他的手機，除了10086欠費停機的提醒短信，基本上沒人來驚擾他。他換了幾次號碼，也很少給家裡打電話。他知道她們噓寒問暖過後，便會提起他的工作收入和感情。「都二十八歲的人了，過年該帶一個回來看看了。」姊姊這樣說。母親催得更緊。她們顯得比他還急切。回憶自己的愛情，至少他也愛過一次。那時他還在上大學，她坐在他前排，一個四川姑娘。他給她寫過幾封信，還專門從《讀者》上摘抄了幾首情詩送給她。那姑娘一封信都沒有回。他惱羞成怒地表示要給她寫九百九十九封，直到打動她為止。事實上，在他寫到第四封的時候就洩氣了。那天在圖書館門口，他看見她挽著一個高個男生的胳膊。他呆呆地望著他們遠去的背影。後來她給他回了一條短信：「沈齊，我覺得你學習很刻苦用功，將來可能會有大出息，但是，你真的不適合我，我已經有男朋友了，對不起！」

那一刻，他領略到了愛情的殘酷。那高個男生帶著同情和戲謔的目光直直地盯著他的那隻眼睛，他在他的俯視下，節節敗退了下來。「他們在一起才是最合適的。」他這麼安慰自己。

他躺在床上，一點兒也不想動彈。耳機裡反覆播放著劉若英的歌。〈原來你也在這裡〉、〈為愛痴狂〉……有一會兒，歌中也夾雜著幾句不遠處傳來的讚美詩。他無從分辨。那把放在床下的刀子，他伸手就能搆著。那是他在地下通道花三十塊錢買的。他喜歡它的構造，鋒利、烏黑、厚實、尖銳，手感非常好。攤主似乎摸透了他的心，一分錢也不肯讓。他想總有一天用得著這玩意兒，還是掏錢買了。用它幹嗎呢？對付自己還是對付別人？對付趙大宇嗎？在趙大宇將他從公司解雇的那一天起，這個念頭就在心中萌發了。但奇怪的是，他並不恨趙大宇。解雇自己是應該的，長了一隻難看的眼睛，客戶看著都恐慌，這種人難道不該掃地出門嗎？趙大宇這樣的人，這幾年來，他已經見得多了。有時他也聽聽萊納德・斯凱納德的〈把我的子彈還給我〉：

把我的子彈還給我，把它們裝進屬於它們的槍膛
不要再次欺騙，因為我已經索然無趣
我到達頂峰，卻失去了夢想……

他已經習慣了晚上散步，也將刀子隨手拿上。有時，它就是他的精神支柱。汽車燈在夜空中匯聚成一道道流動的光線，高層大廈和繁華的商場彷彿徹夜不眠。那些出入高檔飯店和商場的人，臉露自信的微笑，得體的打扮，從容的姿態，無處不體現著上等人的尊嚴和價值觀。他記得那天晚上路過停車場，他看見一男一女上了車卻久久沒有動靜，他好奇地走上前去，看到了一件讓他感到羞恥的苟且之事。一個五十多歲的光頭，正在擁吻著一位高中生模樣的女孩。那一刻，他下意識地掏出了刀。他就像黑暗中的豹子，怒火沖沖地瞪著那該死的獵物。在他咬緊牙關走向前時，一道光照射過來，他聽見了車喇叭的聲音，是它及時制止了他心中的惡。他幾乎是小跑著離開的，天下著小雨，將他一路淋得垂頭喪氣。

—五—

晚上在客廳看電視的時候，她破天荒地和他說起話來。

「我以前可是夜貓子，睡眠質量非常差，一般都要熬到一兩點，直到非常累了才能睡得著。最近不知道怎麼，挨著床就睡著了。」

他說可能是你最近工作太辛苦了。她嘟著櫻桃小嘴，做一副哲學家的思考狀，繼而假裝嚴肅地對他點了點頭說：

「有道理，有道理！沒想到上班治好了我的失眠症，真是因禍得福啊！」她給他大講單位領導們的各種八卦，某個部門領導和小三逛商城的時候，被老婆堵在電梯門口……她眉飛色舞起來。他露出羞赧的微笑聆聽著，始終盯著電視屏幕，盡量不與她對視。

有陣子，他沉浸在這樣的世界裡：他幻想自己就是她的守護神，在闃無人聲的夤夜，靜靜地守護著她。這是他們兩人的世界，連月光也休想參與進來。有時他甚至顫動著嘴唇，忍不住想輕輕呼喚她。

他心裡明白，她是不在意他的。她對他幾乎毫無戒備，半夜起來喝水、上衛生間，回到房間隨手把門一帶，常常忘記反鎖。她對他的信任反倒讓他覺得委屈、傷心，他情願她處處防備著他。

那晚天熱，她沒有穿睡袍，只穿了一條小內褲。她蜷曲著身子，手搭在胸前，構成一道迷人的曲線。心驚肉跳中，他感到臉上燒灼得厲害。他立在門口躊躇一下，將那道打開的門又緩緩合上了。躺在床上，他的腦海中裝著的全是那道S形的曲線。她沉睡的面容那麼安詳寧靜。

「你愛她嗎？」

「你配愛她嗎！」

他為自己的卑微感到羞愧。午夜的列車準時拉響汽笛，他頭一回發現窗戶也能發出細微的顫抖聲。有一束來路不明的光柱打在玻璃上，很快又轉移開了。這一天過得實在有些沮喪。中午在小區大門口，他瞥見地上那一毛錢硬幣，彎腰拾起迅速裝進褲兜時，才發現旁邊台階上站著的男孩。男孩正用一種複雜的目光考量著他。這個小孩的目光讓他受辱。為什麼不能去撿地上的一毛錢，就因為它是區區一毛錢嗎？他有些憤懣起來。

黑暗中，他倚在床上連抽了幾支菸，他將空菸盒揉成一團丟進垃圾桶裡。嘴唇因吸菸而苦澀，他感到了某種空缺已久的需求。他再次來到了她的房間，幾乎是帶著一股憐愛，將太空被輕輕地給她蓋好。她的呼吸平順而流暢，沉睡帶給了她香甜的夢境。那是一種沒被破壞的美，像荒無人跡的冰山，乾淨、清澈、冰冷。

手機響得那麼突兀，他嚇了一跳。他驚心動魄地望了她一眼。她睡得很沉，並沒有被鬧醒。他屏息躡足，將手機的聲音關掉。是一條短信。他下意識地打開了手勢密碼。

「小寶貝，睡了沒？你怎麼沒上微信？想你了！」

這個叫大塊頭的男人的短信讓他產生了一股子妒忌。他打開她的微信，他們的聊天紀錄源源不絕地呈現在他的眼前。

「想我還不趕緊來。」

「這邊暫時還沒法辭職，那個跟你合租的男人怎樣？」

「呵呵，怎麼你不放心嗎？」

「孤男寡女的……」

「去死！你要見到他人，肯定就會對他放心啦！」

「怎麼？」

「給你看看他的照片，我偷拍的。」

「怎麼長成這樣，歪瓜裂棗的呵呵。」

「這下你可放心了吧！他那隻眼睛真讓我噁心！你說我再怎樣，品味也不至於這樣差吧！」

「是很恐怖的……」

他幾乎忍著滿腔的妒火才將短信看完。

他從沒想到自己在她眼中竟然是這樣一副形象。她成了他的一面鏡子，將他醜陋不堪的一面完整地呈現出來。而她是什麼時候偷拍到這張令他惱羞的照片的呢？他做夢也沒想到，她偷拍了他，並且將它發給了男友，與他一起分享著他自卑的靈魂。在她那眾多的微信好友聊天紀錄中，他儼然成了他們的談資。她陌生得讓他懷疑自己從未見過她。她和他本就不是一個世界的人。一切不過是幻覺，就像那些迷幻的聲音和細節。此刻，她睡著的樣子十分安寧，像個不諳世事的小女孩。如果可以像拍電影那樣，把剛才他偷看她手機的那幾分鐘的鏡頭掐掉，一切重來該多好。

天色破曉的時候，他倦怠地往箱子裡塞了幾件衣服，準備離開。接下來該幹些什麼？房間裡找不出一根菸來，他只能等天亮後小賣鋪開門。其間他去垃圾簍裡翻出了幾個菸蒂。菸蒂散發出一股澀味，含在嘴上讓他噁心。她的手機又響了，還是那個大塊頭發來的短信。他幾乎是懷著惡作劇的心情，回了一句髒話過去。他想像對方暴跳如雷的情景，不禁啞然失笑。不知道過了多久，樓下越來越多的捲閘門響起來。太陽噴薄而出，霞光溫柔地沐浴著大地。他站在窗前，看見環衛車在地面上灑著水，幾個晨練的人穿著背心在跑步，黎明前的街道有著喧嘩將至前的冷清。

讚美詩的聲音就是這時響起的。他循著聲音，看見一群打扮得體的老人們聚集在一個修葺整齊的私家花園裡，正莊嚴肅穆地唱著。那聲音那麼慈祥聖潔，彷彿不沾人間煙火氣。他頹然地坐在地上，一腳踢開旁邊的箱子，點燃菸蒂，將衣服又一件一件扔了出來。他感到有些沮喪，心想原來他們都是住在那裡面啊。

《作品》雜誌二〇一四—二〇一五年度好作品獎新人獎

月光曲

一彤子一

彤子，本名蔡玉燕，一九七九年生，廣東佛山市三水人。於《作品》、《花城》、《作家》等刊物發表小說，入選多種年度選本。曾獲二〇一二、二〇一四年廣東省《作品》新銳獎。著有小說集《高不過一棵莊稼》、《平底鍋的愛情》，長篇小說《南洋紅頭巾》、《南方建築詞條》、《陳家祠》。

一、木門

趴在我家後房的窗口，透過扭成波紋形，漆了紅漆的鐵窗枝往大街的對面望去，便能望見老指爺家那扇對掩著的大木門。兩提黃得發紅的大銅環掛在木門正中，被兩片同樣黃得發紅的樹葉形銅片固定著，一把厚重碩大的銅鎖，沉甸甸地將兩提大銅環串連起來，有了這銅鎖、銅環和銅片，大木門就顯得格外的威風凜凜。老指婆正佝僂著背蹲在門口揀韭菜，藍黑色的布褲，灰黑色的斜襟布衣，灰白的頭髮稀稀疏疏潦潦草草地扎在腦勺後面。兩個穿了繩子的簸箕擺在她的腳跟前，簸箕是歪放著的，口向老指婆的腳跟歪著，裡面是蔥蔥翠翠的菜蔬。一身橫肉的有根嬸支著巨大的陰影抖到老指婆面前，隔著老遠也能聽到她的聒噪。

「老指婆，點解到左屋企門口都唔入去啊？」

老指婆翻起眼睛瞪她，無搭話，依然揀韭菜。有根嬸假裝關懷地說：「是唔是唔記得帶鎖匙出門口啊？人老真是唔中用囉，坐在地伏咁熱，不如去我屋企坐下啦！」老指婆似乎很不耐煩，將簸箕往側邊挪了挪，坐轉身，乾脆拿弓背對她。有根嬸只望見自己寬大的影子和一個弓曲的背脊，很是掃興，嘀嘀咕咕地往我家這邊走來。經過我趴著的窗口時，我聽見她說：「鬼是唔記得帶鎖匙，肯定又是被春蓮鎖在門外啦！」我覺得有根嬸的為人就好似她身上的肥肉一樣，多管閒事，多餘。

老指婆最終是把韭菜給揀完了，扶著牆站起來，跺跺腳，瞇了眼睛看日頭，我猜她是在摸估做午飯的鐘點到了沒，要是到了飯點仍未能做好飯，她又得挨「新抱」春蓮一頓好罵的，她的兒子大指也不得給她好臉色看。

老指婆是被鎖在門外不得進，我是被鎖在門內不得出，她是焦急不能進屋做飯，我是煩躁我阿媽逼著我抄名字：蔡玉丫，蔡玉丫，蔡玉丫。「玉丫」兩個字還容易描，「蔡」字筆畫怎麼那麼多啊！畫來畫去都畫不完。我阿媽說我九月就要上學了，老師會考我寫自己的名字，如果不會寫就不能上學，不上學，我就得像村子裡的邋遢三那樣，天天拉著兩個破麻包袋，到處撿垃圾。我很想跑出去找客家仔玩，或者去獨樹崗大橋下面停放著的渡船上聽家言四講故事，即使是出屋去跟老指婆聊上幾句亦好。滿腦子溜出屋的想法，但又害怕當邋遢玉丫。邋遢三的破麻包我偷看過，是邋遢三的女兒鐺鐺從她阿爸的破爛屋裡拖出來給我看的，她打開袋口，撲閃淺得一眼到底的大眼睛，叫道：「你睇下，好多寶物的哇！」我迫不及待地探頭過去望，一股惡臭刺鼻，衝得我倒退幾步。鐺鐺又熱情地將麻包袋向我拖近，我嚇得拔腿就往回跑，打死我也不看第二次了，真是有寶物也不看的啦！

我不敢招惹老指婆。曾經有一次，老指爺從九曲河打漁回來，將裝滿活鮮活跳魚兒的魚籮放在橋頭的小賣部門口，得意洋洋地向大家吆喝，小賣部立馬聚滿了人，連小賣部的店主客家二叔也禁不住誘惑，離開櫃台出來湊熱鬧。似我這種有事沒事也要伸著耳朵往人堆裡鑽的八婆仔，怎能錯過這麼熱鬧的場面？滴溜溜一擠，就鑽進了人群的最裡端。魚籮裡竟然有條肥大鮮亮橘紅魚鱗的大鯉，恐怕有六、七斤，擠在一堆白亮的小魚小蝦中，瞪著圓鼓鼓的眼，翹著尾，不停地撲騰著，威風極了。我想知道牠的眼睛能閉起來不？這樣瞪著怪怕人的。我伸手進去，才摸上那濕濕滑滑透明玻珠般的魚眼睛，「啪啦」一聲，手就吃痛了，我「哎呀」叫了起來，回頭便與老指婆泛白裡透著灰暗的眼睛相遇了。我抽抽鼻子，還來不及將手抽回來，「啪啦」又一下，這回打得真切又實在，手臂上火辣辣的。真搞不懂老指婆乾枯得只剩下一張兒皮的手，為麼事有這麼大的力氣。

灰暗的眼睛裡突地曝出兩道陰冷的精光，老指婆嘴唇一動，吐出兩個字：「收手！」我便乖乖地將手抽出來。紅鯉魚得意地在籮子裡「啪啦」地翻騰了一下尾巴，真夠威風。手縮了回來，但眼睛卻禁不住橘紅色彩的吸引，仍不情不願地蹲在魚籮旁邊。老指婆卻似個得勝將軍般，一步跨到我與魚籮中間，用輕蔑的語調說：「鍾意啊？鍾意就返去問你阿媽攞錢來買囉！買返去，你想摸就摸，想抱就抱！」

喲！這死老婆子嘴皮夠刻薄的，她明知我家窮得叮噹響，哪有錢給我買鯉魚。手臂受打了兩下，已經夠窩火的了，又被她這樣奚落，我氣不過，站起來，一腳踹向魚籮，魚籮應聲而倒，魚兒們閃閃亮亮地蹦跳了一地。我在人群的驚呼聲中，似兔子般，嗖的一下便鑽了出去。本以為逃出人圈，安全就有保障了。沒想還沒站定，身後便陰風陣陣，我偏一下腦袋，眼角便瞥見老指婆的爪子呼嘯著向我後腦勺狠狠地抓了過來。這還了得？我抱著腦袋就地一滾，避開利爪，爬起來，撒腿狂奔。

狂奔了一會兒，我以為老胳膊老腿的老指婆肯定放棄了追殺，就把步伐放慢了，喘著氣回頭，卻見老指婆像個逗號般，一歪一弓，堅持不懈，一點點地向我這邊追了過來。我阿媽追打我時，肯定是大呼小叫的，唯恐我聽不見不曉得逃跑，老指婆卻是悶不做聲，鬼影般無聲無息，她的毅力真驚人，已經追上九條街還不言放棄。我嚇得小腿發抖，害怕她突然變成了故事裡的鬼巫婆，長出長長的獠牙，追上我後，便將獠牙插進我的脖子裡吸血食骨。我驚得慌不擇路，一頭便撞到挑著水的娟姊的水桶上，還不曉得反應，人便暈了過去。

我醒來時已睡在村醫偉言叔的醫館裡了。原來我撞上的是掛在水桶前的水兜。我們這裡打水，用的是一種用鐵皮做的敞口容器，樣子兒有點似在鐵鍬上加了個罩子，我們叫它「水兜」。水兜底部彎平，很安全，可端部卻不同了，張開的口兩端尖尖的，殺傷力十足。我很不幸地撞上了這殺傷力十足的位置，有沒有頓時血流成河我不曉得，反正，我右眉骨上，從此刻骨銘心地留下了永不磨滅的疤痕。有了這次血的教訓，我再也不敢招惹老指婆，即使老指爺打了更大的魚回來，抑或春蓮嫂將她只有兩歲半的兒子吊起來打得全村都響亮著慘叫聲，我都不敢近距離地湊熱鬧。

村裡人都在地裡忙活，巷子裡顯得格外安靜，我趴在窗台上，眼睛骨碌了半天，也尋不著一個能陪我說話的人，失望極了，但又不甘心就此下去繼續描字。「蔡」字多難寫啊！我阿爸為麼事不姓「一」或姓「二」呢？就在我內心掙扎著要不要離開窗台時，春蓮嫂回來了。她一肩扛著個袋子，鼓鼓的，也不曉得裡面裝著個麼東西，一手拖著她的兒子小指。小指真瘦，瘦得只剩下一個腦袋，一掛鼻涕長長地拖在嘴皮上，只要稍稍張嘴便能舔進去。春蓮嫂個子不高，皮膚黑，但五官俏，她有個特點，任何時候都能將步伐走得昂首挺胸，那氣勢真叫絕。雖然老指婆有堅持不懈的毅力，但遇上春蓮這樣的媳婦，就一點轍也沒有了。婆與媳之間的中短波鬧，永遠都是老指婆彎腰弓背擦著眼淚走出黑色的大木門，春蓮嫂昂首挺胸耀武揚威地在天台上倒提著小指呼叫。因此，我總結出一條道理：春蓮嫂的氣勢才是無堅不摧的。

看到春蓮嫂，我看見老指婆打了個寒顫，身子下意識地往弓曲裡弓曲。我猜她是想將自己盡量縮進陰影裡，最好不讓春蓮嫂發現她的存在吧。春蓮嫂哪會忽略她的存在呢？她的存在是春蓮嫂氣勢磅礴的根本，她還沒完全縮進牆角，春蓮嫂已經抖下肩上的袋子，將還懵懵懂懂地舔著鼻涕的小指提了起來，「啪啪」兩聲，響亮得似放鞭炮般，鐵砂掌就印在小指唯一有點兒肉的屁股上。小指呼天搶地的哭聲，便響徹了村子，平靜村子頓時熱鬧起來。

小指好可憐，還沒曉得站穩呢，就成了他阿媽用來刺激他阿的道具，只要碰上他阿媽心情不好或做事不順又或者他阿媽想折磨他阿了，他便得義不容辭莫名其妙身不由己地充當起道具。被春蓮嫂提著搧屁股的小指，使我想起粵劇戲班裡的銅鑼。我們村每到秋後，都會組織一場粵曲演出，演出在夜晚，台上燈火通明，台下人頭湧動，旦角們在台前賣力地咿咿呀呀，配樂的師傅在台後使勁地敲打銅鑼。

叮咚噹，叮咚噹。敲得真響，敲得真熱鬧。

小指忘乎所以地配合著他阿媽春蓮的巴掌大聲哭叫著，老指婆蜷縮成一團蹲在簸箕後面，縮得像根軟耷耷的韭菜。

大指哥三十多歲才娶了春蓮嫂，老指婆好不容易抱上孫子，她疼小指疼到心肝尖上去了。記得小指剛出生，春蓮嫂還沒跟她鬧矛盾，老指婆抱著大孫子，大街小巷一戶戶地敲門送豬腳米醋湯，滿臉紅光逢人便誇孫兒乖媳婦兒好，雙手輕輕地抖著酣睡中的孫子，誇一下親一口，幸福的笑容溢滿了臉。也不曉得她是因麼事得罪了春蓮嫂，怨恨竟還積得那麼深。老指家那口實的大木門後傳出來的笑聲逐漸少了，惡毒的叫罵聲越來越多，後來便是摔盆摔罐的聲音，讓人羨慕的一家人，似乎在一夜之間，就成了村裡人茶餘飯後閒談的笑話。起初鬧矛盾時，老指婆是不服輸的，她與春蓮嫂鬥罵，對摔盆子，還互扯著頭髮廝打到大街上來，招來一大堆人的圍觀，氣勢一點兒也不輸給年輕的媳婦。但她的氣勢之火旺得並不長久，一次婆媳的打鬧中，坐在一旁獨自玩耍的小指被嚇哭了，打得起勁的春蓮忽然發覺被扯著的頭皮不痛了，抬起頭，看見婆婆突然氣勢全無，放開扯著她頭髮的手，驚慌失措地直奔孫子，那蠟黃緊張的臉，就似一個柔軟的柿餅子。春蓮嫂頓時氣勢大增，得意洋洋一笑，撩一下亂髮，勝算瞭然於胸。她知道了老指婆的弱點，老柿餅子不好看，但好捏得很。

從此以後，只要老指家的大木門後傳出對罵聲，隨之，就肯定是小指的哭叫聲，然後，對罵聲斂了下去，換上春蓮嫂一個人威風凜凜的咒罵。像我這般已經接近讀書年齡的大姊兒大哥兒，是不作死就皮癢的，每回看見剛曉得走路不久的小指淚跡斑斑歪歪斜斜地走過來時，都哄擁上前，扯下他的褲子，指著他血痕滿布的腿兒，大笑著問：「小指，今日你阿媽又給你做藤條燜豬肉了麼？」小指不明所以，收住淚水，雙手緊緊提著褲腰，含糊不清地說：「阿、阿媽，打、打，痛、痛，無得豬肉食。」我們便哈哈的笑得更歡。

住在老指家對面大屋的阿英婆，實在忍受不了小指呼天搶地的哭叫聲，從廚房探頭出來叫：「春蓮，個仔又無犯事，你無端端打做乜啊？」春蓮不瞪阿英婆卻瞪著老指婆，惡狠狠地說：「做唔到事仲食幾大碗飯，唔死都無用噶！睇見就心煩，我做阿媽的，鍾意打就打，關你屁事啊？」阿英婆比老指婆還要年長，在村裡可受人尊重的，這樣給個後生直叱，面子掛不下去了，說了句：「親生的，咁都下得落手？」又轉向老指婆叫：「小指，過來我這邊坐坐無？」老指婆搖搖頭，慢慢地從陰影裡爬起來，上前拖起春蓮嫂抖在地上的袋子，默默地跟著氣燄囂張的春蓮走進大木門。

大街安靜了，我又顯得百無聊賴，戳著手指想，老指婆進得屋裡，肯定又是低聲下氣地洗米做飯，餓了的春蓮很快又會毆打小指的，不曉得一會兒小指走出來，腿上屁股上又多幾道新的傷痕呢？想了一會兒，肚子咕咕叫了，抬頭望望日頭，日頭在天井的正中央，得趕快做飯，要不，一會兒就得陪小指吃「藤條燜豬肉」啦。

我以為，小指遭「藤條燜豬肉」的罪會遭很久，沒想到，他的運氣竟然那麼好，過不了幾天，他就無需再受皮肉之苦了。他的阿——老指婆死了。是怎麼死的我沒有親眼見著，都是從靈堂裡道聽途說來的。

我們這邊，人死了，同村的人家都得至少出一個人守靈。死者就架在客廳的中間，臉上蒙了黃紙，直挺挺的，香台、火盆、紙錢、香燭等物件都放在死者的左手邊，守靈的人進來，給死者燒三炷香，燒紙錢，說些悼念死者的話，死者當然是不曉得回答的，端坐在一旁用白布蒙著腦袋的唱嘆人，就高一聲低一聲長一聲短一聲地唱了起來，那腔調悲悲切切的，任你是鐵石心腸漢子，也得肝腸寸斷。祭了香錢，就得給蠟燭錢了，蠟燭錢的多少，要看來人與死者的親疏關係，近親多些，五十、一百的，一般村裡人大多是十把八塊。交了蠟燭錢，自覺來幫忙的善人就會遞上兩顆福糖和一毛錢，來人接過回禮，通常都是隨手塞進口袋裡的，然後披上白毛巾，坐一旁去。

我們小孩子還不曉得怕死人呢，哪裡人多便往哪裡鑽，任家長追在後面怎麼大呼小叫也不得停下來的。婚嫁我們歡喜，死喪我們亦都歡喜，反正都熱鬧，都有吃有利錢拿。我們這裡做喪事是不得罵小孩的，怕叫罵聲影響了亡人上黃泉路的心情，使得他投胎也做不了快樂人。所以，做喪事，我們孩子就鬧得更歡了，不停歇地往靈堂裡鑽，靈堂裡香霧繚繞，根本看不清人臉，更何況大人們都是白頭巾蒙著臉的，不撩起頭巾看不到我們，我們就老鼠般亂鑽，鑽到死者的左手邊，跪下來，磕三下頭，扔幾片紙錢進火盆裡，就算完事了，急呼呼地張著小手問善人要錢要糖果。善人多被煙火迷了眼睛嗆了喉嚨，看不真切，稀裡糊塗就給了利錢和福糖，就算看真切了，喉嚨也罵不出來，孩子的手腳靈活，一伸一縮間，福糖和利錢就進入囊中了。當然，我們都還是很自覺的，拿了福糖和利錢就走。

走出靈堂，福糖一拍進嘴裡，很快就吞掉了，利錢還沒攢夠，一毛錢買不到魚皮花生和香港明星貼紙，我們又迅速返回去，再次跪在死者前面騙福糖和利錢。如此反覆多了，就聽到了守靈人的議論，有的說死者生前的是是非非，有的感嘆生命的無常，有的則是言論一些孝子賢孫的問題。我就是在老指婆的靈堂上，聽到她是怎麼被春蓮嫂氣死的。

老指爺那天打漁收穫頗豐，賣了不少錢，剛好那天春蓮嫂不在屋裡，老指爺回去就把錢交給了老指婆。老指婆滿心歡喜地數著錢，計劃給小女兒阿寶置點嫁妝。阿寶已經二十歲了，到了談婚論嫁的年齡，長得亦青蔥水靈，招得當媒人的有根嬸老是在老指家門前晃。前兩天，有根嬸搖著扇子又來尋老指婆，說把崗村有個葉姓的後生仔，長得精神，人也機靈，高中畢業沒考上大學，自己回村科學養魚養鴨，幾年就成萬元大戶了，家裡人著急他忙於事業而耽擱終身大事，就尋著有根嬸，央她幫忙找個勤快賢惠的好女子。有根嬸一下就念到了老指家的阿寶。

媒人從中撮合，兩家人很快就定了見面的日子，做為母親，老指婆當然希望女兒能打扮得花枝招展點。她數著老指爺打漁積攢的錢，心裡盤算著要給阿寶打點兒什麼嫁妝，沒注意到媳婦春蓮突然回來了。春蓮像山洪一般，撲頭蓋臉地突然出現，老指婆還沒反應過來，手中的錢就全都進入她的口袋裡了。老指婆豎著十隻乾癟的手指，愣了好幾秒鐘才醒悟過來，便像瘋子般往春蓮撲過去。年輕的春蓮身手敏捷，雙手一抬，推開撲上來的老指婆，轉身便閃進房間裡，砰地關上門，把內鎖反鎖上。老指婆拚命地拍著木門，一改以往委曲求全的樣子，大聲咒罵春蓮，說她是個黑心肝的，良心都給狗叼走了。春蓮在房間裡惡狠狠地回罵，說老指婆下賤，貼錢給阿寶裝扮無非是睇見男家有錢想討好對方而已。春蓮還得意洋洋地罵：「日日食咁多，食蠢左啦！以為買兩瓶胭脂搽搽，人家就睇得上你個女麼？古往今來，只有男家出錢討好女家的，邊有女家自己出錢的？無見過個做老母的咁下賤！你個癡線婆念有個貴姑爺念癲左啦！」

春蓮在房內越罵越起勁，房外老指婆拍門叫罵的聲音卻越來越弱。開始，春蓮並不以為意，以為老指婆罵累了，歇下來休息一會兒而已，就心安理得地躺在床上數錢，邊數還奚落，老妖婆平日不聲不響的，賺下的錢還不少呢。數了幾輪後，春蓮也奚落到嘴巴累了，就靠在床上睡著了。

這一覺睡得真沉啊！春蓮睡得渾身舒坦地起床，藏好錢後才伸著腰打開房門出去，沒想到，推開房門，一個黑色的物件就倒了進來。春蓮嚇得尖叫一聲，當她看清倒進來的物件，是天天礙著她眼能吃幾大碗飯卻不能幹事的婆婆時，更嚇得將尖叫變為嚎啕大哭。春蓮的哭聲驚動了對屋的阿英婆。阿英婆扶著枴杖走進來，看見倒在地上的老指婆，也嚇了一跳。春蓮連哭帶爬地爬過去，拉著阿英婆的褲腿，不停地說：「阿英婆，救命啊！救命啊！」阿英婆問她事情的經過，她語無倫次地說：「我真唔知道我家婆會跌倒噶！我見無出聲，仲以為罵夠左，歇一歇噶！點知我出來，就跌倒在我房門口了！」

阿英婆伸手探了探老指婆的鼻孔，沒氣兒了，再摸摸脖子下，冰冷的，一點兒溫度也沒有了。阿英婆扶著枴杖站起來，長嘆一聲說：「春蓮啊！你家婆走左啦！」我們這裡人喜歡將去世喚作「走」，很動感，有點兒來來回回周而復始的味兒。

偉言叔說老指婆是突發心肌梗塞走的，他是我們村最權威的醫者，他說是心肌梗塞，我們便覺得老指婆就是心肌梗塞走的。既然是突發病走的，村裡人也沒過多的責備春蓮嫂，靈堂上，守靈人更多感嘆的是阿寶的不幸。年輕貌美的阿寶，本是幸福滿滿地準備相親嫁人的，沒想喜事變喪事，阿媽老指婆走了，阿寶自然相親不成，這樣帶黑帶硬的命，日後還有哪家後生敢和她相親哇！大家長嘘短嘆，本是悲悲戚戚的靈堂，更顯得愁雲密布。老指嫁出去的兩個大女兒，哭得趴在老指婆的腳跟前似軟泥般直不起腰來，春蓮嫂也跪在一旁呼天搶地的，儘管她的哭聲誇張而讓人生疑，但此時此景，大家也沒有了究其真假的心思，都把焦點放在阿寶身上。阿寶披麻戴孝，直挺挺地跪在老指婆的腳前，動也不動，一聲不吭的，她已經跪了兩天兩夜，水米未沾，任善人怎麼扶怎麼勸都不肯起來，像座固定了的石雕。

在我們這裡，出殯是很講究的，先得喃默佬選好下葬的時間，又要尋五琢佬將墳地定好，然後才可淨身上路。淨身也是講究的，必須要用九曲河的水。在喃嘸佬選好的時辰內，孝子捧上焚著香燭的銅盤，由至親們護著，一路哭著走到九曲河邊，拜祭過九曲河後，往河中央撒上買淨身水的銅錢，孝子才可下河舀水。下河舀水，要是在夏天，也沒什麼，趕上是嚴冬，那就辛苦了，河水冷得透骨，很多孝子跪拜完九曲河回來，臉都是黑紫色的，熬過了死者下葬，人亦跟著大病一場。

老指婆沒有難為兒子大指，她選擇在一個陽光還熾熱的初秋走的，所以，她下葬那天，大指哥的臉亦沒有黑紫色，我看見的是一張蒼白的臉。阿寶連護送大指哥去九曲河買淨身水也不肯起來，直到喃嘸佬將一系列出殯前的法事都做完了，唱誦著讓親人行禮時，她才「砰砰砰」地磕了三個響頭，然後站起來，筆直地跟在棺材後面。棺材是由八個精壯的小伙子抬著的，春蓮嫂搶了老指婆的錢，卻沒能將錢拿去打金戒指和耳環，都用來買棺材了。如果不是親眼看見春蓮嫂把錢掏出來給有根叔去買棺材，打死我也不相信她會那麼大方。

棺材上路了，孝子捧著靈牌走在前面，跟著的是打著幡的女婿和亮著電筒的孫子。村裡人都來送老指婆，大家繞著棺材轉了一圈，自覺默默地跟在棺材後面。春蓮嫂尖利的哭聲，在此時起了關鍵性的作用，很多人聽到了她的哭聲，想起老指婆生前的種種不幸，都不由得黯然淚下。我雖然一向都對這個致我頭破血流的老女人沒麼好感，但此時也不覺的有點兒傷感，情緒一直都帶動不起來，儘管，我的口袋裡已經攢夠了買香港明星貼紙的毛幣。阿英婆好似在這幾天內就老得一塌糊塗了，枴杖似乎支撐不住她衰老的身體，但她仍堅持要送老指婆到山上，有根嬸和邋遢三的老婆緊緊地托著她的身體，不停地勸她無去了，老指婆會曉得她的心思的。但阿英婆不聽勸告，說：「月玲後生時，無批鬥過我，還給我送過雞蛋和番薯，心好著呢！」阿英婆是個地主婆，曾經我們村的土地全都是她家的。她堅持送老指婆出葬，大家也沒甚好法子，唯有使兩個力壯身健的女人扶著她，一路跟在送喪隊後面。

廣東的初秋，天氣還多變得很，雷雨說來就來，送喪隊才出發，天邊便飄來一塊灰黑的雲朵，一道閃電劃過，從隊伍出發要去的九十九崗那邊，便傳來響雷聲，然後大雨便下了下來。隊伍慌忙尋地方避雨，棺材被抬進了橋頭的驛亭裡。我給淋了個精透，在人群中擠來擠去，被我阿媽揪住了耳朵，使暗勁扭了幾下。我皮實，被扭了耳朵也不哭，擺脫了阿媽，又鑽另一邊去了。邋遢三的女兒鐺鐺乖巧地跟在她阿媽的身後，看見蓬頭亂髮的我，輕聲輕氣地說：「小心擠倒棺材啦！玉丫！」我響著鼻子哼哼，黃毛丫頭兒，多管閒事。

雷雨說去就去，把我們淋個精透後就停歇了。大家又上路了，有人說，這是老天爺開眼，也來送老指婆一程了，這雨便是老天爺的眼淚呢。春蓮嫂聽了大家這麼說，哭得更尖利更淒切啦，她大聲地嚎著，也不曉得在嚎些什麼詞句。

被雨水打濕了的山路特別難行，抬棺材的八個精壯後生的步伐明顯緩慢下來了，到了南丫山那段路特別陡，他們走得腳步也歪了，在經過一個拐彎處時，走前面的沒留意有個水坑，腳下一滑便踩空了，後面的剎不住腳步，也跟著向前傾，棺材隨著人們的驚呼往水坑倒去，所有哭聲哀嘆聲都停下了。阿英婆掙開有根嬸，嘶啞著聲音叫：「千萬唔好讓棺材浸到水啊！月玲仲要乾乾淨淨地去投胎的啊！」跟在棺材後面的男女都不顧一切地蜂擁上前，趕在棺材落地前，努力拽扶著棺材，不讓它碰到水。我跑得快，早跑在前面去了，聽得聲音回頭，看見鐺鐺那黃毛丫頭兒，竟也紅著小臉，死死地拽著一方撐棺木。這黃毛丫頭兒，能有幾兩力哇？

跌倒的八個後生仔在人們的幫助下爬起來，顧不得身上的泥巴泥水，下腰托擔，「嗨呵」一聲，又將棺材抬了起來。送喪的隊伍終於回復正常了，人們又自覺默默地跟在棺材後面，喃嘸佬揮動著靈幡，嘴裡唸唸有詞，撒下兩把白米，招呼大家繼續上路。歇下去的哭聲突然間爆了出來，眾人抬頭望前，是阿寶，沉默了兩天兩夜的阿寶，竟然在眾人都忘卻了哀嚎的時候，突然哭了起來，緊跟著，老指婆的兩個大女兒亦跟著哭了起來，春蓮嫂趕緊用手捂著麻布，嘶啞嘶啞地叫喚了起來。

老指婆終於在兒女們的哭聲中順利落葬了。九十九崗上，又多了一個插著靈幡貼滿紙錢的新墳。香燭仍未燃盡，墳前凌亂的腳印還未凝乾，鞭炮過後硝煙的味道還繞著山頭，但送喪的人們就已經離開了。新墳面朝著連綿不斷的山崗，空空的，孤寂得像沒有來過一樣。我跟在人群後面走著，忍不住回頭又看了看，那個剛剛鼓起的墳頭裡面，真的埋著個能追著我跑九條街的老指婆麼？我的右眉骨上方，又隱隱作痛，憂傷莫名地縈繞著我。我無精打采地踢著腳下的泥巴，既渴望長長的山路趕快走完，又希望再走慢一點，再走慢一點。可能這長長的送喪的隊伍中，最不傷心的是小指，從此之後，他再也不用遭受「藤條燜豬肉」之苦了。

一二、大屋

我像一陣風捲過後街，阿英婆又趴著矮板凳爬出來了，抬著一個凌亂無比白得發灰的腦袋，兩眼直直地跟著我跑過的方向轉動，眼中似乎有點兒什麼，可我又說不清楚那是什麼。我阿媽總叮囑我，在村子裡遇到大人都得叫的，年輕的叫叔、嬸，年長的叫伯、姆，年老的就叫爺、婆。我阿媽說，這是一個有禮貌的孩子基本的素質。我阿媽讀過很多書，說話總與一般村婦不一樣，「素質」這兩個字，我想了半天也想不明白是些麼，真費腦筋，但我曉得，肯定是個好的，要不，我阿媽不會這樣吩咁這樣強調。我淘是淘點，上牆掀瓦落水摸魚的事兒做過不少，遭討告也是時有發生的，但禮貌還是很講究的。就像這天，碰到阿英婆爬出來，不管她眼裡藏著的是麼內容，我都大大聲聲，潑潑辣辣地叫：「阿英婆好！出來曬太陽啊？」

阿英婆直直的眼睛，隨著我的喚聲擺動了一下，才答：「是啊！是玉丫麼？」嗨！我玉丫唔是站在她面前麼？我不由得停下來，走近她，仔細地觀察她直直的眼睛。只有這麼近，我才看清楚阿英婆的全部，她的五官都被老樹皮般的皮膚圍起來了，老人斑密密地布著，身上散發著一股腐朽的氣味，要在平時，我肯定是捂了鼻子拔腿就跑，但這回我卻不想跑，我被阿英婆的眼睛吸引了，那兩個混濁的半透明狀的晶體上，居然有兩個圓圓的小白點隱在裡面，覆蓋了她的瞳仁。我不清楚那小白點是什麼，也弄不清楚它是什麼時候怎麼長在她的眼裡的。但潛意識裡曉得，阿英婆之所以看不清楚我，眼睛變得直直的，肯定與這兩個小白點有關。

我好奇地問：「阿英婆，你唔見到我麼？你眼睛裡長出來的小白點是麼東西啊？」阿英婆努力用雙手挪了挪板凳，讓身體往屋外伸了伸，拖在她身後裹著長長的黑布褲的雙腿，也往前蠕了蠕，阿英婆怎麼會有這麼醜的黑布褲啊？我奇怪地想，俯視著看阿英婆，她就好似一條抬起頭的黑蜈蚣，但這黑蜈蚣卻是垂老的。我蹲下來，好奇心驅使我再觀察清楚一點兒她的眼睛，小白點真好玩，它怎麼會突然長在阿英婆的眼睛裡的呢？一陣過堂風吹過來，把阿英婆身上混濁的氣味也吹了過來，我忍不住捂了鼻子，她有多久沒洗澡了啊？

阿英婆沒有跌倒之前，是個乾淨優雅的老婆婆呢。她穿著兒子從香港或英國寄回來的時髦衣服，拄著鑲了青白玉龍頭的紅木枴杖，白髮梳得油閃閃的，站在大屋前面，中氣十足地招呼我們小孩子們過去。她的大屋真好，裡面是全大理石的鋪設，圓的石台石凳，弧形的紅木門，樓梯迂迴曲折地走了三輪，頂層還蓋了兩個琉璃亭子，一道弧狀的橋搭在兩亭之間，既漂亮又肅穆，像皇宮似的。我的詞彙裡，最輝煌的建築物，只能用「皇宮」來形容。但後來，我阿媽告訴我，這所立在大片青磚灰瓦翹簷的鍋耳屋群中的色彩鮮豔的大房子，是仿歐洲教堂的設計。我阿媽說，漂亮歸漂亮，但與教堂牽連上，意味總是不好的。我們小孩子是不理會它似不似教堂，也不理會意味如何。我們喜歡往大屋裡跑，主要是喜歡藏在大屋裡的內容。阿英婆的大屋實在太好了，內容豐富得讓我們無法拒絕，那些擺在大理石桌上、台櫃上的盆子裡，總是堆滿瓜子糖果，而且，這些瓜子糖果和我們平常在客家二叔店內買的大有不同，它們包裝鮮豔，還印了洋文，味道香甜得……哎呀，想著就滿腔口水。總之，對於我們小孩子來說，阿英婆的大屋就是取之不盡的寶藏，我們每天都要跑進去幾趟，眼巴巴地望著高高的台櫃。阿英婆總會笑呵呵地走過來，搬張凳子，從櫃台裡抓出來一把瓜子或糖果分給我們。我們迫不及待地將分得的糖果拍進嘴裡，糯甜的糖果溶在嘴裡，我就覺得阿英婆真好，她的命更好，有兩個在外面的兒子，每天能吃上這麼好的糖果。小孩子們聚堆玩在一起時，我們就議論，阿英婆的大兒子或小兒子，大概什麼時候會回來呢？他們一般都會在清明和阿英婆生日那天回來的，在香港的大兒子回來得頻繁些，要是阿英婆有些什麼病痛，他都會回來照看一下。小兒子據說已經定居在英國，回來一趟山重水遠不容易，所以，與阿英婆的溝通大多是寫信或寄郵包，郵包裡通常都是寫著洋文的食物或衣物，但信卻是中文寫的。阿英婆眼神不好，接到信就會來找我阿媽，每回我阿媽給她唸完信，她就從郵包裡抓出一大把印著洋文的糖果賞我。於是，我每天都像阿英婆那般迫切地渴望她的小兒子寄信回來。

自從阿英婆跌倒後，我們就很少獲得印有洋文的糖果吃了，我們私底下便議論，肯定是邋遢三的老婆將阿英婆的糖果都私吞了，我羨慕死鐺鐺了。這該死的邋遢三老婆，在沒有去照顧阿英婆之前，她就是一個邋遢貪婪的醜女人，在村子裡收垃圾時，看見人家屋門前有個塑料瓶子也要順走的，貪心得很，她哪能不嘴饞阿英婆家的糖果呢？我們都哎哎唧唧地埋怨，怎麼阿英婆的大兒子不尋我們的阿媽去照顧阿英婆呢？那樣，我們就可以有吃不盡的糖果了。我曾跑回家去問我阿媽，怎麼唔去照顧阿英婆呢？據說照顧阿英婆有兩百元一個月呢！我覺得我阿媽比邋遢三老婆強多了，她有文化、又勤勞、又愛乾淨，肯定比邋遢三老婆招阿英婆的大兒子喜歡。但我阿媽卻不同意我的想法，她摸著我的腦袋說：「寧願身體累，亦唔拖著老。阿媽更鍾意同你阿爸種田挖藕。」我怎樣也想不明白，一年種田才得多少錢啊？還得交糧呢！照顧阿英婆得的酬勞比種田強多了。這時，我已經讀一年級，曉得算加減，知道種田是不賺錢的。但我阿媽非這樣死腦筋，我亦無辦法，就想，怪不得我家總比其他人家窮呢。

阿英婆眼中的兩個小白點很快就引不起我的好奇了，我的眼睛又骨碌碌地往大廳內高擱著的石櫃掃去，那裡面有花花綠綠的內容啊！我忍不住狠狠地吞了口口水。聽到我嚥口水的聲音，阿英婆咧開沒有牙齒的嘴巴笑了，一條口水從她的嘴角流了下來。我問：「阿英婆，你的假牙呢？」阿英婆回頭向裡面呶了呶嘴巴說：「三嫂放在桌子上，我攞唔到！」我說：「我幫你去攞吧！」我站起來，其實我是想找藉口進去，看看裡面還有沒有邋遢三老婆拿不走的糖果。阿英婆卻說：「唔使啦！攞得到我都無辦法睇得到來戴啊！」我才記得，她的眼內有兩個白色的小點，眼光是直直的。我又蹲下來，看著她透明裡帶著乳白色的眼睛，問：「阿英婆，你幾時睇唔到噶？」

在我印象裡，兩年前的阿英婆還靈活得很的。我阿媽讓我拖幾個出生雞蛋給她，她收了雞蛋很高興，不僅往我口袋裡塞滿了糖果瓜子，還表演魔術給我看。她從懷裡掏出一條漂亮的絲綢手絹出來，讓我一定要瞪大了眼睛看著哇！我便真的把眼睛瞪得大大的，胖胖的小脖子昂得高高的，阿英婆忍不住笑著在我臉蛋上親一口說：「肉乎乎的，我孫子小時候亦無你咁胖！」我見過她長大後的孫子，高高瘦瘦，戴著個金邊眼鏡，一副弱不禁風的樣子，哪有一點兒胖的樣子？

阿英婆將手握成拳，將手絹一點一點地從上往拳裡塞，待手絹全塞進拳頭裡後，她調皮地向我眨眨眼睛說：「看穩啦！唔好眨眼，玉丫！」那般俏皮的樣子，就似個童顏鶴髮的老姑娘麼。我努力地將眼皮撐著，真的一下也不敢眨眼，阿英婆忽地將手腕一轉，一抖，然後將拳頭遞到我面前，慢慢地張開，真神奇啊！塞進拳頭裡的手絹不見了，放在她手掌上的是一顆漂亮的糖果。我驚喜得跳起來，拉著她的袖問：「手絹呢？手絹去邊度了？」阿英婆笑著將糖果剝開，將糖放進我嘴裡，慢條斯理地揉著糖果紙說：「無急無急，等阿英婆用糖果紙將手絹變回來好唔好？」我高興得直點頭，她摸摸我的腦袋說：「這回真看穩了啊！千萬唔好眨眼啊！」我便真的用兩隻小手指把眼皮都撐著，圓鼓鼓地瞪著阿英婆的拳頭，阿英婆將拿著糖果紙的手握成拳，裝模作樣地往拳頭裡吹一口氣，又將另一隻手往空氣中抓了一把，快速地拍在拳頭上，手腕一轉，又慢慢遞向我的前面，我放開小手指，揉揉眼睛一看，哇！手絹又在阿英婆的手上啦！太神奇太厲害了，我歡喜得又跳又拍掌，纏著阿英婆後面，問她還能不能把手絹變成彩帶，最好能變成鴿子。阿英婆慈愛地摸著我的腦袋說：「阿英婆可無咁大的本事了，只曉得變糖果，玉丫你快點長，長大左學左本事，回來表演俾阿英婆睇好唔好？」我懵懵懂懂的，也記不得有沒有點頭。

沒想到，才兩年過去，靈敏的阿英婆就不見了影蹤，她亦再也不可能給我演示魔術了。見我問她眼睛，阿英婆的情緒就開始低落了，說早兩三年眼睛就有點矇的了，但卻不為意，老人嘛，有點兒眼花也不是麼病，沒想眼睛卻越來越不中用，自從那次下樓梯踩空跌傷了腰後，不僅人站不起來走路，連眼睛都不聽使喚啦！她將腦袋擱在矮板凳上，長嘆一聲說：「玉丫，阿英婆依家連出面的太陽光都睇唔到啦！」

看著她失落的樣子，我的心情也跟著灰暗起來，你說一個老人家，吃的看的走的能力都消失了，乾住在一間全是石頭的大屋裡面，有多可憐啊。我伸手去扶她，努力將她的身體往門外拖，我說不清楚自己為什麼要這樣做，反正我覺得自己這樣做是對的，老人家就應該多感受陽光。邋遢三老婆的聲音像刮子一般從屋裡刮了出來：「哎喲喂！玉丫！你作死啊？拖著阿英婆去邊度啊？」我抬頭瞪一眼，這個醜女人真恬不知恥，身上竟然穿著阿英婆以前穿過的時髦衣服。

阿英婆一輩子都愛美，她有穿不完的好看的衣服，總愛把頭髮梳出不同的樣式來。我還見過她穿藕荷色的旗袍呢，雅致又高貴，那是她八十歲做大壽時穿的，她的兒子孫子們都回來給她做壽了，壽宴請了全村，在大宗祠堂裡擺的酒宴，熱鬧極了。她的大兒子還特地將附近幾條村的醒獅隊都請過來，給她舞獅賀壽，那場面，鼓樂喧天，鞭炮齊鳴的，把來賀壽的老人們都羨慕得眼睛紅。我奶奶就在我們面前說過，待她到八十歲時，要是也能請兩頭醒獅賀賀，就死都眼閉了。鼓樂聲中，阿英婆穿著莊重典雅的藕荷色祥雲圖案的旗袍，端端正正地坐在鋪了紅墊的酸枝椅上，接受兒孫們跪拜行禮祝壽，那個模樣，那個氣勢，似個至高無上的貴婦人。

此時，阿英婆的衣服鋪在邋遢三老婆的身上，就顯出了怪裡怪氣的味道。那麼黑瘦的臉皮，那麼醜陋庸俗的五官，那麼沒有規律的身材，襯著這麼時髦高貴的衣服，簡直醜得無法形容。見我拿眼睛瞪她的衣服，邋遢三老婆有點兒不好意思了，哎哎哎地叫喚了幾聲，不自然地拉拉衣服下擺，說：「我睇見這些衣服仲咁新，試試著哇！一陣間我就去除下來啦！」

打死我亦唔相信她講的話，她給一輩子都乾淨愛美的阿英婆穿著她的粗布衣服，自己卻穿了阿英婆的漂亮衣物；在該抱阿英婆上輪椅推出來曬太陽的時候，任由阿英婆自己用矮板凳爬出屋，她卻躲在大屋裡面不知道又翻找些什麼。阿英婆聽到邋遢三老婆說話，回頭說：「三嬸，給玉丫抓兩把糖果去！」邋遢三老婆哎哎地答著，翻著怪眼說：「你個貪食鬼。」說著從石櫃裡抓出兩個小糖果，飛快地塞入我的手內說：「抓穩了，真便宜左你個貪食鬼。」

我抓著兩個糖果，飛快地往回跑，跑著跑著，就哭起來了。回到家裡，我阿媽剛好洗完頭，坐在院子裡用木梳子梳著她油光滑亮的長頭髮，她的頭髮又長又黑，濃濃密密的，為了容易梳理，她把頭髮都撥向一側，側著肩膀慢慢地梳著，發尖上的水珠兒在陽光下一閃一閃的，陽光在她頭上毛茸茸地跳動著，我覺得阿媽真好看。

聽見我闖進來，阿媽叫了聲玉丫，抬眼看見我眼睛紅紅的，阿媽奇怪了，笑著說：「邊個壞鬼將我家天不怕地不怕的玉丫氣哭啦？是家言四還是客家二啊？」在村子裡，最喜歡逗我玩的就是家言四和客家二叔了，我每回紅鼻子，幾乎都是他們氣的。我氣呼呼地踢了一腳放在門角的矮板凳，我阿媽再次從厚密的黑髮叢中抬起頭，問：「你是怎麼了？邊個得罪你啦？」我抽著鼻子說：「都怪你，你去照顧阿英婆不就好了麼！」我阿媽愣了一下，問：「阿英婆做乜事了？你三嬸又偷她的東西啦？」

眼淚莫名其妙地從我眼裡流了下來，我抽抽嗒嗒地跟我阿媽說，邋遢三老婆不應該穿阿英婆的衣服，更不應該給阿英婆穿她的衣服，那麼醜，說著說著，我竟覺得委屈極了，伏在我阿媽的膝蓋上嚎啕大哭起來。我阿媽拍著我的後背，安慰說：「好啦好啦！唔好哭啦！玉丫，這都是阿英婆的命啊！這是所有人老了都必須經歷的命啊！邊個叫阿英婆一定要留在村裡，唔肯跟兩個仔出去享福呢？」

我阿媽說得沒錯，阿英婆今天之所以淪落到和邋遢三老婆一般邋遢，除了邋遢三老婆沒有盡心照顧她外，她自己亦難辭其咎。阿英婆跌倒後，她的兒子們都回來過，她小兒子想將她接去英國，她說聽唔懂人家洋人講話，唔去。她大兒子說把她接去香港，她說在那邊喝不到九曲河的水，唔去。就是因為她的固執，她的兒子們才不得不在村子裡找人照顧她。

我哭著說：「阿媽，是唔是，人老左，都要無牙齒，都要盲的？」我阿媽又一愣，問：「阿英婆盲了麼？」我點著頭說：「是啊！她的眼睛裡面，長了兩個白色的小圓點，她已經完全睇唔到啦！」我阿媽一呆，略有所思地說：「嗯，應該是白內障。點解唔同兩個仔講呢？」頓了頓，她又長嘆一聲說：「唔講都是好的！要是阿英婆睇見自己現在咁的模樣，肯定難過得要死的！」我一聽，又忍不住淚如雨下了，我阿媽笑著點我的額頭說：「喲！我玉丫真大個了，曉得好醜啦！」我緊緊抱著阿媽的膝蓋，抽噎著說：「阿媽，你老左，我一定會照顧你的，我唔俾你好似阿英婆咁臭。」阿媽給我擦著淚說：「傻玉丫，你大個了，就得嫁人的，到時，你就有自己的家庭，要是你似阿英婆的仔咁，去了咁遠的地方搵食，想在阿媽身邊盡孝就難啦！」我搖著頭說：「那我就唔去咁遠的地方搵食啊！」我阿媽給我擦乾淨臉，拉著我站起來說：「但是，我們做阿媽的，都希望自己仔女，走得越遠，搵得越多才好啊！」

我聽不明白我阿媽的說話，但村子裡的確很多人家都是這樣的，後生都走出家門，去得很遠很遠的地方工作，甚至落地生根，有的還漂洋過海呢。走出去的人，的確好像都能賺好多好多的錢回來，他們給父母兄弟蓋了洋氣的房子，衣食總連連不斷地往回拿。在我們村子裡，有人在外，是件榮光得不得了的事情。就拿我家來說吧，我阿爸的兩個大姊年輕時到新加坡去了，老了才尋回來，即使這樣，也使我家在村子裡的地位一下子拉高了，連我看見客家二叔的兒子客家仔時，也變得昂首挺胸了，我不再羨慕他家有吃不完零食的小賣部啦！因為我有兩個在新加坡的老姑媽。

阿媽將頭髮瀟灑地往腦門後面一甩，用紅頭繩鬆鬆地綁在身後，然後拉起我的手說：「走，玉丫，跟阿媽去給阿英婆沖個涼。」我立馬破涕為笑，還特地跑進屋去，將我阿媽專門給我買的花露水亦拿上。

這天，我和我阿媽幫阿英婆美美地洗了澡，我阿媽還給她把頭髮梳得油光光的，用紅頭繩綁了，穿上最大方得體的香雲紗衣。整個過程中，阿英婆都咧著只有牙床的嘴巴呵呵地笑著，邋遢三老婆已經將阿英婆時髦的衣服穿得皺巴巴的了，她站在一邊手腳不曉得該往哪裡放，這兒摸摸哪兒拉拉的，想幫忙幫不上，不幫忙嘛，又好像說不過去，就饞著臉說：「哎喲喂！四嫂，你真好眼光哇！有文化的人就唔一樣，挑件衫就是合身襯人噶！」「哎喲喂！唔得了啦！四嫂，你對手都巧到絕啦！咁靚的發髻都梳得出來！」

我真煩她的聒噪和無恥，不停地拿眼睛瞪她，她卻不為然，還說：「玉丫乖起上來，真得人疼哇！我鐺鐺膽子就小，叫左幾次過來幫我同阿英婆沖涼，都唔敢！」

我們懶得理會邋遢三老婆，將阿英婆抱上輪椅，推出大屋去曬太陽。邋遢三老婆唯唯諾諾地跟出來，遠遠看見有根嬸和玉蘭嬸從村口那邊有講有笑地向這邊走過來，急忙上前一擠我阿媽，搶過輪椅，昂首挺胸地往前推。

我阿媽笑了笑，沒說什麼，牽著我走到邊上去，我看邋遢三老婆推著阿英婆，怎麼看都像隻母雞在街上搖搖擺擺。有根嬸和玉蘭嬸走上來，看見乾淨漂亮的阿英婆，都圍上來問好，嘖嘖地羡慕說阿英婆富貴好命，不能走路了，還請得個盡責乾淨的好保姆。邋遢三老婆恬不知恥地直著腰板炫耀：

「那是當然地啦！做人應該要對得住良心嘛！」

我實在聽不下去了，正想發作，我阿媽卻拖著我回屋去了。

但誰也沒想到，村裡有著最好最富貴命的阿英婆，竟然這樣想不開，從她家三樓的那個琉璃瓦頂的亭子裡跳了下來，直挺挺地拍在街巷上，把住她對面剛打漁回來的老指爺嚇得縮在床上抖了三天。至於她是為麼事想不開，又是怎樣一個人避開邋遢三老婆的視線爬上三樓的，我們都不得而知，無從究竟。但我卻暗裡認定了，阿英婆是因為無法接受自己一下子從乾淨優雅的老太太變成一個蓬頭邋遢的糟老太婆而自殺的。

我跟著我阿媽去守靈時，進門就看見了那張阿英婆經常用來撐著爬出門口的矮板凳。這回我沒像之前老指婆走時那樣，像隻老鼠般進進出出，趁著人多煙霧濃，不停地磕頭騙福糖利錢，而是跟著我阿媽，用香燭祭過阿英婆的靈軀後，拿了善人遞過來的福糖和利錢，就乖乖地退到門角，坐在那張被阿英婆不知道趴了多少次的板凳上，低頭繞著地下的稻草玩。

給阿英婆守靈的人真多，比老指婆走時的人要多得多了，阿英婆的大屋裡擠滿了人，我低著頭，看見的都是形形色色不同的腳，有光腳的亦有穿皮鞋的，有挽著褲腿的亦有穿著西褲的。阿英婆的兒子們回來得這麼少，不曉得他們在內地怎麼結交的那麼多朋友，那些朋友們都衣著光鮮，有的還開著黑色的屁股後面噴著粗氣的小汽車來呢！不過也難怪，阿英婆的兒子們都很闊綽的，每回回村，都帶好多好吃好用的回來滿村子派。清明節時排場更大，請了全村的男人去吃飯，男人們吃飯回來，手裡還提著一掛金黃噴香的燒肉。我阿媽說過，出手闊綽的男人，都能廣交朋友的，有錢人麼！誰不想攀著呢？來的人抱的心思都不一樣，有的祭了香燭放下蠟燭金就走了，有的卻留下來守夜靈。

不知什麼時候，我的身旁立了對纖巧的腳子，腳子上穿著一雙城裡小女孩才有得穿的黑色小皮鞋。小皮鞋真漂亮，上面還有個蝴蝶結。我慢慢地抬起頭來，小皮鞋的主人竟然是邋遢三的女兒鐺鐺，她正咧著粉粉的小嘴巴，對我友好地笑著。見我抬頭，她立刻伸手過來說：「給你，玉丫！」我一看，是一顆福糖，上面印了洋文。我鼻子哼了哼，扭過頭，不僅她手中的福糖對我起不了吸引作用，連她腳上穿的黑色小皮鞋亦格外刺眼。這個黃毛丫頭兒卻不知好歹，仍不死心地蹲下來，瞪著一雙淺得一見到底的黃眼睛望著我說：「玉丫，你做乜嘢唔開心啦！今次的福糖好好食啊！利錢又多，都是一蚊噶！可以買好多張翁美玲的貼紙啦！」

我們這些住在珠三角的小孩子們，是最早受到港台文化影響的。女孩子們都喜歡有著大大眼睛的香港影星翁美玲，只是那時我們並沒料到，過不了多久，這個美麗清純得像個仙女般的大影星，竟然也想不開自殺了。好在她不似阿英婆般，將自己摔個血肉橫飛，而是用煤氣將自己完美的容顏永遠定格在我們的記憶裡。我是在翁美玲自殺了幾年後才曉得這個消息的，當時我就莫名地想起了穿著藕荷色旗袍梳著光滑髮髻的阿英婆，竟不自已地流出了眼淚。

鐺鐺還不曉得，因了她阿媽的原因，我是不會接受她的任何饋贈和討好的，她越渴望跟我拉近乎，我越是抗拒她。當她自作主張地伸手拍拍我的膝蓋，將利錢和福糖放在我膝頭上時，我的暴脾氣就爆發了，跳起來，一把推開她。鐺鐺驚愕得傻傻地瞪著無辜的眼睛，兩條小掃帚般的黃辮子一擺一擺的。我還不解氣，彎腰將她給我的福糖和利錢，連同地下的稻草一起抓起來，往她身上一扔，罵了句：「貪心鬼個女，我以後都唔同你玩啦！」就跑了出去。

我不知道鐺鐺站在靈堂裡，有沒有哭得稀里嘩啦的，我亦無心去思考這些小事情。才出大屋門，我便被眼前的一幕吸引了。

阿英婆的小兒子終於回來了，一台光亮得照人的黑色小車將他載回來的。這個小兒子全身披麻戴孝，雖然我見過好多人老走後，他們的孝子亦披麻戴孝，但我還沒見過把麻衣孝帶穿戴得那麼隆重的。小兒子在九曲河前就堅持下車了，遠遠對著家的方向，雙膝一曲便跪了下去。跟在他身後的車子裡，亦鑽出了幾個身穿重孝的男女，見到前面的人跪下，趕快亦跪了下來。一群披著重孝的人，匍匐在地上，一步三磕地往村子蠕動而來。我從來沒見過這般行孝的，嚇得靠在大屋門前不曉得走開，還是我阿媽眼尖，急忙奔過來將我抱到一邊。村裡人都自覺讓開一條道來，讓阿英婆的小兒子領著兒孫們一路跪磕而來。當阿英婆的小兒子經過我前面時，裹在他頭上的麻布忽地掉下來了，我看見了他滿額的鮮血和花白的腦袋，還有縱橫滿臉的淚痕。有善人上前幫他撿起麻布，重新披在頭上。一般人家孝子回來，都是進門前才跪下，我不明白阿英婆的小兒子為什麼隔著九曲河就跪下來，還要把腦門磕得皮開肉綻的。待了長大有過恩怨情仇的經歷後，再回憶起那天阿英婆小兒子的進門，我才明白，有多恨就有多愛，離了不是不想回，而是不能回。

開始張羅擺火盆行儀式了，孝子都回齊，送殯馬上就要開始了，靈堂肯定又有一頓忙亂。忙亂中有人輕聲地議論說，這小兒子自幼懂事，和阿英婆感情深，他比他哥小十多歲，打土豪鬥地主時，也就十來歲的樣子。阿英婆被批鬥後回家，他害怕阿媽想不開，睡覺都是抓著阿媽的耳朵睡的。這些典故我早就聽我阿媽說過了，我阿媽還說，阿英婆的小兒子痛恨我們村的人，當年他兄弟倆逃去香港，離開前他曾咬牙切齒地說，一輩子也不會回來這裡。但那時都是年輕氣盛，哪有脫離得了住著老母親的故土的？漂得再遠，根還連著九曲河。

兩個孝子被善人指令著，捧著銅盤和靈牌到九曲河去買水了，望著他們一步一磕，虔誠而悲痛的身影，我便擔憂地想，要是一會兒，他們給阿英婆淨身時，看見母親那個血肉迷糊的背脊，又會是怎樣的悲痛，怎樣的追悔莫及？我悄悄地走離了人群，不忍再看。

不遠處就是連綿起伏的九十九崗了，如果說九曲河是孕育我們村的母親河，那麼，九十九崗就是守護著我們村的父親山。九十九個山崗緊連在一起，如屏風般把我們村圍了起來，我們祖祖輩輩世世代代都喝著九曲河的水長大，老走後，都深深地埋在九十九崗的腹肚中。聽村裡人說，五琢佬已經幫阿英婆在九十九崗尋了個坐北向南、風水極佳的位置啦！阿英婆的墓穴也挖得極深極寬大，她的兒子們已經將墓穴附近的山地也買下來了，準備將阿英婆的墳墓修得威武堂皇。

我不曉得村裡人為什麼都熱衷於議論一個人死後的事情，也不明白將墳墓修得像皇帝陵般有什麼意義。阿英婆畢竟是走了，真的走了，她會漸漸淡出人們的記憶，漸漸成為一個孤獨的山墳，或許她的兒孫偶爾會想念到她，可她亦不能感知了。而且，他們將阿英婆的靈體遠離普通墳地，高高築在山頂上，阿英婆的腿已經廢了，她還能爬得到這邊的墳地去尋老指婆她們聊天麼？我多想跟他們說，落葬時把阿英婆的板凳兒也捎上吧。可我只是個七八歲的小女孩，沒有勇氣將內心的想法說出來。

想到阿英婆今後會住在寒森森的堅固無比的大墓穴裡，孤獨無比，我就覺得阿英婆死後的苦，不一定比她生時受的苦少，我悲從心生，一個人蹲在牆腳下，抽抽噎噎起來。

三、月光

我一直都是刻意忽視鐺鐺的，因為她是邋遢三的女兒。

邋遢三是我們村裡最髒最臭的人，他終日拖著一個破舊不堪的麻包袋，手裡夾著一把髒鐵鉗子，外出收破爛時，麻包袋裡還會別著一把有鏽鐵砣的秤子，他走過石階時，石階會留下一行骯髒可疑的腳印，他經過村口時，村口會留下一股刺鼻難聞的氣味。不但我們小孩子們不喜歡他，連大人們都不喜歡他，我們的阿媽總叮囑我們，見到邋遢三都離遠點兒，省得被他身上的臭味熏著了。邋遢三邋遢，他的老婆在村裡名聲也是不好的，那是個又醜又貪小便宜的矮女人，總喜歡幹些偷雞摸狗順藤摸瓜的事兒。有根家就給她偷過舊車輪胎，有根叔是跑四輪車的，家門前總有兩個破輪胎堆放著，也不知矮個子的邋遢三老婆哪來的力氣和本事，竟然能神不知鬼不覺地將兩個沉重的破輪胎推回家。還有客家二叔家的小賣部前面，每天都會堆放著不少客人喝了剩下來的瓶瓶罐罐，可是邋遢三的老婆就能在客家二叔打個午睡瞓的時候，將所有瓶罐都一掃而空。邋遢三家是從來都不種蔬菜的，他們亦不會到菜市場去買菜吃，但總有人發現他們家的飯桌上，擺著鮮嫩翠綠的青菜。

可是偏偏是這麼的一對又髒又醜的活寶，卻生出了一個晶瑩剔透的女兒來。鐺鐺不隨娘，應是隨了邋遢三。我雖然沒真正看清過邋遢三的模樣，因為他終日都蓬頭亂髮的收破爛撿垃圾，不愛抬頭看人，亦不愛跟人說話，即使有時我們小孩子去他家找鐺鐺玩，碰見了他，他亦是低頭悶腦地整理他的破爛，不理睬我們。但我聽我阿媽說過，邋遢三沒收破爛之前，也是個乾淨漂亮的小伙子，後來被人誣陷了流氓罪，受批鬥坐了牢，平反放回來後便似換了個人般，不愛和人說話，終日和垃圾打交道。他的老婆是自己貼上去要跟邋遢三過的，到底他們有沒有領證都不得而知，反正不久後就有了鐺鐺。

邋遢三夫妻倆雖然骯髒邋遢，但對女兒鐺鐺卻寶貝得似掌上明珠，鐺鐺打從娘胎出來就白白淨淨的，乾淨得像個瓷娃娃，也漂亮得像個瓷娃娃，下巴尖尖的，皮膚透白透白，似乎再張大點兒眼睛就能看見她皮膚下的血管了，一雙捲著長睫毛黃褐色瞳仁兒的大眼睛，總水汪汪地大瞪著，讓人覺得一眼看下去就能看到底了，可就是看不到底兒，害得你看過了還淨念著想多看一眼。鐺鐺的個性亦是溫溫順順的，她雖然也出屋走動，但絕不會像我們這般撒開腿就亂跑亂叫，野得像群小馬。她愛站在一旁，吃著手指瞪著大眼睛看我們玩，看見我們滑稽的樣子時，就擺著兩條小掃帚般的黃毛辮子吃吃地笑，她的兩頰都有個酒窩兒，笑起來特好看，多寬的笑容灌進去，也埋不盡她深深的酒窩兒。

我雖然有意疏遠鐺鐺，可我內心還是喜歡這個黃毛丫頭兒，有鐺鐺立在一旁看我們玩遊戲，我便特別地起勁，我多麼渴望能多讓她吃吃的笑著啊。我喜歡喚鐺鐺做黃毛丫頭兒，這並不是鐺鐺年紀比我小，相反，鐺鐺比我還年長兩歲啦！只不過，她很嬌弱，個子不高，和體壯高大的我相比，她就顯得有那麼點兒黃毛丫頭的味道了。人們都說鐺鐺很漂亮，她和我姊姊碧丫是他們年級裡最漂亮的小姑娘啦。可我阿媽不是這樣認為的，我阿媽驕傲地挺著胸部說：「邋遢三家的鐺鐺，哪能跟我家碧丫比？我家碧丫臉蛋紅紅鼻樑高高的，一看就是大富大貴的命。鐺鐺長得靚是靚，但就是薄相了點兒。」

我不曉得「薄相」是什麼意思，但聽我阿媽的語氣，就是和大富大貴的命是相反的。我阿媽很清高的個性，經常會製造出一些奇語狂言，讓人聽了心裡怪不舒服的。因為她的一個「薄相」的詞彙，邋遢三的老婆便與我家仇上了，她害怕我健碩的阿爸，不敢靠近我家，就站在老走了的阿英婆家的那扇緊閉的大鐵閘前面，用她所想到的各種詞彙來反擊我阿媽對鐺鐺面相的言論，但我阿媽懶得理她，慢條斯理地在屋內摘花生。

邋遢三老婆罵得沒意思了，就大聲地宣布威脅，永遠也不到我家來收破爛。我蹲在家門口的石階上敲石頭，這蠢女人威脅得一點兒威力也沒有，都快步入九十年代啦，穿街過巷收破爛的收買佬多的是，村裡人之所以討厭她但仍願意將破爛賣給她老公，不過是心善，同情邋遢三曾經遭受過的不公。我拿眼睛瞥瞥這個蠢女人，她罵著罵著，竟然攀到阿英婆大屋的鐵閘上了。這鐵閘是阿英婆死後第一個清明，她的兒子們回來掃墓時裝上去的，因為他們發現，大屋的門鎖總是被人撬開，大屋裡能拿得動值錢的物件，都不翼而飛了。這蠢女人真是無時無刻都不忘犯職業病。

我站起來，使盡力氣將手中的石頭扔過去，「啪」的一聲，石頭子準確無誤地打在邋遢三老婆尖尖的屁股上，痛得她尖叫起來，從鐵閘上跌下來，摸著屁股回頭罵我：「死玉丫！你作死啊你！石頭扔到我個頭，睇你家點樣賠！」我擦擦鼻子說：「打賊唔入罪，賠個屁啊？」這蠢女人裝模作樣地四處張望：「賊？邊度來噶賊啊？嚇？哎喲喂，你個死玉丫，年紀唔大，竟曉得編排故仔來訛人啦！」她亦曉得惡跡敗露了，一邊虛張聲勢地叫罵著，一邊揉著屁股往後村跑去。

我拍拍手，望著鎖了鐵閘的大屋，一時竟生出許多惆悵，阿英婆都走了兩三年啦！大家都習慣了大屋緊閉著的大門，習慣了沒有阿英婆趴在板凳上伸頭出門口的日子了。阿英婆真的就這樣消失了，就好似沒有來過一樣。可我怎麼還會時常念到她，念起她穿著藕荷色的旗袍端坐在鋪著紅墊酸枝椅上的樣子，念起她握著手絹向我俏皮一笑變魔術的樣子。此時此刻，看見邋遢三老婆這樣褻瀆阿英婆住過的大屋，我就替阿英婆難過，格外地懷念她了，唉！你說人啊！為什麼都是按個兒計的？老走了一個就是一個了，沒有走半個還剩半個在的。

在放學的途中，鐺鐺趕上了我。鐺鐺高我兩年級，她應該走在最後邊的。我們四年級班剛爬上獨樹崗大橋的斜坡，她便氣喘吁吁地追了上來。我們這地兒，好似終日都是陽光普照的，紅彤彤的落霞剛好鋪在迂迴曲折的九曲河上，九曲河面上似被火煮著一樣，沸騰著橘紅色的波光。老指爺又在河拐處打漁了，撕開的漁網滿滿地往河面撒去，魚兒便跳騰起來，慌忙逃竄。鐺鐺的臉就和被霞光燒著的河面一般，紅紅的。她的臉真愛紅，只稍費勁，細嫩的皮層下，就泛出粉紅的色彩來。我大步往前走著，鐺鐺急急地追在後面叫：「玉丫，哎，玉丫！」

聽到鐺鐺喘氣的樣子，我有點兒不忍心了，就放慢了腳步，和她並肩走。她歪著幼小的脖子望著我說：「玉丫，你點解用石頭擲我阿媽啊？都腫好大一塊啦！」我想像著蠢女人尖尖瘦瘦的屁股上，突起的一塊小山丘般的紅腫，就覺得好笑，不由哈哈地大笑起來。鐺鐺不高興了，大眼裡含著淚水，翹翹的睫毛巴眨一下也綴上了淚花，楚楚可憐的，她抽著小鼻子說：「你打人就唔對，仲笑？」我斜瞟一下她的模樣，這個尖尖的小鼻頭上掛著的不曉得是汗水還是淚水，晶晶亮的，更顯得她的弱小了，她阿媽再怎麼討厭，亦不關她的事麼。一直有著俠客情懷的我實在討厭不起眼前這個柔弱得像根豆芽菜般的黃毛丫頭兒，我用腳踢踢腳下的小石子說：「你阿媽肯定無話你知，我是因麼事擲吧？只要唔好再去打阿英婆大屋的主意，我就唔打。」我不知何時已經自覺去充當阿英婆大屋的守護者了。

鐺鐺突地停了腳步，我跟著愣然停步回頭，她站在大橋的中央，小身子不停地抖動著，兩條掃帚一樣的小辮子一晃一晃的，豆大的淚珠從她一見到底的大眼裡滾出來，好柔弱無助的樣子。我只不過是說事實，又沒有作假話編排她阿媽，她阿媽是怎樣的為人，村人皆知的，她用不著這般傷心痛苦的模樣吧？我有點兒手足無措，亦不懂得如何去安慰她，唯有傻傻地站住了等她。她很傷心的抽搭了一會兒，才擦了眼淚，抽抽鼻子，繼續往前走。我不曉得這個愛掉眼淚的黃毛丫頭兒，心裡到底是思考個麼事的，她總愛將思想到的說話藏在心裡面，越是追問越不愛說。她不說，我亦猜不到麼！

過了獨樹崗大橋，走過一排茂密的水杉路，就到我家了。我家門口種了一棵枇杷樹，黃黃的果兒掛滿了樹，好繁華的樣子。為了討好鐺鐺，讓她不難過，我停在枇杷樹下，低聲說：「我給你摘兩把枇杷好麼？」鐺鐺的眼眶仍紅紅的，她搖了搖頭，可我才不管了，只要是害她哭了，我都會覺著內疚的，就算我做的事情是對的，在她淚眼面前亦是錯的。我三爬兩爬就竄到樹上了，攀了一枝綴滿了黃果子的枇杷下來，一下塞進她的懷裡，說：「熟透左啦！好甜呢！」鐺鐺將枇杷握在手中，放在心口的位置，大眼睛瞪著，很認真地說：「玉丫，我阿媽是病！」她說得特認真，一字一頓的，唯恐我還不相信，還強調說：「偉言叔說的，我阿爸還專門帶去睇過心理醫生，睇心理醫生好貴的，我阿爸收一年垃圾也夠不著同睇病！」

我愣住了，我從來不知道，愛偷東西亦是一種病。「心理醫生」這四個字在我的詞典裡好陌生啊！這黃毛丫頭兒曉得的真多。鐺鐺深吸了一口氣，挺了挺小胸膛，很堅定地說：「玉丫，以後唔准你再用石頭擲我阿媽，如果唔是，我、我、我一定會生你氣的！」她的個子還沒我高，體型只有我的二分之一，柔弱得只要九曲河上吹來一陣風，她就會被吹走了的樣子，可她圓瞪的大眼睛，紅紅的鼻尖兒，緊抿的小嘴唇，都告訴我她渴望保護有心理疾病的阿媽的堅定和決心。我覺得，我不能再像以前那樣忽略她了。

我點點頭說：「我知道有病，就唔會再打的啦！」鐺鐺立馬破涕為笑，上前給了我一個柔弱的擁抱，然後低聲在我耳垂邊說：「我返去同我阿爸講，以後我阿媽攞返來的東西，我們全都還回去。」說完，抱著枇杷，哼著歌兒，一蹦一跳地走了。她的氣息吹得我的耳垂麻麻癢癢的，我站在枇杷樹下，看著她跳著的小影子，忽然覺得她好了不起的，我怎麼會對這個黃毛丫頭兒產生佩服的感覺呢？

或許是因為佩服吧！一個月後的一天晚上，農忙假剛過，我阿媽特許我們休息兩天，我卻為了鐺鐺，跟春蓮嫂幹了一架。起因還是她阿媽的偷。

村裡人多少知道點兒邋遢三老婆的愛偷是個毛病，只要她偷得無傷大雅，也就罵兩句算了。可春蓮嫂不同，她是連一根針兒也看得眼緊的人。那天晚上，月亮好白好圓，照得九曲河白晃晃的，村子的每個角落都像撒著鹽。不知是不是注定的，平日早早就關上大木門睡覺的春蓮嫂，這晚竟然有興致起來散步，她的說法是「曬月光」。邋遢三老婆千不該萬不該，在這個關鍵時刻去偷她藏在後院柴房裡的爛犁頭。春蓮嫂聽到了聲響，立刻轉去後院，剛好見到一個瘦小的身影抱著她的爛犁頭爬出來。

「有賊啊！」

春蓮嫂的一聲尖叫，石破天驚。圍在村前客家二叔小賣部裡看電視的人們，都跑了過去，我也跟著人群往老指家跑去。去到時，已經看見春蓮嫂似個將軍樣，威風凜凜地騎在邋遢三老婆的身上，一邊辱罵邋遢三老婆偷她的爛犁頭，一邊扯著邋遢三老婆的頭髮抽打，邋遢三老婆怎樣掙扎也掙不起來，趴在地上呼天搶地地哭叫。不知道鐺鐺是怎麼知道她阿媽出事了的，像隻小鹿一般闖了進來，一下撲上去，將春蓮嫂撲倒在地上。春蓮嫂沒心理準備，這一跤跌得實在痛，她跳起來，怒火沖天地尖叫著，又一把抓住剛爬起來的邋遢三老婆的亂髮，狠狠一拽，邋遢三老婆又「哎喲」一聲，昂跌在地上。鐺鐺叫了聲「阿媽」，又一次撲上去，可這回春蓮嫂有準備了，靈活地躲開了。鐺鐺撲不到春蓮嫂，就上去拉春蓮嫂扯著她阿媽頭髮的手，春蓮嫂哪裡肯放手？一把就將鐺鐺推倒在地上了。鐺鐺又爬起來，再撲上去，這回她不是用手撕拉了，而是一口咬在春蓮嫂的手上。春蓮嫂受痛，「哇哇」地尖叫起來，大聲叫大指哥來幫忙。

高大的大指哥站在一邊，幫也不是，不幫也不是，畢竟和他老婆扭打的，是兩個瘦小的女人，他一個大男人，哪能下得了手？大家都幫忙著勸，唔好打啦！春蓮嫂得不到老公的幫助，更惱火了，大聲地叫罵著，揚著沒抓住邋遢三老婆頭髮的手不停地搧打鐺鐺。可鐺鐺一點兒也不鬆口退讓，緊緊咬著春蓮嫂的手。蒼白的月光下，鐺鐺的臉也是蒼白蒼白的，一見到底的大眼睛，噙滿了淚水，但就是不肯作聲求饒，目光堅定。

春蓮嫂既不肯放開邋遢三老婆，又忍受不了鐺鐺的撕咬，突然狠心起來，竟伸起腳，一下踹向鐺鐺。瘦小的鐺鐺似皮球一般，「啊」的一聲，跌得遠遠的。人群都一聲驚叫，我更是怒火沖天，好狠心的春蓮嫂啊！偷了你家的東西也不該這樣打人麼！柔弱的鐺鐺那承受得了她這麼狠毒的一腳啊！人們都衝上去勸架了，我隨手操起院子裡的一根粗樹枝，對準春蓮嫂再次踢起的小腿，用力地抽了下去。春蓮嫂「媽呀！」地叫了聲，痛得放開邋遢三老婆，抱腿滾在地上，鬼哭狼嚎起來。這麼淒厲的痛哭聲，我相信這回她是真的哭了。

邋遢三老婆獲得自由後，第一時間撲向蹲在一旁捂著肚子的鐺鐺。我也被自己的行為嚇了一跳，這是我第一次這麼真切的擊打一個大人，我這是怎麼了啊？

眾人都圍著春蓮嫂勸了起來，都忽略了我和鐺鐺母女。我拋下樹枝，茫然地回頭，鐺鐺正蜷縮在月光打出來的陰影裡，小臉白得泛著玉青色。她嘴唇緊抿，我曉得她是抿著巨大的疼痛的，她怎麼總是不吭一聲、呼叫一下呢？我阿媽說過，痛了就喊出來，哭出來，這樣痛就會減輕些，這法子我試過，真的很靈。她阿媽不停地撫著她的肚子，關切地問：「鐺鐺，痛麼？痛麼？要去偉言叔處睇下麼？」

鐺鐺搖了搖頭，扶著她阿媽，慢慢站起來。母女倆相互扶持著，蹣跚著走進月光中。我傻蛋似的望著鐺鐺，我怎麼覺得鐺鐺就像天上掛著的又圓又冷的月亮，離我好遠好遠呢！

春蓮嫂秋後算帳，討告上門，我被我阿媽鎖在家裡靜心思過了兩日。這個農忙假就變得很難熬啊！本來我還想著，這兩天和客家仔他們去九曲河邊撿白鴨蛋的。上村那邊，有人養了白鴨，每天清早白鴨下了蛋便放到九曲河上去。但總有些白鴨是不聽使喚的，喜歡到有柔軟沙子和清亮河水的九曲河下蛋。在九曲河上撿鴨蛋，是孩子們最熱衷的娛樂，我們會在河邊的竹林裡、花生地、野草叢、沙灘上或河水中搜尋被遺留下來的鴨蛋，也有調皮的時候，趁著放養白鴨的人不注意，衝進聚堆吃料的白鴨群中，將鴨子們嚇得驚慌失措，拍著翅膀四處亂撞，鴨蛋便會出現在鴨群蹲過的地方了。因為撿鴨蛋的孩子太多了，有時在河灘上奔跑一天，累得全身臭汗也沒撿上一個；有時卻是運氣好的，隨便撥開一叢草就撿到一個，拿腳丫兒踢踢水下的沙子也冒一個出來，一天能撿上四五個呢！

可是，我阿媽的威嚴是至高無上的，她說了我不能出屋，我就不能出屋。碧丫和弟弟都是阿媽至高無上威嚴的忠實守護者，只要我夠膽子邁出門口一步，他們就會以光的速度飛奔去告訴阿媽，我還沒跑到九曲河去，腿上就已經捱上一頓豐盛的「藤條燜豬肉」。我阿媽對付我的辦法可多了，除了全方位利用碧丫和弟弟，她還曉得出題來治理我，她從外公黃紹水那裡搬回來大堆黃黃的用毛筆字豎著編的舊書，什麼四書五經，之乎者也，看得我腦袋發昏。我阿媽知道我不會把這些舊東西看進腦袋裡的，就找來筆墨，要我抄《三字經》。黃紹水的《三字經》可難看了，全都是繁體字，一個字要描好多筆才描完，更不要說抄完整本書了。我舉著滴著墨水的毛筆，哭喪著臉，我阿媽卻指著書教訓我說：「玉不琢，不成器。人不學，不知義。你該學學點樣尊敬長者了，膽生毛啦？嚇！竟敢打大人？」我囁嚅著嘴，我是不能和阿媽正面衝突的，她的手指很靈活，能以迅雷不及掩耳之勢捏著我的耳朵抽起來。但我心裡卻不停地反駁，書上不僅教我們要尊重長輩，還囑咐我們要愛護幼小呢！雖然鐺鐺年紀比我大，但她在我心中卻是弱小的。

我抄了整整兩天《三字經》，抄得我兩眼發花，雙腿綿軟，揉著眼睛趴在窗台上往外張望，卻見農忙中寂靜的村子突然熱鬧起來。人們像忽然從地裡冒出來的，滿臉焦急和驚慌，紛紛往九十九崗的方向跑去。我好奇心重，忍不住攀上窗台，坐在窗台上問剛好在街上跑過的客家二叔，發生麼事啦？客家二叔鐵青著臉說：「邋遢三個女出事啦！我四圍搵邋遢三兩公婆呢！」我一驚，跳下窗台。跑出屋就碰見客家仔了，客家仔吸著鼻涕追在我身後叫：「玉丫，玉丫！你個臉全都是墨水啊！」我懶得理他，他腿短，跑得慢，一會兒我就把他拋得遠遠的。

我怎麼也沒想到，只兩日，鐺鐺就真的永遠地離我而去了，她走得那麼遠，就像高掛著的月亮般，遠得我無法搆得著。

鐺鐺是在山塘邊洗腳時失足落水的。

我跑過南丫山，遠遠就看見那個碧綠的平靜如鏡的山塘邊上密麻麻地圍了一圈人。我衝進人群裡，鐺鐺直挺挺地躺在綠草地上，尖下巴是灰白的，嘴唇是灰白的，小鼻頭是灰白的，她整個人都是灰白的，透明的，唯有那雙仍圓瞪著的淺得似乎一眼到底的大眼睛，是黃褐色的瞳仁兒。這黃毛丫頭兒，怎麼就成仙了，說飛就飛了，一點兒徵兆都沒有。我不相信地望著她的眼睛，多渴望這雙有著捲睫毛的漂亮大眼睛，能向我巴眨一下。不巴眨，噙滿了淚水也好。

人們的悲傷是從邋遢三夫婦淒厲的哭叫聲中醞釀出來的，大家流著眼淚緊緊抱著亦跟著尋死覓活的夫妻倆，不停地安撫他們，說鐺鐺是被水中的龍王爺看中了，喚去做龍公主了，小姑娘是享福去了，並不是受難。

鐺鐺被人用席子卷了抬回家去了，我傻子一般跟在人群之後，走了很遠，才曉得回頭再看一眼。九十九崗依然默默地立在那兒，它吞噬了鐺鐺，可我卻怎樣也恨它不起來。

回到村裡，大家才發現，事發突然，都還沒給鐺鐺準備棺材呢。本來村裡，小孩兒走了後，都只是用席子捲了的，誰讓小孩兒的分量輕呢？可邋遢三尋死覓活地不肯讓人將鐺鐺捲進席子裡，他說鐺鐺和大人一樣的。大家沒有辦法，既不能用席子捲，立刻做棺材是來不及的了，這怎樣辦呢？邋遢三突然不哭了，從門角後拿出一把斧頭，悶頭悶腦地往九十九崗走去。大家又亂了起來，這個當阿爸的要自己伐樹給女兒做棺材了，這怎麼可以呢？忙亂中，家言四說他的渡船上有一口棺材，是他留著百年之後用的，要不先拿來用吧！大家認為這個法子很不錯，邋遢三亦將斧頭放回門角了。

八個精壯的後生仔扛著抬棺木吆喝著往九曲河跑去，我望一眼家言四，他正低著頭捲著紙菸，好像心思很重的樣子。再回頭望鐺鐺，她依然靜靜地躺著，眼睛已經被人合起來了，水珠兒仍從她身下滴答著。她安靜得像睡著了一樣，我的黃毛丫頭兒，你怎麼能睡得那麼香，那麼沉呢？

第二年的清明，我跟隨家人進九十九崗掃墓。站在高高的山崗上，我第一次這麼仔細地觀察九十九崗。我從來都沒有發現，九十九崗竟鋪滿了那麼多山墳，好大的一片，連綿不斷的，我們村才三、四百年的歷史啊。暮春時節，霪雨霏霏，滿山崗上，人頭洶湧，紙錢飛舞，炮竹聲聲，生人都來悼念死者了。站在迷茫的煙雨山頭，我想起了能追著我跑九條街的老指婆，想起了穿著藕荷色旗袍的阿英婆，她們的子孫都來拜祭她們了麼？還有鐺鐺，那個在月光下為了保護自己阿媽，瞪著一眼到底的大眼睛，噙著淚水就是不肯鬆口的黃毛丫頭兒，你知道嗎？每到月光清白的夜晚，我就會莫名地想起你，我是多麼的想念你那捲捲的睫毛、小掃帚般的辮子，還有你吃著手指笑的樣子，你不曉得吧？你笑起來多好看啊！兩個酒窩兒，怎麼灌也灌不滿。你在水中的龍宮裡面，過得還好嗎？我的黃毛丫頭兒！

想著想著，淚水又溢了出來，我不知道我為什麼變得這麼多愁善感的。

九十九崗在眼前模糊了後又清晰起來，它到底是在守護著我們還是埋葬著我們呢？我有點兒混沌，唯一清醒的是——無論老幼無論貧貴，我們最終都要走進它的懷抱，然後化成泥土化成流水，流進九曲河去……

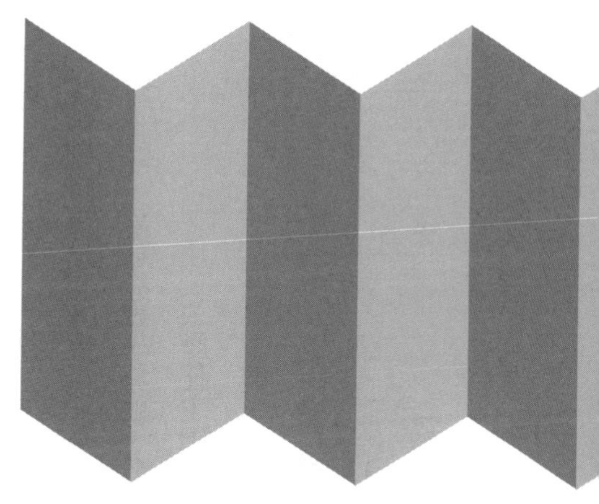

大陸期刊文學獎

◎輯四◎

期刊暨獎項介紹

《人民文學》年度獎項介紹

一、《人民文學》雜誌

《人民文學》創刊於一九四九年十月二十五日。創刊伊始，毛澤東主席為《人民文學》創刊號書寫了題詞「希望有更多好作品出世」，並由郭沫若先生題寫了《人民文學》刊名。

《人民文學》是中國作家協會主管、中國作家出版集團主辦的大型綜合性文學期刊，刊發作品包括：長篇小說、中篇小說、短篇小說、詩歌、散文、非虛構和報告文學，是門類齊全的純文學期刊。

歷任主編、副主編薈萃著一批現當代文學大家，主編有茅盾、邵荃麟、嚴文井、張天翼、袁水拍、張光年、李季、王蒙、劉心武、劉白羽、程樹榛、韓作榮、李敬澤、施戰軍等，副主編有艾青、丁玲、秦兆陽等。

《人民文學》是中國作家的搖籃，眾多新銳與名家都是由《人民文學》起步、成長，最後抵達成熟與輝煌，其中許多作家獲得了全國文學最高獎項——茅盾文學獎和魯迅文學獎，以及國際獎項——諾貝爾文學獎和安徒生文學獎等。目前，《人民文學》仍以精湛的、高水平的思想藝術品質和在文壇中的重要地位，團結著全國的知名作家和中青年文學寫作者，同時以豐富的內容吸引著眾多文學愛好者和讀者。

為了讓世界讀者更方便全面地了解中國當代文學，進而提升中國文學的全球影響力，二〇一一年，《人民文學》雜誌創辦了英文版《路燈》。到目前為止，已出版十五期。在此基礎上，又陸續出版並籌劃推出其他十一個語種的版本：二〇一四年出版法文版、義大利文版；二〇一五年出版德文版、俄文版、日文版；二〇一六年，將推出西班牙文版、阿拉伯文版、韓文版、瑞典文版、匈牙利文版、越南文版等。至今，《人民文學》外文版已向國外推介了三百多位中國當代作家作品，不僅向外國讀者傳達了中國聲音和中國故事，還讓讀者從中體會到中國文學的世界氣質和對人類共同話題的觀照，成為中國當代文學外語翻譯與海外傳播的重要平台，是溝通中國作家與外國讀者的橋樑。

二、茅台盃人民文學獎

「茅台盃人民文學獎」是文學界一項重要的文學獎項。二〇〇三年，《人民文學》推出首屆年度大獎——「茅台盃人民文學獎」，由人民文學雜誌社與貴州茅台集團達成合作意向，從《人民文學》雜誌年度刊發的作品中遴選出中短篇小說、詩歌、散文等門類的優秀作品。該獎項設立獨立的評委會，全部由雜誌社以外的人士組成，讀者、作家、批評家各占三分之一，力求均衡、權威、具代表性。十三年間，「茅台盃人民文學獎」逐年完善：二〇〇七年，長篇小說被納入評獎範圍，提升了該獎項的分量；二〇一〇年，增設非虛構獎，開啟了文壇新氣象；二〇一三年所設的翻譯獎，體現了《人民文學》雜誌向世界傳播中國文學、講述中國故事的決心。評選範圍為前一年第十一期至當年第十期在《人民文學》雜誌上發表的小說、散文、詩歌和非虛構作品等，由作家、評論家、翻譯家與讀者代表共同組成評委會，進行獨立審讀與討論，獎項結果以無記名投票的方式產生。獲獎作家獎金為一萬元人民幣。

二〇一四年獲獎作品：

長篇小說獎：劉醒龍〈蟠虺〉、嚴歌苓〈媽閣是座城〉

中篇小說獎：邵麗〈第四十圈〉、畀愚〈新記〉

短篇小說獎：朱文穎〈凝視瑪麗娜〉、向祚鐵〈幸運兒和他的朋友〉

散文獎：汗漫〈婦科病區，或一種藝術〉、帕蒂古麗〈被語言爭奪的舌頭〉

詩歌獎：吉狄馬加〈我，雪豹〉、馬新朝〈中原詩志〉

特別獎：李瑛〈抒懷六章〉

翻譯獎：約書亞・戴爾（Joshua Dyer）、埃莉諾・古德曼（Eleanor Goodman）

二〇一五年獲獎作品：

長篇小說獎：周大新〈曲終人在〉、孫惠芬〈後上塘書〉

中篇小說獎：荊永鳴〈較量〉、劉建東〈閱讀與欣賞〉

短篇小說獎：金仁順〈紀念我的朋友金枝〉、葉廣芩〈鬼子墳〉

散文獎：何士光〈日子是一種了卻〉

詩歌獎：李琦〈伶仃之美〉、顏梅玖〈守口如瓶〉

非虛構作品獎：白描〈翡翠紀〉

特別獎：何建明〈南京大屠殺〉、黃國榮〈極地天使〉

翻譯獎：韓斌（Nicky Harman）、程異（Jeremy Tiang）、伊薩貝爾・畢蓉（Isabelle Bijon）

三、紫金・人民文學之星

「紫金・人民文學之星」文學獎由《人民文學》雜誌社和江蘇省作家協會於二〇一三年聯合創辦，致力於挖掘培養文壇生力軍，是專門針對三十歲以下年輕作家所設立的全國性文學大獎，由《人民文學》雜誌社廣泛徵集各出版社、雜誌社、評論家、專家意見，成立評選小組評選產生。

二〇一四年獲獎作者包括：七堇年、孫頻、鄭小驢分別摘得長篇小說、中篇小說、短篇小說大獎，張怡微、謝小青分獲散文大獎和詩歌大獎。焦衝、毛植平、呂魁、霍豔、寒郁、雙雪濤、左右、老四、沈書枝、張佳瑋、傅逸塵、叢治辰獲佳作獎。

二〇一五年獲獎作者包括：徐藝嘉、于一爽、祁媛分別獲得長篇、中篇、短篇小說新人獎，彭揚、孫一聖、常小琥、王蘇辛、國生獲佳作獎；胡竹峰、梁書正、楊曉帆分獲散文、詩歌、文學評論新人獎，羌人六、周渝、王大騏、黃相宜獲散文、非虛構、文學評論佳作獎，詩歌佳作獎空缺。

一四、鄞州・人民文學新人獎

「鄞州・人民文學新人獎」是《人民文學》雜誌社設立的常設性文學獎項。由《人民文學》雜誌社和浙江省寧波市鄞州區人民政府共同主辦。二〇一三年設立，每年評選一次，希望通過表彰和獎掖在《人民文學》上發表作品的文學界成績突出的新人，引導更多的文學青年投身文學創作，推動文學事業的繁榮興盛。評獎範圍為年齡在四十歲以下、第一次在《人民文學》發表作品的作家和詩人，旨在鼓勵新人的創作，發現新的文學人才。評選方式是經《人民文學》雜誌社編輯部的廣泛篩選，全國共有近二十位具有一定創作實力且有一定影響力的青年作者進入到終評的視野。評委會經過評審之後，以無記名的投票方式，最終評選出六位有代表性的青年作者。每位獲獎作家的獎金為兩萬元人民幣。

第二屆（二〇一三年度）獲獎名單：石一楓、黃詠梅和張忌、葛亮分別獲長篇、中篇、短篇小說新人獎，蘇枕書獲散文新人獎，王敖獲詩歌新人獎。

第三屆（二〇一四年度）獲獎名單：笛安、顏歌、王凱分別獲長篇、中篇、短篇小說新人獎，陳蔚文獲散文新人獎，高鵬程獲詩歌新人獎，王選獲非虛構新人獎。

《江南》雜誌介紹

《江南》雜誌創刊於一九八一年一月，由浙江省作家協會主辦。經過三十餘年的堅持和發展，現已形成《江南》、《江南・長篇小說月報》、《江南・詩》、《江南・散文》四份刊物的齊整格局，在全國文學版圖中獨樹一幟，產生了較大的影響。

《江南》雜誌以刊登名家和潛質作家的優秀原創長、中、短篇小說為主，並開闢「中國往事」、「非常觀察」、「對話名家」、「作家地理」等多個兼具思想性和藝術性的特色文化欄目，注重發表不同風格、流派之作。一九九六年被評定為浙江省一級期刊，連續獲評中文核心期刊和第四屆、第五屆華東地區優秀期刊。目前是浙江省唯一的大型文學期刊。

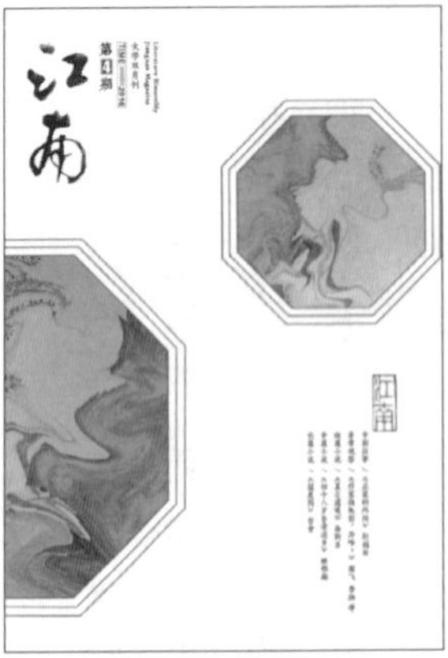

《江南・長篇小說月報》於二〇〇八年創刊，初以選載市場熱點、暢銷的長篇小說或刊發優秀原創作品為主，並配有作家訪談、評論等。二〇一二年末改版，每期精心挑選一位熱點或暢銷作家，集中轉載其經典作品，配發作家印象記、訪談、評論等稿件，以期全方位地展示作家作品。

《江南・詩》（原《詩江南》）自二〇〇八年底創刊以來，始終堅持以詩為本，純粹、獨立、大氣、富有現代意識，展現當代中國新詩最前沿風貌。

《江南・散文》於二〇一六年初創刊，以好文字、有情懷為選稿標準，刊發優質的散文作品；其風格貼近現實，具備濃厚的文化氣質和江南風度。

郁達夫小說獎介紹

該獎是以浙江籍現代傑出作家郁達夫命名的小說類文學獎項，以弘揚郁達夫文學精神為主旨，鼓勵浪漫詩意的性情寫作，注重漢語敘事傳統的繼承和創新。兩年一屆，評獎對象為中短篇小說。首創「實名投票、評語公開」的透明評獎方式，並突破性地將評選範圍擴展至海外華語創作。

該獎由《江南》雜誌社主辦，富陽市人民政府協辦。頒獎時間為郁達夫誕辰日（十二月七日），其故鄉浙江富陽為永久頒獎地。

一、**評獎範圍**：

每屆評獎期限內，在中國大陸地區、香港澳門特別行政區和台灣地區以及海外各地公開發表的漢語中短篇小說作品，均可參評。因為評委語言的局限，用少數民族語言創作的小說作品，須以漢語譯本參加評獎。網絡文學作品暫不納入評選範圍。

二、評獎標準：

（一）參評作品應能體現民族精神，聚集時代氣象，敢於人生發現，促進社會進步，提升情感境界，撫慰人類心靈，富有鮮活氣息。

（二）注重作品的文學品味，鼓勵性情詩意的浪漫寫作，強調漢語敘事傳統的繼承和創新，尤其關注具有獨特審美發現、敘事靈動飛揚、呈現銳氣與才情之作品。

（三）堅持作品的藝術純粹性，重視在大時代潮流中發出的個人內心的聲音。在同等水準下重視文學新人的發現。

三、**評獎機構設置**：

郁達夫小說獎組委會、評獎辦公室；審讀委、終評委。

四、獎項設置：

（一）郁達夫小說獎中篇小說獎一篇、提名獎三篇。

（二）郁達夫小說獎短篇小說獎一篇、提名獎三篇。

五、前三屆獲獎名單：

（一）首屆（二〇一〇年）：

中篇小說獎：陳河〈黑白電影裡的城市〉

中篇小說提名獎：葉廣芩〈豆汁記〉、喬葉〈最慢的是活著〉、陳謙〈特蕾莎的流氓犯〉

短篇小說獎：鐵凝〈伊琳娜的禮帽〉

短篇小說提名獎：畢飛宇〈睡覺〉、韓少功〈第四十三頁〉、朱山坡〈陪夜的女人〉

（二）第二屆（二〇一二年）：

中篇小說獎：蔣韻〈行走的年代〉

中篇小說提名獎：魯敏〈惹塵埃〉、方方〈刀鋒上的螞蟻〉、張翎〈阿喜上學〉

短篇小說獎：東君〈聽洪素手彈琴〉

短篇小說提名獎：蘇童〈香草營〉、盛可以〈白草地〉、甫躍輝〈巨象〉

（三）第三屆（二〇一四年）：

中篇小說獎：鄧一光〈你可以讓百合生長〉

中篇小說提名獎：馬金蓮〈長河〉、遲子建〈晚安玫瑰〉、弋舟〈等深〉

短篇小說獎：畢飛宇〈大雨如注〉

短篇小說提名獎：艾偉〈整個宇宙在和我說話〉、須一瓜〈寡婦的舞步〉、葉彌〈親人〉

六、前三屆審讀委、終評委名單（按姓氏筆劃為序）：

（一）首屆審讀委：

任芙康：《文學自由談》主編，著名評論家

李國平：《小說評論》主編，著名評論家

吳秀明：浙江大學中文系主任，著名評論家

張燕玲：《南方文壇》主編，著名評論家

孟繁華：瀋陽師範大學教授，著名評論家

施戰軍：魯迅文學院副院長，著名評論家

洪治綱：暨南大學教授，著名評論家

賀紹俊：瀋陽師範大學教授，著名評論家

盛子潮：浙江文學院院長，著名評論家

（二）首屆終評委：

主任：

陳建功：中國作家協會副主席、黨組成員、書記處書記成員：

王安憶：中國作家協會副主席，復旦大學教授，著名作家

王德威：美國哈佛大學東亞系教授，著名學者、評論家

遲子建：黑龍江省作家協會副主席，著名作家

李敬澤：《人民文學》雜誌主編，著名評論家

袁　敏：浙江省作協副主席，《江南》雜誌社主編

格　非：清華大學教授，著名作家

曹文軒：北京大學教授，著名學者、作家

程永新：《收穫》雜誌執行主編，著名評論家

（三）第二屆審讀委：

任芙康：《文學自由談》主編，評論家

李國平：《小說評論》主編，評論家

吳秀明：浙江大學中文系主任，評論家

何志雲：原浙江藝術職業學院院長，評論家

張燕玲：《南方文壇》主編，評論家

孟繁華：瀋陽師範大學教授，評論家

邵燕君：北京大學副教授，評論家
施戰軍：《人民文學》主編，評論家
洪治綱：暨南大學教授，評論家
胡殷紅：中國作協辦公廳副主任，中國作家網主編
賀紹俊：瀋陽師範大學教授，評論家
盛子潮：浙江文學院院長，評論家
謝魯渤：原《江南》雜誌副主編，作家

（四）第二屆終評委：

主任：
陳建功：中國作家協會副主席，作家

成員：
王　斑：美國斯坦福大學東亞系教授，學者、評論家
李敬澤：中國作家協會書記處書記，評論家
劉震雲：作家
劉醒龍：作家
麥　家：作家

施戰軍：《人民文學》雜誌主編，評論家
袁　敏：浙江省作協副主席，《江南》雜誌主編
曹文軒：北京大學教授，學者、作家
程永新：《收穫》雜誌執行主編，評論家

（五）第三屆審讀委：

任芙康：《文學自由談》主編，評論家
李國平：《小說評論》主編，評論家
吳秀明：浙江大學教授，評論家
何志雲：原浙江藝術職業學院院長，評論家
張學昕：遼寧師範大學教授，評論家
張新穎：復旦大學教授，評論家
張燕玲：《南方文壇》主編，評論家
孟繁華：瀋陽師範大學教授，評論家
邵燕君：北京大學副教授，評論家
洪治綱：杭州師範大學教授，評論家
胡殷紅：中國作家協會辦公廳主任，作家

賀紹俊：瀋陽師範大學教授，評論家

謝魯渤：原《江南》雜誌副主編，作家

（六）第三屆終評委：

主任：

陳建功：中國作家協會副主席，作家

成員：

方　方：湖北省作家協會主席，作家

葉兆言：江蘇省作家協會副主席，作家

李敬澤：中國作家協會副主席，評論家

蘇　煒：美國耶魯大學東亞系資深學者，作家、評論家

蘇　童：江蘇省作家協會副主席，作家

施戰軍：《人民文學》雜誌主編，評論家

袁　敏：浙江省作家協會副主席，《江南》雜誌主編

曹文軒：北京大學教授，學者、作家

程永新：《收穫》雜誌執行主編，評論家

《作品》雜誌介紹

刊物理念：好作品讓生命發光

辦刊思路：立足廣東，面向全國，兼顧海外

所獲榮譽：二〇一五年度中文報刊最受海外讀者歡迎TOP50

二〇一四年「首屆中國最美期刊」

廣東省優秀期刊

廣東省十佳期刊

主辦單位：廣東省作家協會

《作品》雜誌創刊於一九五五年，是廣東省唯一的省級純文學刊物，也是中國文學刊物中的一個知名品牌。歷任社長／主編有歐陽山、周鋼鳴、肖殷、秦牧、陳國凱等著名作家，現任社長為楊克。《作品》現為半月刊。

——、歷史悠久，影響深遠——

《作品》雜誌在文學界有深遠的影響力，創刊六十多年來，始終以促進文學事業、推出名家力作、扶持文學新人為己任，組織刊發過大量優秀的文學作品，培養和造就了大批作家，許多作家都在《作品》上發表過創作生涯中重要的作品。

《作品》雜誌是大陸最早刊發台灣作家作品的刊物。一九七九年九月，《作品》刊發了白先勇的小說〈思舊賦〉，一九七九年十二月又再刊發〈答讀者問——關於白先勇的小說〈思舊賦〉〉，介紹小說的創作背景，分析了文本，體現了刊物敏銳的文學觸覺，前瞻性的文學遠見。該時期，《作品》的發行量達到八十萬份，是全國發行量最高、最受讀者歡迎的刊物。

——、改版創新，蝶變重生——

商品經濟大潮的到來，伴隨網絡的衝擊，純文學處於邊緣化的狀態，文學刊物也極度小眾化。而《作品》依然恪守純文學的品格，立足現實土壤，關注人心世相，堅持刊物的社會責任和文學良知。在傳承前輩文膽詩心的同時，與時俱進，在辦刊思路、刊物個性上大膽創新——《作品》雜誌從二〇一四年三月號開始改版，從裝幀設計、版式到內容上都煥然一新，並首次提出「好作品讓生命發光」

的刊物理念，除一如既往刊發名家力作外，還獨創性地推出「跨界」、「手稿」、「博士論」等欄目。品牌欄目的「聚焦效應」，與「好作品」的影響力互為放大，進一步拓寬文學的邊界，提供更有價值的閱讀。雜誌改版引起廣泛關注，《人民日報》、《光明日報》、人民網、光明網、新華網、中新網、中國台灣網、新浪、搜狐、21cn、網易、鳳凰、天涯等媒體及海外媒體進行了大篇幅報導，相關網頁近三十萬多個。改版後，高品質的內容與獨具一格的裝幀設計，獲得社會各界的高度稱譽，稿件轉載量在全國同類刊物中名列前茅，當年榮選「首屆中國最美期刊」，去年又入選「二〇一五年度中文報刊最受海外讀者歡迎TOP50」。

三、十年獎項，集流成海

《作品》連續十幾年舉辦全國性文學大賽，徵文體裁囊括小說、散文、詩歌、報告文學、詩詞賦等，在全國取得廣泛影響，尤其在青年作家中具有較強的號召力。歷年的獲獎者中，許多已成長為當下文壇的中堅力量、甚至標竿式作家。同時，多年的積累，為刊物聚攏了一批優秀作家。

二〇一五年，《作品》舉辦了「年度好作品獎」，獎勵年度裡刊發的優秀原創作品。本次評獎首次採取評委獨立評審打分的方式，沒有召集評委集中討論，評委之間也互不知曉，避免了不同意見的互相干擾，進一步提高了評獎的獨立性、公正性。本次獎項設八個獎項，分別為中篇小說獎、短篇小說獎、新人獎、散文獎、跨界人物、手稿獎、長詩獎、短詩獎。每項設一個獲獎名額，獎金一萬元人民幣。

一四、獨創欄目，守土拓疆一

二〇一四年改版以來，《作品》推出多個極具特色的欄目，其中不少在國內具有首創性。在欄目設置上深耕細作，既強化原有優勢，又拓寬文學的邊界，為刊物樹立鮮明的風格。

（一）「手稿」——大陸唯一一個持續刊發作家手稿的欄目。在電子化、網絡化的當下，對提倡「慢閱讀」尤具意義。欄目刊發了陳忠實的小說《白鹿原》，以及殘雪、劉醒龍、歐陽江河、哈金、閻連科、方文山等名家的手稿。在裝幀上採用拉頁的製作方式，配以線裝書風格的設計，內容與形式相得益彰，書卷味十足。這種設計和製作在同類刊物中獨一無二，具獨創性，深受作家和讀者的喜愛，不少讀者反饋說會把冊頁當做藏品來收藏。

（二）「跨界」與「博士論」——文學不應只是小說家、散文家、詩人手中的活計，而是每個人與世界對話的載體。「跨界」旨在對不同視野的跨越和連接，歡迎科學家、美術家、經濟學家、企業家等的文學作品。「跨界」開局刊發了漢學家、諾獎評委馬悅然用中文寫的小說，讓讀者從另一個側面了解漢學家，了解外國人眼中的中國文學。另一欄目「博士論」則並不限於文學博士之論，還歡迎工程博士、音樂藝術博士、法學博士、社會學博士等的文章。或關注社會民生，或立足人文歷史，或窮究地理天文，只要不作八股之論。當然，還有另一種的「博士」，他們沒有這樣那樣的學歷，但他們是「博學之士」，他們的高論，自然也是「博士論」。「博士論」欄目已刊發眾多博士、博導、教授、專家的文學作品。

（三）浪潮一九九〇——文學刊物中首個持續刊發「九〇後」作家作品的欄目，培養文壇生力軍先人一步，是文學新人最重要的「出發地」，至今推出了四十多位「九〇後」作家。二〇一六年，又創新性的以「九〇後推薦九〇後」的方式選稿，為此專門建了一個「九〇後」作家微信群，所選稿件在微信群裡經「九〇後」作家推薦、討論後產生。

（四）長詩——全國同類刊物中唯一持續刊發長詩的欄目，備受詩歌界關注、推崇，被詩歌界譽為「對長詩的推動，唯此為大」。

（五）同文館——因廣東的特殊地緣，《作品》雜誌歷來重視與港澳台和海外作家的聯繫。上世紀七〇年代即發表過白先勇、劉以鬯等港台作家的作品。「同文館」欄目從二〇一五年起開設，專門刊發港澳台及海外華文作家作品，成為讀者了解港澳台及海外華文文學的重要窗口。澳門作家太皮的小說〈荷官〉刊發後，被《小說選刊》轉載，並入選多種年度榜。香港作家、電影《孔子》、《赤壁》的編劇陳汗，青年作家葛亮、周潔茹等都在《作品》發表過重要的小說。這兩年，發表了台灣作家涼御靜、章緣、王正方、蔡素芬、朱國珍、吳妮民、李欣倫、王盛弘等作品。《作品》雜誌希望藉此欄目，多與台灣作家聯繫、交流，並得到大家賜稿支持。

《當代》年度獎項介紹

一、《當代》長篇小說年度獎

長篇小說年度獎創辦於二〇〇四年。由中國出版集團人民文學出版社主辦，《當代》雜誌社承辦，全國近百家媒體提供支持。

年度獎為專家獎，包括一部最佳獎、五部入圍獎。年度獎參選範圍為當年在大陸發表和出版的所有長篇小說。經全國近百家媒體推薦，獲得排名前五十位的作品獲候選資格。年度專家獎在與會媒體和作家的監督下現場實名投票，公開唱票並當場宣布獲獎結果。

（一）宗旨

希望把全國最優秀的長篇小說成果按年度推薦給讀者，填補長篇小說獎項的年度空缺，並希望打造高公信度和高含金量的文學民間獎項。

（二）獎金

年度獎頒發獎金數為零。這和我們打造高含金量品牌的宗旨似乎矛盾，但我們以為，一項獎勵有沒有含金量，不看它獎金多少，而看它公信度有多高，看它口碑好不好。決定公信度和口碑的因素又在於評獎程序是否公正，評獎過程是否透明，有沒有主辦方和其他相關方面暗箱操作的可能。

（三）評委

曾經有人擔心評獎的評委能否公正，但我們能夠保證兩條：一，評委均為當今中國文壇最有影響力的評論家；二，評獎程序透明。我們實行現場實名投票，現場唱票。我們對評獎公信度的信心，也來源於此。

二〇〇四年至二〇〇八年，是七個評委在台上面對媒體現場投票、現場闡述投票理由，二〇〇九年開始有所變化：一是被推薦作品範圍擴大。主要由四部分構成：第一部分是由全國各地讀書版的編輯推薦；第二部分是由各省、市、自治區作家協會或其主辦的文學期刊推薦；第三部分是由相關的出版單位推薦；第四部分是由網絡上的讀者投票推薦。二是話語權擴大，由原來的七個評委擴大至與會的所有朋友，每個人都有自己的選擇和闡述權。

二、《當代》文學拉力賽

拉力賽創辦於一九九九年，每期出刊後，通過EMAIL、電話、信函廣泛徵求讀者意見，統計讀者得票數後對第一名冠以當期拉力賽冠軍稱號，年終根據讀者調查得出年度冠軍。十四年來，拉力賽堅持公開評委名單、公開評委評語、公開評委投票的原則，使之成為透明度和公信度較高的文學獎項。為了更加公平公正地評選讀者心目中的好作品，今年在年度最佳作品的評選中將體例分開，分別評選年度最佳長篇作品，年度最佳中短篇小說，年度最佳散文。經過讀者投票，二〇一五「《當代》文學拉力賽」年度作品總冠軍分別是：長篇作品年度總冠軍〈抗日戰爭〉，中短篇小說總冠軍〈蘇讓的救贖〉，散文總冠軍〈八飛說老愛〉系列。

《詩刊》獎項介紹

《詩刊》是中國作家協會主管，中國作家出版集團主辦的詩歌專業刊物，以發表詩歌原創作品和詩歌理論文章為主，現任常務副主編商震，副主編李少君。近年來，漢語詩歌創作空前活躍、繁榮，《詩刊》抓住機遇，設立了一些獎項。主要有以下幾項：

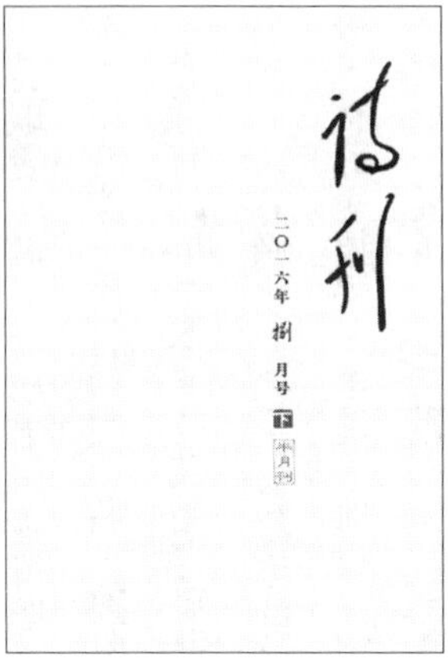

一、《詩刊》年度獎

《詩刊》年度獎包含年度詩人獎、年度青年詩人獎、年度詩詞獎，每年評選一次，是從當年發表在《詩刊》上的作品中選出。二〇一〇至二〇一三年，《詩刊》和張浦鎮人民政府合作，連續舉辦三屆「張浦盃《詩刊》年度獎」。調整後的《詩刊》年度詩歌獎以唐代詩人陳子昂命名，由《詩刊》和遂寧市合作，傾力打造。自二〇一五年起，計劃連續舉辦五年。其中，年度陳子昂詩歌獎一名，獲獎者將獲得獎金十萬元人民幣，並由《詩刊》編輯、作家出版社出版發行詩集一本；年度陳子昂詩詞獎一名，獲獎者將獲得獎金三十萬元人民幣，並由《詩刊》編輯、作家出版社出版發行詩詞集一本。為鼓勵青年進行詩歌創作，陳子昂詩歌獎還設有青年詩歌獎二名、青年詩詞獎二名。「《詩刊》二〇一五年度陳子昂詩歌獎」詩歌獎評審委員為著名詩人、詩歌評論家謝冕、吳思敬、林莽、梁平、李琦、娜夜、雷平陽、霍俊明。詩詞獎評審委員為著名詩人、詩詞評論家周嘯天、熊東遨、星漢、錢志熙、林峰。最終，陳先發的〈頌七章〉獲得《詩刊》年度詩歌獎；周退密的《周退密詩詞選》獲得《詩刊》年度詩詞獎；張二棍的〈暮色中的事物〉、沈魚的〈我仍舊無法深知〉獲得《詩刊》年度青年詩歌獎；王海亮的《王海亮詩選》、韓倚雲的《韓倚雲詩選》獲得《詩刊》年度青年詩詞獎。

二、《詩刊》「子曰」詩人獎

《詩刊》「子曰」詩人獎設立年度獎一名，獲獎者將獲得獎金三十萬元人民幣，並由詩刊社編輯、作家出版社出版發行詩詞集一本，組織個人詩詞創作研討會一次；設立年度青年詩人獎（作者年齡為四十五歲以內）兩名，獲獎者各獎勵五萬元人民幣。二〇一三至二〇一四年，共舉辦兩屆「子曰」詩人獎的評選活動，均是從當年發表在《詩刊・子曰》及《詩刊・上半月》詩詞版欄目中選出。

吳小如獲首屆「子曰」詩人獎，劉如姬、詹曉勇獲首屆「子曰」青年詩人獎；葉嘉瑩獲第二屆「子曰」詩人獎，周清印、劉能英獲第二屆「子曰」青年詩人獎。從二〇一五年開始，「子曰獎」併入《詩刊》年度獎，命名為《詩刊》年度詩詞獎、《詩刊》年度青年詩詞獎，並將連續五年與遂寧市政府合作舉辦。

—三、《詩刊》年度批評家獎—

《詩刊》年度批評家獎是對刊發於《詩刊》的詩歌理論文章的獎勵，創建於二〇一五年，該年春天舉行了二〇一四年的頒獎儀式，表彰獎勵了批評家謝冕先生和已故批評家陳超先生，並舉行《詩刊》理論年會。二〇一六年春天在海南舉行了頒獎儀式，楊慶祥以〈重啟一種「對話式」的詩歌寫作〉、吳曉東〈植入戰爭背景之中的中國新詩〉獲獎。

—四、駱賓王詩歌獎—

駱賓王詩歌獎，由中國作家協會《詩刊》社、浙江省作家協會合作舉辦，是以浙江義烏籍詩人、「初唐四傑」之一駱賓王命名的詩歌類獎項，兩年一屆，評選過往兩年的詩集兩本，提名獎三本，首獎十萬元人民幣，提名獎一萬元人民幣，義烏作為詩歌獎的永久頒獎地。二〇一六年四月二十七日，第一屆駱賓王詩歌獎頒獎儀式成功舉辦。首屆駱賓王詩歌獎評委會由著名詩人、評論家吉狄馬加、謝冕、商震、李少君、何向陽、羅振亞、榮榮、謝有順、沈浩波組成，獲獎者是林莽《記憶》、雷平陽《基諾山》，臧棣《騎手和豆漿》、李元勝《我想和你虛度時光》、古馬《古馬的詩》獲得提名獎。

國家圖書館出版品預行編目(CIP)資料

大陸期刊文學獎獲獎作品選集 / 高鵬程等作. --
初版. -- 臺北市 : 文訊雜誌社, 2016.09
面 ; 公分. -- (文訊叢刊 ; 38)
ISBN 978-986-6102-29-5 (平裝)

830.86 105016569

文訊叢刊 38

大陸期刊文學獎獲獎作品選集

作者 高鵬程等
主編 封德屏
執行編輯 杜秀卿・王為萱
美術設計 翁翁・不倒翁視覺創意
策劃 財團法人台灣文學發展基金會
出版 文訊雜誌社
地址：10048台北市中山南路11號6樓
電話：02-23433142 傳真：02-23946103
電子信箱：wenshun7@ms19.hinet.net
網址：http://www.wenhsun.com.tw/
郵撥：12106756 文訊雜誌社

印刷 松霖彩色印刷事業有限公司
經銷 聯合發行股份有限公司
初版 2016年9月
定價 NT$320元
ISBN ISBN 978-986-6102-29-5